BARRY JONSBERG

PANDORA STONE

Gestern ist noch nicht vorbei

BARRY JONSBERG

PANDORA STONE

Gestern ist noch nicht vorbei

Aus dem Englischen
von Bettina Obrecht

cbt

Bei diesem Buch wurden die durch das verwendete Material und die Produktion entstandenen CO_2-Emissionen ausgeglichen, indem der cbj-Verlag ein Projekt zur Aufforstung in Brasilien unterstützt.
Weitere Informationen zu dem Projekt unter:
www.ClimatePartner.com/14044-1912-1001

FSC
www.fsc.org
MIX
Papier aus verantwortungsvollen Quellen
FSC® C014496

Wir produzieren
Klimaneutral
ClimatePartner.com/14044-1912-1001
Druckprodukt

Penguin Random House
Verlagsgruppe FSC® N001967

1. Auflage 2021
Erstmals als cbt Taschenbuch Januar 2021

Die Originalausgabe erschien unter dem Titel
»Pandora Jones – Deception« bei Allen & Unwin, AUS
Aus dem Englischen von Bettina Obrecht
Umschlaggestaltung: Geviert, Grafik & Typografie
Umschlagmotive © Getty Images (Xuanyu Han),
Shutterstock.com (Maridav, Literator)
FK · Herstellung: AS
Satz: Uhl + Massopust, Aalen
Druck: GGP Media GmbH, Pößneck
ISBN 978-3-570-31105-9
Printed in Germany

www.cbj-verlag.de
Dieses Buch ist auch als E-Book erhältlich.

Prolog

Es ließ sich schwer sagen, wo der Albtraum endete und wo die Wirklichkeit anfing. Die Grenzen waren so wenig greifbar wie Nebel.

Pandora Stone wusste das genauso gut wie jeder andere Schüler der Akademie. In seinen Träumen konnte man die Augen nicht vor dem Horror verschließen. Man konnte nur durchhalten, die Monster betrachten, die der eigene Geist geschaffen hatte, das Schreien unterdrücken und sich klarmachen, dass die Schreckensbilder in einer Endlosschleife abliefen, sich ewig wiederholen würden.

Zum hundertsten Mal sieht Pan zu, wie die Stadt Melbourne untergeht. Eine Vertretungslehrerin, die nach Luft ringt, aufgibt, ihr letztes Ausatmen ein Blutnebel, der sich auf Pans Gesicht niederschlägt. Die Leichen in den Straßen, ein Polizist, der sich den Lauf einer Pistole in den Mund schiebt, der Geruch nach verbranntem Fleisch, als sein Schädel explodiert.

Pan rennt.

Ein Park, eine Frau auf einer Bank. Pans Mutter, der Boden vor ihren Füßen mit leuchtend roten Punkten übersät, sie hustet und hustet. Ihr Bruder Danny auf der Schaukel. Sie beschreibt einen Bogen durch die Luft, der immer langsamer wird, verebbt mit Dannys Leben. Das Gefühl, in die Luft gehoben zu werden, das Dröhnen von Rotoren über ihrem Kopf. Und andere Erinnerungen, seltsame Erinnerungen aus der Zeit, in der die Stadt noch gelebt hatte. Männer in dunklen Anzügen, die sie verfolgten, ein Streifenwagen, der ihr zu Hilfe kam, eine Injektionsnadel im Bein und eine Stimme, die in ihrem Kopf hallt, als sich die Dunkelheit über sie legt: »Das wollte ich schon immer einmal sagen.«

Eine Zeit, in der gar nichts mehr existiert, eine Leere, eine Dunkelheit, die so tief ist wie der Tod. Kälte durchdringt das taube Gefühl in ihrem Kopf. Sie steht in einem Garten, schaudert in ihrem dünnen Hemd, blickt auf eine öde Landschaft, eine winzige Gestalt gegen die hohen Berge. Eine Mauer und dahinter das Meer. Unter ihr die Akademie.

Die Akademie.

Echt oder nur Einbildung? Pan, gefangen in ihrem Albtraum, kann es nicht sagen. Ein alter Mann steht vor einer Schulklasse, er liest laut vor. Andere Unterrichtsstunden. Praktischer Unterricht. Jemand sagt: »Wir müssen die alten Techniken neu erlernen, wenn wir überleben wollen. Die Welt gibt es nicht mehr. Das Virus hat sie mitgenommen als Milliarden starben. Es sind nur noch zehntausend von uns übrig, verteilt auf Archen überall auf der Welt. Archen, die ihr als Akademien kennt. Wir müssen lernen, und wenn die Welt wieder sauber ist, werden wir losziehen und sie neu bevölkern. Und wir dürfen nicht dieselben Fehler machen. Wir müssen lernen.«

Splitter einer zerbrochenen Zeit.

Laufen, Runden auf einer Rennbahn. Ein Junge mit dunklen, lockigen Haaren. Sein Name ist Nate und er hat Pan geliebt. Hat er sie verraten? Sie sieht ihm in die Augen und spürt gleichzeitig Furcht und Vertrauen. Da sind noch andere Leute. Sie stehen ihr nah, aber nicht so nah wie Nate. Ein Mädchen mit einem Köcher über der Schulter, den Bogen in der Hand.

»Deine Intuition könnte die Welt retten, Pandora.«

»Die Welt ist tot.«

»Deine Intuition könnte die Welt retten …«

Pan starrt auf die Steilwand wenige Zentimeter vor ihrem Gesicht und fürchtet sich. Der kleinste Ausrutscher, eine kurze Unsicherheit wird sie in die Tiefe stürzen lassen, dorthin, wo es nichts gibt, noch nicht einmal Albträume. Auf der Felswand glitzern Eiskristalle, Kälte kriecht in ihre Knochen. Was hat sie hierher geführt? Ein Mädchen. Eine Freundin, aber doch kein richtige Freundin.

Pan schließt die Augen, aber in ihrem Traum kann sie noch immer sehen. Allerdings schwebt sie jetzt hoch über der Landschaft als Herrin der Berge, sie dreht sich die Welt so, wie es ihr gefällt. Ich stecke im Körper eines Falken. Ich sehe durch seine Augen. Ich bin der Falke.

»Du musst deine Gabe annehmen, Pandora. Alles hängt davon ab.«

Pan sieht ein Mädchen. Auf halber Höhe am Berghang, dort, wo es kein Überleben gibt. Das Mädchen heißt Cara. Und jetzt ist Pan zurückgekehrt in ihren schwerfälligen Körper, klammert sich an einem Felshang fest und hofft inständig, dass sie sich ihre Gabe nur eingebildet hat und Cara in Sicherheit ist. Aber sie klettert höher hinauf und entdeckt ihre Freundin. Sie sitzt mit dem Rücken an den Hang gelehnt, mit dem Gesicht zur Akademie und dem endlosen Himmel. Tot.

Pan kniet sich vor sie hin und das tote Mädchen schlägt die Augen auf.

»Die Uhren sind falsch«, sagt Cara. »Alles ist falsch, Pandora. Denk über deine Träume nach. Über die, die einen Sinn ergeben. Dann verstehst du vielleicht.«

Und dann steht Pan oben auf der Mauer, neben Nate. Links von ihr liegt die Akademie, rechts das Dorf und dahinter das Meer. Sie klettert an einem Seil hinab und dann sticht ein Lichtstrahl in ihre Augen. Da sind Männer mit Schusswaffen, eine Spritze. Dunkelheit. Das kennt sie schon aus den Träumen, die keinen Sinn ergeben. Oder vielleicht doch. Ein Polizist mit Goldzahn, der sich auf dem Beifahrersitz eines Wagens zu ihr umdreht und sagt: »Das wollte ich schon immer mal sagen.«

Ein weiterer Lichtschein weckt sie auf. Sie wird abgeholt zu einer Reise durch die Nacht. Ihr Team durchquert ein Tor in der Mauer und besteigt ein Boot, lässt die Akademie hinter sich. Der Wind schmeckt nach Salz und Freiheit. Aber da ist dieser leichte Nachgeschmack, das stechende Aroma des Todes. Sie übergeben Caras Leiche dem Meer. Als sie versinkt, sind ihre Augen geöffnet und sie sprechen.

»Mein Tod darf nicht vergebens sein, Pandora. Finde heraus, was falsch ist.«

Pan ist im Wasser, schwimmt in Richtung Strand, in Richtung Gefahr. Sie weiß es. Die Gruppe. Ihre Freunde. Ihre Liebe. Sie alle kämpfen sich durch einen Wald, nass, müde, über sich eine Wolke aus Stechmücken, die wie Rauch dahinzieht. Dann eine Lichtung und Leichen, die zu zucken und zu summen scheinen, aber es sind nur die vielen fetten schwarzen Fliegen. Eine Gewehrkugel schlägt splitternd in einen Baum-

stamm. Sie rennen durch den Wald, alle in ihrer Gruppe am Rand der völligen Erschöpfung. Ein Mann auf einer Lichtung, ein Pfeil steckt in seinem Hals. Wei-Lin hält den Bogen in der Hand, ihre Augen sind vor Entsetzen geweitet. Ihre Miene schuldbewusst.

Pan schwimmt wieder im Meer, lässt sich treiben, wartet. Auf ein Boot und auf Nate – sie weiß nicht, wer oder was zuerst da sein wird. Dann diese Gestalt am Strand, sie rennt, rennt vor einer Gruppe von Verfolgern davon. Aber das ist Nate. Er kann jedem davonlaufen. Sicher kann er auch vor einer Kugel davonlaufen? Pandora Stone täuscht sich. Die Kugel trifft ihn und er ist fort. Aber es ist eine Lüge.

Pan sitzt im Boot und weiß, dass sie niemandem trauen kann. Überall Lügen, sie atmet sie ein. Sie benetzen ihr Gesicht wie Schweiß. Und durch die glitzernden Scherben des reflektierten Lichts hindurch taucht die Akademie in ihrem Blickfeld auf. Die größte aller Lügen. Ein Albtraum, der einfach nicht weichen will.

Sie spürt den Schrei in ihrer Kehle …

Pan schreckte hoch. Ihr Gesicht war schweißnass und das Herz trommelte in ihrer Brust. Sie sah an sich herab und stellte fest, dass ihre Fäuste das Bettlaken zusammengeknäult hatten. Ihre Knöchel traten weiß unter der angespannten Haut hervor. Sie brauchte einige Konzentration, bis sich ihre Hände wieder entspannten. Sie wischte sich mit einer Ecke des Bettlakens über die Stirn.

Das Spital. Hierher hatten sie ihre Gruppe nach der Rückkehr von der Insel gebracht. Sie erinnerte sich an den Rückweg durch das Dorf und durch die Mauer und an den langen Anstieg hoch zum Spital der Akademie und auch daran, dass Dr. Morgan und Dr. Macredie sie untersucht hatten. Sie hatten ihr eine Tablette gegeben, die ihr beim Einschlafen helfen sollte. Das war das Letzte, woran sie sich erinnerte.

Die Station schien verlassen; allerdings waren ein oder zwei Betten so zerwühlt, als wären sie bis vor Kurzem belegt gewesen. Die Glastüren waren weit aufgerissen und dahinter lag die schwindelerregende Kulisse der Berge. Pan schwang die Beine aus dem Bett und zuckte zusammen, als der Schmerz ihre Waden und ihre Hüfte durchfuhr. Jemand hatte sie umgezogen. Oder vielleicht hatte sie es auch selbst getan. Sie wusste es nicht mehr. Vieles war unklar. Die Fahrt zu der Insel wirkte wie ein böser Traum, wie ein alter Kinofilm, an dessen Handlung sie sich nur noch schwach erinnern konnte. Aber sie erinnerte sich noch daran, wie Nate am Strand entlanggerannt war und wie er durch das Meer auf sie zu schwamm, als sein Körper erstarrte und dann ins Wasser sank. Dieses Bild war kristallklar.

Sie dachte an die Erleuchtung, die ihr gekommen war, als die Gruppe sich auf der Rückfahrt zur Akademie befunden hatte. Ihr Körper war erschöpft, aber ihr Verstand arbeitete mit größter Präzision.

Ein Wasserkrug stand auf ihrem Nachttisch, ein Glas war über den Flaschenhals gestülpt. Sie griff danach.

Was sollte sie jetzt tun? Ein Verdacht war ja gut und schön. Aber was sie brauchte, war ein Beweis.

1.

Pan nahm ihr Wasserglas mit nach draußen in den Garten auf dem Dach der Welt – ein Felsplateau hoch über der Akademie, der sie umschließenden Mauer, dem Dorf und dem Meer. Im Garten standen Stühle und Tische sowie hier und da eine Topfpflanze. Bunte Kleckse gegen das Grau, etwas Schönes vor dem hässlichen Hintergrund, wie ein Symbol der Akademie selbst – sie war überwiegend trostlos, aber dann gab es doch ganz überraschend hin und wieder einen Moment der Freude. Sie setzte sich an einen Tisch und blickte hinunter auf die Akademie. Als jemand sich zu ihr setzte, sah sie gar nicht auf. Sie wusste schon, wer es war.

»Nur sechs von uns verlassen die Insel«, sagte Jen. »Du hattest recht damit.«

Hatte ich nicht, dachte Pan. *Jedenfalls nicht so, wie du dir das vorstellst. Nur sechs von uns haben die Insel verlassen, aber Nate ist nicht tot.* Es war zu schwierig zu erklären, also schwieg sie. Trotzdem hätte sie beinahe gelächelt. Es war doch ironisch – genau der Fall, in dem sie vermutlich falsch gelegen hatte, war derjenige, der Jen endlich davon überzeugte, dass Pans Intuitionsgabe nicht irgendein absurdes Hirngespinst war. Eine Minute lang saßen sie schweigend am Tisch.

»Ich soll dich holen«, sagte Jen.

»Mich holen?«

»Es gibt ein Treffen.« Jen seufzte. »Des ganzen Teams – zumindest, was davon übrig ist. Dr. Macredie hat eine Beratungsstunde für uns angesetzt. Wir sollen über unsere Gefühle reden, heulen und schluchzen und dann geheilt hinausgehen. O Mann, Pandora. Das klingt wie ein Albtraum.«

Auch für Pan klang es wie ein Albtraum, und Albträume hatte sie in letzter Zeit schon genug. Was sie aber dringend brauchte, war Zeit zum Nachdenken.

»Wann denn?«, fragte sie.

»In fünfzehn Minuten. Alle treffen sich an der Schwesternstation.« Jen schmunzelte. »Selbst Sanjit kommt, so wie es aussieht. Sie haben seinen Knöchel untersucht. Nur verstaucht.« Ihre Stimme wurde zum Flüstern und Pan hätte ihre nächsten Worte beinahe nicht verstanden. »Eine teure Verstauchung.«

Pan wusste nicht, was sie sagen sollte, also schwieg sie und betrachtete die schwarzen Punkte am Himmel. Vögel, die auf dem Wind und der warmen Luft dahinsegelten.

»Wie geht es dir?«, fragte Jen schließlich.

»Ich bin froh, dass wir von der Insel weg sind«, sagte Pan. »Seltsam, im Ernst. Ich hätte nie gedacht, dass ich einmal froh sein würde, wieder in der Akademie zu sein.«

»Ich meine, wie geht es dir wegen … Nate? Möchtest du darüber reden? Ich meine … wir wussten ja alle, dass da etwas zwischen euch beiden lief. Ich dachte nur … Also, sag mir einfach, dass es mich einen feuchten Dreck angeht, wenn das jetzt voll daneben ist, ja?«

Pan lehnte sich in ihrem Stuhl zurück und betrachtete die Berge, die sich zu ihrer Linken erhoben. Der Schnee war größtenteils geschmolzen, nur ganz oben um die Gipfel lag noch eine dicke Schicht, wie Zuckerguss auf einem Kuchen. Vermutlich blieb dort ein Teil des Schnees das ganze Jahr über liegen, ein niemals endender Winter. Aber einzelne Stellen an den Bergflanken leuchteten bereits grün. Neues Leben erwachte, versuchte, sich zu behaupten. Überleben war das Einzige, was zählte. Oder vielleicht war es noch einfacher. Ein Kreislauf aus Leben und Tod, der seit Anbeginn der Zeit existiert hatte. Eine friedliche Koexistenz. Das hatte sie schon einmal gedacht, fiel ihr ein – damals, als sie zum ersten Mal den Garten betreten hatte. Es wirkte tiefgründig, war aber genau genommen vollkommen nutzlos.

»Genau dafür ist dieses Treffen doch gedacht, oder?«, fragte Pan. »Um darüber zu reden, wie wir uns fühlen.«

»Schon«, gab Jen zu. »Aber ich spiele da nicht mit. Oh ja, ich möchte auf jeden Fall mit Dr. Macredie reden. Aber den ganzen sentimentalen, gefühlsduseligen Mist kann sie sich sonst wohin stecken. Ich möchte wissen, was da draußen passiert ist. Ich möchte die Wahrheit hören.«

Pan vermutete, dass es sehr schwer sein würde, die Wahrheit zu packen, aber es war sinnlos, das auszusprechen.

»Warum fragst du mich denn dann nach Nate?«, fragte sie. »Ist das nicht genau die Art von gefühlsduseligem Mist, den du nicht leiden kannst?«

»Ich bitte dich ja nicht, mir was vorzuheulen.« Wieder seufzte Jen. »Aber wenn ich auf der Insel etwas gelernt habe, dann das: Wir sind ein Team.« Sie schnaubte. »Ein seltsames, durchgeknalltes Team, das schon, aber Dr. Macredie ist definitiv keine von uns. Keiner der Mitarbeiter hier gehört zu uns. Sie können sich alle zum Teufel scheren.«

Pan rückte ihren Stuhl und sah Jen ins Gesicht. Jen war niemand, der gern über seine Gefühle redete. Jen empfand Gefühle als Schwäche, gegen die man sich wappnen musste. Sie lebte nach einem einzigen, großen Grundsatz: um ihr persönliches Überleben zu sichern. Pan erinnerte sich an den ersten Konflikt, den sie beide ausgetragen hatten, damals in Gwynnes Waffentraining. Sie erinnerte sich auch noch daran, welche Diskussion Miss Kingston, die stahlharte Fitnesstrainerin, in ihrer ersten Unterrichtsstunde an der Akademie angestoßen hatte. Die Gruppe hatte darüber geredet, ob es richtig sei, ein schwaches Individuum zu opfern, falls das dem Überleben der Gruppe diente. Jen hatte darauf bestanden, dass nur die Stärksten ein Überleben verdienten. Doch während des Aufenthalts auf der Insel hatte Jen sich nicht dagegen ausgesprochen, dass Sanjit geschützt werden musste. Als Nate erschossen worden war (war er überhaupt erschossen worden?), hatte sie versucht, sich über den Bootsrand ins Meer zu stürzen und ihn zu holen. Hatte Jen etwa ein weiches Herz, das sie mit allen erdenklichen Mitteln überspielen wollte? Und konnte man ihr trauen?

»Du hast diesen Mann, den Wächter, dort in der Höhle, getötet«, sagte Pan. »Wie geht es dir damit?«

»Du weichst meiner Frage aus.«

»Ja. Aber du hast mit den Gefühlen angefangen.«

Schweigen. Pan wartete ab.

»Willst du die Wahrheit hören?«, fragte Jen.

»Nein. Lüg mich an. Natürlich die Wahrheit.«

Jen lachte. Pan wurde klar, dass sie Jen zum ersten Mal überhaupt lachen hörte. Es veränderte ihr Gesicht, verlieh ihm eine Wärme, die normalerweise fehlte.

»Es war schwieriger, als ich dachte«, sagte Jen. Ihre Stimme war ungewohnt nachdenklich. »Und gleichzeitig war es viel einfacher. O Mann, das passt überhaupt nicht zu mir. So ein sinnloses Gerede.«

»Was ist passiert?«

»Ich habe mich über den Rand der Klippe rutschen lassen und bin in die Höhle geschlichen. Mir war klar, dass ich schnell sein musste, weil er mich bestimmt hören würde. Er hat mich aber nicht gehört. Er hat neben dem fast erloschenen Feuer geschlafen. Er ist erst aufgewacht, als ich nur noch ein, zwei Meter von ihm entfernt war. Er hat versucht, aufzuspringen, hat nach irgendwas gegriffen. Wahrscheinlich nach einer Waffe. Also habe ich ihm mein Messer in den Bauch gerammt.« Jen starrte in die Ferne, in eine dunkle Höhle, Angesicht zu Angesicht mit einem sterbenden Menschen. »Er hat geächzt. Blut ist über meine Hand gelaufen. Es war so heiß und es war so viel. Aber ich wusste, dass er nicht sterben würde. Jedenfalls nicht gleich. Also habe ich noch mal auf ihn eingestochen. Ins Herz. Jedenfalls dahin, wo ich sein Herz vermutet habe. Dann ist er irgendwie zusammengeklappt. Einmal habe ich dann noch zugestochen.«

»Wie hast du dich gefühlt?«

Diesmal dauerte das Schweigen länger.

»Du wolltest die Wahrheit hören«, sagte Jen. Ihre Stimme war jetzt ganz leise. »Als Wei-Lin diesen Kerl getötet hatte. Mit dem Pfeil im Hals. Da habe ich mich … Scheiße gefühlt.

Ich war neidisch auf sie. Sie ist nur so ein Weichei und trotzdem hatte sie jemanden getötet. Es war so, als würde man von jemandem besiegt werden, von dem man genau weiß, dass er einem unterlegen ist.« Sie sah Pan in die Augen. »Wie damals, als du mich im Stockkampf besiegt hast. Hasst du mich jetzt?«

»Nein.«

»Seltsam. Ich glaube, ich hasse mich selbst.« Jen wandte sich wieder ihren inneren Bildern zu. »Aber so habe ich mich gefühlt. Und ich war ganz scharf darauf, diesen Rückstand auszugleichen. Es hat sich herausgestellt, dass es ganz leicht ist, jemanden umzubringen. Aber danach gibt es kein Zurück. Und keine Möglichkeit, es jemals ungeschehen zu machen. Das ist die Schwierigkeit daran. Es ist so verdammt endgültig.«

»Jen? An was erinnerst du dich noch aus deinem Leben vor der Akademie? Vor deiner Rettung?«

Jen rieb sich die Augen.

»Was sollen diese ganzen Fragen, Pandora? Versuchst du, eine Beziehung zu mir aufzubauen? Hey, Mädchen, da gibt es etwas, was du über mich wissen musst. Ich bin kein Kumpel für Pyjama-Partys, habe keine Lust, dir Zöpfe zu flechten, und Gegacker über Jungs kann ich nicht leiden.«

Pan lächelte. »Das habe ich mir schon so gedacht. Aber du hast damit angefangen.«

»Mittlerweile wünschte ich, ich hätte das nicht getan.«

Pan hob eine Augenbraue.

»Du beantwortest meine Fragen nicht«, fuhr Jen fort. »Aber selbst haust du mir jede Menge Fragen um die Ohren. Worum geht's?«

»Die Wahrheit?«

»Nein. Lüg mich an.«

»Ich muss wissen, ob ich dir vertrauen kann.«

»Warum?«

»Das sage ich dir, wenn ich dir vertrauen kann.«

Jen seufzte. »Ich verstehe nichts von Vertrauen. Misstrauen ist wesentlich gesünder.« Sie erhob sich. »Komm, Pandora, wir gehen eine Runde.«

Viele Möglichkeiten zum Spazierengehen gab es nicht. Der Garten auf dem Dach der Welt bildete ein Rechteck, das zu drei Seiten von tiefen Abgründen begrenzt war. Sie schlenderten zu der Seite, die am weitesten vom Spitalgebäude entfernt war. Die Mädchen stellten sich an den Abgrund und betrachteten die Gebäude weit unter ihnen.

»Ich erinnere mich ziemlich genau an dasselbe wie alle anderen«, sagte Jen. »Tod. Abscheulichkeiten. Kampf. Andererseits ist das eh die Kurzfassung meines gesamten Lebens.«

»Jeder erinnert sich an dasselbe wie jeder andere«, erwiderte Pan. »Kommt dir das nicht komisch vor?«

Jen starrte sie ratlos an. »Im Lösen von Rätseln bin ich nicht gut, Pandora. Nein, ich finde das nicht komisch. Ich empfinde das als normal.«

»Was ist mit deiner Familie?«

»Ach Gott. Meine Familie? Was soll das?« Sie setzte sich auf die Felskante, ihre Beine baumelten über dem Abgrund. Pan setzte sich ungefähr einen Meter hinter sie. Ihr waren Höhen nicht geheuer und sie war nicht gewillt, ihr Schicksal herauszufordern.

»Es gab nur meine Mutter«, fuhr Jen fort. »Sie verschwand eines Tages, als ich vierzehn war. Stieg bei irgendeinem Typen hinten auf die Harley und danach habe ich sie nie wiedergesehen. Was soll's? Das ist unwichtig.«

»Unwichtig?«

»Ja. Genau wie das Virus, die ganzen Toten, das ganze Leid. Weißt du, was ich denke, Pandora? Ich glaube, das war das Beste, was passieren konnte. Die meisten Leute, die ich kannte, haben sich gequält. Das Leben war hart. Manchmal war es total schwierig, von einem Tag auf den anderen durchzukommen. Und ich hatte es noch leicht im Vergleich zu den meisten anderen. Denk doch mal an die ganzen Kinder in der Dritten Welt, die verhungern, an vermeidbaren Krankheiten sterben. Die Welt war beschissen. Sie lag sowieso im Sterben. Das Virus hat uns allen einen Gefallen getan. Es hat das ganze Leid beendet und jetzt können wir neu anfangen.«

»Glaubst du das denn wirklich?«

»Ja. Vielleicht bin ich einfach anders als du. Ich fand die Welt nie wunderbar. Ich fand sie beschissen. Die allermeisten Leute waren Schweine. Nur haben einige es eben besser getarnt als andere. Nein. Das Virus hat der Welt einen Gefallen getan und das einzig Dumme ist, dass es seine Aufgabe nicht zu Ende gebracht und uns nicht alle ausgelöscht hat.«

Dazu sagte Pan nichts. Es gab nicht viel zu sagen. Aber sie fragte sich, was für ein Leben Jen wohl geführt hatte, wenn sie so schlecht über die Welt dachte. Nach einer Weile stand Jen auf und wischte sich den Hosenboden sauber.

»Bist du fertig, Pandora? Wenn wir jetzt nicht losgehen, kommen wir zu spät zu diesem Treffen.«

Pan war nicht fertig. Noch lange nicht. Aber sie konnte warten.

~~~

Die Gruppe saß um den Tisch herum, den Pan von so vielen persönlichen Förderstunden mit Dr. Morgan kannte. Dr. Macredie hatte am Kopfende des Tischs Platz genommen, Wei-Lin zu ihrer Linken und Sanjit zu ihrer Rechten. Sam und Karl saßen mit ineinander verschränkten Händen neben Sanjit. Pan und Jen setzten sich neben Wei-Lin.

Pan musterte die anderen Mitglieder ihres Teams. Sanjit ließ den Kopf hängen, seine Finger zeichneten Muster in das Kondenswasser, das sich unter seinem Wasserglas gebildet hatte. *Ich muss ihn im Auge behalten,* dachte Pan. *Er ist in sich zurückgezogen, verletzlich. Ich kann und werde nicht zulassen, dass er es ihm wie Cara ergeht.* Auch Sam und Karl wirkten bedrückt, aber daran, wie fest sie sich aneinanderklammerten – Pan sah, dass ihre Fingerknöchel weiß hervortraten – war deutlich zu sehen, dass sie sich in ihrer Verzweiflung gegenseitig beistanden. *Ich freue mich für sie,* dachte Pan. *Das Glück ist so vergänglich und sie müssen es mit aller Kraft festhalten.* Wei-Lin saß reglos da, den Blick auf Dr. Macredies Gesicht gerichtet, aber ein Pulsieren in ihrem Hals verriet den Aufruhr in ihrem Inneren. Jens Miene war genauso verschlossen. *Sie hat recht,* dachte Pan. *Wir sind ein seltsamer Haufen, jeder von uns kämpft gegen seine eigenen Dämonen. Aber wir haben nur einander.*

Dr. Macredie hüstelte und klopfte sanft mit einem Finger auf die Tischplatte.
~~~

»Vielen Dank, dass Ihr alle gekommen seid«, sagte sie. Fast schon automatisch beugte sich Pan über die Tischplatte vor. Die Frau sprach so leise, dass die Luft ihre Worte beinahe schon auszulöschen schien, während sie sie noch aussprach. »Dr. Morgan lässt sich entschuldigen, er hält eine Ansprache an die anderen Schüler. Nach dem, was mit Nate passiert ist, halten wir es für wichtig, dass alle informiert sind. Alle sollen Gelegenheit erhalten, angemessen … zu trauern.«

Keiner sagte etwas. Dr. Macredie wischte sich eine rote Haarsträhne aus dem Gesicht.

»Ich habe Erfahrung mit therapeutischen Gesprächen«, fuhr sie fort. »Und ich weiß, wie wichtig es ist, nach einem Verlust zu reden, unseren Emotionen freien Lauf zu lassen, unsere Gefühle miteinander zu teilen. Ich glaube, es wäre richtig, wenn jeder von uns jetzt etwas über Nate sagen würde – wir etwas aus seinem Leben erzählen, an das wir uns erinnern, und was uns sein Tod bedeutet. Möchte jemand anfangen?«

Fünf Sekunden lang herrschte Schweigen.

»Okay. Ich.« Jen verschränkte die Arme. »Ich möchte wissen, warum ausgerechnet unser Team so vom Unglück verfolgt wird. Ich meine, erst Cara und jetzt Nate. Soweit ich weiß, sind bis jetzt nur zwei Schüler gestorben, und beide waren Mitglieder unseres Teams. Das zufällig auch noch das kleinste aller Teams ist. Also, ich weiß ja nicht, wie die anderen darüber denken, aber mir kommt es so vor, als wäre das verdammt unwahrscheinlich, ein zu großer Zufall. Sind wir verflucht oder ist hier irgendwas anderes im Gange?«

Wei-Lin warf Jen einen Seitenblick zu und die Ader in ihrem Hals pulsierte schneller. Aber sie sagte nichts, sondern wandte sich wieder Dr. Macredie zu, die ihre Finger ineinanderflocht und die Hände in den Schoß legte.

»Jen, ich weiß nicht, was ich dazu sagen …«

»Könnten Sie etwas lauter sprechen?« Jen tippte sich auf das rechte Ohr. »Hier kommt nichts an.«

Dr. Macredie wand sich auf ihrem Stuhl, aber als sie weiterredete, war ihre Stimme lauter. Wenn auch nicht viel.

»Jen, an so etwas wie Flüche glaube ich nicht. Und was das andere angeht, was hier im Gange sein könnte – ich habe keine Ahnung, was du damit meinst.«

»Okay. Gut. Vielleicht haben wir einfach Pech. Dann stelle ich jetzt aber noch eine andere Frage: Warum hat die Akademie uns da rausgeschickt, an so einen gefährlichen Ort, nur mit einem Messer und Pfeil und Bogen bewaffnet, gegen Soldaten mit automatischen Waffen? Was sollte der ganze Mist, den Gwynne da veranstaltet hat – dass wir zurückgelassen würden, wenn wir nicht zu einer bestimmten Uhrzeit wieder da sind? Ich meine – kommen Sie schon, Dr. Macredie – im Ernst? Irgendwas an dieser ganzen Aufgabe stinkt doch zum Himmel. Sie wissen das. Wir wissen das. Ich möchte die Wahrheit erfahren.«

Dr. Macredie räusperte sich.

»Du redet hier über operative Belange«, sagte sie. »Und ich bin nicht die richtige Ansprechpartnerin, um zu erklären …«

Jen lachte, aber es klang bitter.

»Wie bitte? Operative Belange? Mann, Sie reden wie eine Politikerin. Wie wäre es denn mal mit der schlichten Wahrheit? Ich finde nämlich, das ist das Mindeste, was wir erwarten können.«

»Meinst du nicht, es wäre wichtiger, über Nate zu reden?«

»Ich rede doch über Nate«, sagte Jen. »Er ist da draußen gestorben und ich möchte wissen, warum. Sie kommen uns hier mit Ihrem ganzen Mist von wegen ›wir sollten über unsere Gefühle reden‹, aber von meinen Gefühlen wollen Sie nichts hören. Ich formuliere es jetzt so einfach, wie ich kann. Mein Gefühl sagt mir, Nates Tod war bestenfalls unnötig, schlimmstenfalls ist die Akademie ganz direkt dafür verantwortlich. Wir wollen eine Erklärung hören.«

»Ich bin schuld.«

Die Stimme war ganz leise, kaum mehr als ein Flüstern. Sanjit hatte den Kopf nicht gehoben und auch nicht aufgehört, wie unter Zwang Muster in den Wasserfilm zu zeichnen.

»Es war mein Fehler«, fuhr er fort. »Wenn ich mir nicht den Fuß verstaucht hätte, hätten wir wahrscheinlich alle abhauen können. Nate hat dieses Ablenkungsmanöver nur durchgezogen, um mich zu beschützen, weil ich nicht mithalten konnte. Ich war derjenige, ich war das schwache …«

»Hey, halt die Luft an, Sanjit.« Jen hob die Hand. »Hör sofort auf damit. Das ist Quatsch und das weißt du selbst. Selbst wenn wir alle fit gewesen wären, hätten wir die Typen niemals abhängen können. Wir sind wie eine Büffelherde durch den Wald getrampelt. Genauso gut hätten wir Leuchtsignale abfeuern können. Unsere einzige Chance war es, uns zu verstecken, während Nate sie weggelockt hat. Du hattest mit seinem Tod nichts zu tun und du hast keinen Grund, dich schuldig zu fühlen.«

»Vielleicht solltest du einfach zulassen, dass Sanjit ausspricht, was er fühlt«, mahnte Dr. Macredie. »Vielleicht ist es ihm ein Bedürfnis.«

»Und vielleicht käme Ihnen das ganz gelegen, weil Sie dadurch vermeiden können, mir meine Fragen zu beantworten.« Jen stemmte beide Hände auf den Tisch. »Also, Doc. Kommen wir doch einfach zum Punkt, ja? Warum hat die Akademie uns auf diese Mission geschickt?«

Dr. Macredie blickte in die Runde, als suche sie Unterstützung, aber keiner sagte etwas. Sie seufzte.

»Das weiß ich nicht«, sagte sie. »Soweit mir bekannt ist, gab es Berichte über einen Überlebenden und ihr wurdet hingeschickt, um sie oder ihn ausfindig zu machen. Aber keiner hatte ernsthaft Hoffnung – es war ein sehr schwammiger Bericht – und deswegen wurde daraus eine Aufgabe, ein Überlebenstraining. Wenn wir gewusst hätten, dass sich dort Bewaffnete aufhalten, hätten wir euch niemals losgeschickt. Natürlich nicht. Es haben nur so wenige überlebt. Warum sollten wir euch absichtlich einem Risiko aussetzen?«

»Nun, ich glaube, Sie vergessen, dass das genau meine Frage war«, erwiderte Jen. »Und ich habe immer noch keine Antwort darauf.«

Es gab noch mehr Fragen, die Pan gerne stellen wollte. Wäre die statistische Wahrscheinlichkeit, an einer Stelle so viele sogenannte Überlebende zu finden, nicht äußerst gering? Warum erinnerten sich so viele Schüler der Akademie an die gleichen Dinge in den gleichen Einzelheiten? Aber es war zu riskant, solche Fragen zu stellen. *Behalte deinen Verdacht für dich,* dachte sie. *Und vertraue niemandem. Schon gar nicht Dr. Macredie.*

»Darauf weiß ich auch keine Antwort«, sagte Dr. Macredie. »Wenn ich sie wüsste, würde ich sie euch mitteilen. Aber du wirst es mir nachsehen müssen, Jen. Ich verstehe deine Bedenken, wirklich, aber wir sind aus therapeutischen Gründen hier zusammengekommen und ich kann nicht zulassen, dass du dieses Gespräch an dich reißt. Sanjit beispielsweise hat ganz offensichtlich Schuldgefühle wegen des Vorfalls, und ich bin der Ansicht, ihm steht es zu, uns das mitzuteilen und sich unsere Unterstützung zu sichern. Sanjit?«

Selbst in diesem Moment hob Sanjit nicht den Kopf. Seine Finger zeichneten Achten in die Pfütze, immer und immer wieder.

»Ich … vor dem Virus«, sagte er mit fast unhörbarer Stimme, »gab es mit mir immer nur Ärger. Ich weiß nicht. Es ist, als … als würde ich das Unglück anziehen. Ich bringe allen um mich herum nur Schwierigkeiten.«

»Was für Schwierigkeiten?«, fragte Dr. Macredie. Sie beugte sich in ihrem Stuhl nach vorn.

Sanjit zuckte mit den Achseln. »Probleme eben. Ich glaube, das spielt jetzt keine Rolle mehr. Außer für Nate …«

Sam hüstelte und erhob sich. Karl tat es ihr nach – es war schwer zu beurteilen, ob er sie damit unterstützen oder nur ihre Hand nicht loslassen wollte.

»Dr. Macredie«, sagte Sam. »Vielleicht versuchen Sie ja, uns zu helfen. Ich weiß es nicht. Um ehrlich zu sein, ich weiß überhaupt nicht mehr, was ich denken soll. Aber ich möchte hier nicht gemütlich herumsitzen und über Gefühle plaudern. Das hilft mir nicht. Und es wird die Toten definitiv nicht wieder zum Leben erwecken. Jen hat recht. Wir haben ein Recht auf Antworten. Also, wenn Sie keine haben, dann gehe ich jetzt.«

Karl warf ihr einen Seitenblick zu und nickte dann.

»Dem schließe ich mich an«, sagte er.

Dr. Macredie seufzte. »Sam, Karl«, sagte sie. »Es ist ungesund, seine Gefühle zu unterdrücken. Mir ist schon klar, dass ihr alle von dieser Expedition erheblich traumatisiert seid. Ein weiterer Mensch, einer der … Feinde … wurde getötet.« Sie sah zu Wei-Lin, die jedoch nicht reagierte. »Von dir«, fuhr sie dann fort. »Ich kann mir nicht einmal ansatzweise vorstellen, wie schwierig das für euch alle sein muss. Aber wenn diese Wunden heilen sollen, dann müsst ihr über eure Gedanken und eure Gefühle sprechen. Wir sind hier alle Freunde. Und Freunde unterstützen einander.«

Stuhlbeine scharrten über den Boden. Wei-Lin erhob sich. »Wir haben Freunde, Dr. Macredie«, sagte sie. »Unser Team. Was davon übrig ist.«

Sie sah in die Runde und Pan und Jen standen auf. Jen grinste. Sanjit sah hoch, dann stemmte er sich mit den Händen auf der Tischplatte ab und kam unsicher auf die Füße. Sam streckte eine Hand aus, um ihn zu stützen, aber er beachtete sie nicht.

»Sie waren bei der Expedition nicht dabei, Dr. Macredie«, sagte Wei-Lin. »Keiner von der Akademie war dabei. Wir haben uns dort gegenseitig unterstützt, ohne Hilfe von außen. Wir werden einander weiter unterstützen.«

Dr. Macredie fuhr sich mit dem Handrücken über die Stirn. Plötzlich wirkte sie erschöpft.

»Ihr macht einen Fehler«, sagte sie. »Aber ich kann euch nicht zwingen. Ihr wisst, wo ihr mich findet, wenn ihr reden wollt. Ich stehe euch zur Verfügung, auch außerhalb unserer Sprechzeiten im Spital. Kommt zu den Personalunterkünften, wenn es einen Notfall gibt. Andere Schüler haben das schon genutzt.«

»Danke«, sagte Wei-Lin. »Wir wissen das zu schätzen.«

~~~

Sam und Karl halfen Sanjit, die steile Treppe, die vom Spital zur Akademie hinabführte, zu bewältigen. Es hatte Probleme damit, seinen verletzten Knöchel voll zu belasten, also bot Karl ihm seine Schulter zum Abstützen. Sam ging einen oder zwei Schritte voraus, als die beiden mühsam treppab humpelten. Wei-Lin folgte ihnen.

Sie kamen sehr langsam vorwärts, und als die Gruppe anhielt und sich ausruhte, drängelten Jen und Pan vorbei. Nach wenigen Minuten hatten sie einen großen Vorsprung. Jen kicherte.

»Ich muss zugeben, es hat mir gefallen, Dr. Macredie so stehen zu lassen«, sagte sie. »Hast du gesehen, was sie für ein Gesicht gezogen hat, als wir ihr Spiel nicht mitgespielt haben?«

»Wir müssen auf Sanjit aufpassen«, sagte Pan. »Klar, wir sind alle angeschlagen, aber ich würde sagen, bei ihm ist es am brenzligsten.«

»Du hast wahrscheinlich recht. Ich werde mal mit Karl reden. Er soll ihn im Schlafsaal im Auge behalten. Sanjit redet ja nicht viel, deswegen ist er leicht zu übersehen.«

»Genau. Und wir können uns nicht leisten, ihn zu übersehen, so wie wir Cara übersehen haben.«
~~~

Sie erreichten die steinige Ebene der Akademie. Eine blasse Sonne hing tief am Horizont und es war keine Menschenseele zu sehen. Dr. Morgan hatte seine Ansprache an die Schüler wohl schon beendet. Pan wandte sich zu Jen um.

»Kannst du irgendwoher ein Stemmeisen oder besser noch einen Bolzenschneider besorgen?«, fragte sie.

»Warum?«

»Kannst du?«

Jen runzelte die Stirn und musterte Pan. »Ich habe da so meine Methoden«, sagte sie. »Einen Bolzenschneider allerdings eher nicht. So einen habe ich noch nie in einem der Lagerräume gesehen. Aber ein Stemmeisen könnte ich vermutlich beschaffen.«

»Heute Abend? Und ein Seil?«

»Wahrscheinlich. Worum geht's denn?«

»Ich möchte, dass wir etwas versuchen. Nur wir beide. Kein anderer darf davon wissen.« Pan verspürte ein schlechtes Gewissen. Das Team hatte sich gerade so einig gezeigt und schon ließ Pan die anderen wieder außen vor. *Nur heute Abend,* dachte sie. *Morgen erzähle ich ihnen alles, was wir herausgefunden haben. Falls wir überhaupt etwas herausfinden.* »Schon gar keiner von den Mitarbeitern.«

»Wird es denn gefährlich?«

»Sehr wahrscheinlich. Wenn wir erwischt werden.«

Jen lächelte und ihre Miene hellte sich auf. Sie wirkte viel liebenswerter, wenn sie lächelte. Es war bemerkenswert, wie schnell Eiseskälte sich in Wärme verwandeln ließ. Dasselbe, wurde Pan klar, galt auch umgekehrt. Plötzlich sah sie im Geiste Nate vor sich. Sie fröstelte.

»Großartig«, sagte Jen. »Ich liebe Gefahr.«

2.

Der Schlafsaal war so, wie Pan ihn in Erinnerung hatte. Sauber, ungemütlich und vollkommen bar jeder Wärme. Er roch nach Einsamkeit. Es war niemand da, als Pan eintrat. Jen war losgegangen, um die Ausrüstung zu besorgen. Die beiden hatten verabredet, sich um Mitternacht vor dem Schlafsaal zu treffen. Pan war froh, ein bisschen Zeit für sich zu haben.

Sie schlug die Bettdecke zurück. Jemand hatte in ihrer Abwesenheit ihr Bett gemacht, was an sich schon eine Überraschung war. In der Akademie kümmerte man sich um seine eigenen Aufgaben, denn niemand hatte Zeit oder Lust, auch noch anderen zu helfen. Pan lächelte. Sie spürte Wei-Lin hinter dieser kleinen Geste der Solidarität. Die Matratze war hart und die Federn drückten gegen ihren Rücken, als sie sich hinlegte. Obwohl sie im Spital so lange geschlafen hatte, war sie todmüde, dennoch kam ihr das unbequeme Lager gerade recht. Sie wollte nicht wieder schlafen. Noch nicht.

Auf dem Rückweg von der Insel war ihr eine Erkenntnis gekommen, eine Gewissheit, die Pan nun noch einmal heraufzubeschwören versuchte. Die Akademie belog ihre Schüler – schlimmer noch, sie manipulierte ihre Erinnerungen, pflanzte ihnen neue Erinnerungen ein. Das fühlte sich immer noch wahr an. Aber war sie sich immer noch hundertprozentig sicher, dass Nates Tod nur eine Inszenierung gewesen war, nur eines von vielen Trugbildern in dieser vernebelten und verspiegelten Scheinwelt? Nein, von ihrem ursprünglichen Gefühl waren nur noch Spuren vorhanden, als hätten die dazwischen liegenden Stunden es verblassen lassen. Vielleicht hatte sie in manchen Dingen recht, in anderen aber nicht. Gab es irgendein Indiz dafür, dass Nate nicht tot war? Nein. Genau genommen hatte sie mit eigenen Augen gesehen, wie er gestorben war. Sie besaß nur ihre Intuition. War es vielleicht ein verzweifelter Akt der Selbsttäuschung? Weigerte sie sich einfach anzuerkennen, dass Nate tot war und niemals zurückkehren würde? So tot wie alle anderen Menschen, die ihr nahegestanden hatten? Ihre Mutter. Ihr Bruder. Ihre Freunde. Gedanken verwoben sich, verwirbelten und wurden immer verschwommener. Sie wusste nur eines mit Sicherheit: Da draußen gab es Antworten auf ihre Fragen, und die musste sie finden.

An dieser Entschlossenheit klammerte sie sich fest, selbst, als sie einschlief. Diesmal träumte sie nicht.

Als sie erwachte, war es beinahe Mitternacht und alle anderen schliefen. Sie hatte sich einen inneren Wecker gestellt und freute sich darüber, dass es funktioniert hatte. Pan glitt aus dem Bett und schlüpfte in ihre Tarnjacke – Standardausrüstung der Akademie und ein willkommener Schutz gegen die frostige Nacht. Der Winter ging zu Ende und die Temperaturen waren jetzt milder als bei ihrer Ankunft, aber draußen würde es mitten in der Nacht dennoch kalt sein. Pan tastete sich durch den Schlafsaal zu Jens

Bett. Sie musste sie nicht aufwecken. Pans Augen hatten sich an die Dunkelheit gewöhnt und sie sah, dass Jen mit offenen Augen auf der Seite lag. Pan wies mit dem Kinn in Richtung Tür und Jen nickte. Sie war bereits angezogen und die beiden Mädchen tappten schweigend zwischen den Bettenreihen hindurch. Die Kälte draußen war eisiger, als Pan befürchtet hatte. Ein scharfer Wind schnitt durch ihre Kleidung und drang in ihre Knochen. Fröstelnd zog sie die Jacke enger um sich.

»Hast du das Stemmeisen und das Seil besorgt?«, flüsterte sie.

Jen nickte und verschwand hinter der Wand der Schlafbaracke. Einen Moment lang hörte Pan sie in der Dunkelheit rumoren, dann tauchte sie mit beiden Werkzeugen wieder auf.

»Ich dachte, es wäre sicherer, die zu verstecken«, erklärte sie.

»Gut«, sagte Pan. »Außerdem brauche ich deine Armbanduhr.«

»Meine Armbanduhr? Warum denn?«

»Ich habe meine Gründe.«

Einen Moment lang sah Jen Pan einfach nur an, dann zuckte sie mit den Achseln, löste den Riemen und reichte Pan die Uhr.

»Danke.« Pan nahm ihre eigene Uhr ab. »Warte hier, ich lege sie in den Schlafsaal.«

»Du bist echt schräg, Pandora. Das ist dir klar, oder?«

Pan zuckte mit den Schultern. »Ist mir auch schon in den Sinn gekommen.«

Es dauerte einen Moment, bis sie die Uhren auf die Kopfkissen gelegt hatte, dann stand Pan wieder neben Jen in der kalten Nacht.

»Okay«, sagte sie. »Die Party kann losgehen.«

»Wohin wollen wir?«, erkundigte sich Jen.

»Das siehst du dann schon.«

»Ein bisschen Vertrauen?«

»Misstrauen ist gesünder.«

Den größten Teil der Strecke legten sie im Dauerlauf zurück. Pan fiel es leichter als erwartet. Die Strapazen ihrer Mission auf der Insel hatten sie ausgelaugt, aber nach einer Weile fand sie ihren Rhythmus. Jen war keine Schwäche anzumerken, obwohl sie die Brechstange und das Seil trug. Lange bevor sie den Fluss erreicht hatten, war sein dumpfes Tosen zu hören. Das Schmelzwasser hatte ihn anschwellen und reißender werden lassen als an dem Tag, an dem Pan mit Nate am Ufer gesessen hatte. Sie hoffte, das Rauschen würde ihre Schritte übertönen. Sie rannte am Ufer entlang, Jen war einige Schritte hinter ihr. Sie kamen an den Unterkünften der Mitarbeiter vorbei. Ein paar Lichter brannten, aber die meisten Häuser lagen im Dunkeln. Niemand stand auf seiner Veranda und sie konnten unbemerkt passieren. Danach war es wieder vollkommen dunkel, aber ihre Augen hatten sich daran inzwischen vollkommen angepasst und sie kamen relativ gut voran. Nach nur fünfzehn Minuten ragte eine düstere Masse vor ihnen auf: die Mauer.

»Hab schon geahnt, dass wir hierherkommen würden«, sagte Jen.

»Warum?«

»Ich würde ja sagen, Intuition, aber darauf besitzt du

ja das Monopol. Dann eben einfache Logik. Was für ein Ziel sollten wir sonst haben? Wir wollen über die Mauer, oder?«

»Nein«, sagte Pan. »Drunter durch.«

Der Himmel war schwarz, kein Mond schien. Im tiefen Schatten der Mauer hätte man ohnehin selbst im Mondschein kaum etwas gesehen. Pan hielt an und kroch dann näher an die Mauer heran. Sie sah das aufgewühlte Wasser, das schäumend und strudelnd durch das Schleusentor strömte, aber das Tor selbst konnte sie nicht erkennen.

»Und was jetzt?«, wollte Jen wissen.

»Es gibt ein Schleusentor«, erwiderte Pan. »Ich war einmal mit Nate hier und er hat es mir gezeigt. Das Wasser fließt direkt hinunter ins Dorf und später dann, das nehme ich jedenfalls an, bis ins Meer. Ein Teil des Schleusentors ist verrostet. Es gibt vielleicht eine Lücke.«

»Ach ja? Und wie sieht es auf der anderen Seite der Mauer aus? Da ist doch bestimmt auch wieder so ein Tor.«

»Vielleicht, vielleicht auch nicht. Ich vermute, diese Mauer und das Gitter sind nur dazu da, uns hier drin gefangen zu halten. Es ist durchaus möglich, dass es auf der anderen Seite keins gibt. Und selbst wenn … es liegt nahe, dass es ähnlich verrostet ist wie das hier. Es ist unsere beste Chance, auf die andere Seite zu kommen.«

»Ich würde eher sagen, es ist unsere beste Chance zu ertrinken«, sagte Jen »Es wäre sinnvoller, einfach über die Mauer zu klettern.«

»Schon probiert«, sagte Pan. »Ich vermute, dass sie die Mauer jetzt besser überwachen.«

»Du warst auf der anderen Seite?«, fragte Jen. »Pandora

Stone, du bist wirklich eine Überraschung. Ich hätte nie damit gerechnet, dass so was in dir steckt.«

Pan dachte einen Moment lang nach. »Als Nate und ich über die Mauer geklettert sind, haben sie uns innerhalb von Sekunden geschnappt. Wir sind kaum unten angekommen, da waren schon überall Bewaffnete und haben uns umzingelt. Und als wir wieder zu uns gekommen sind, waren wir wieder zurück in der Akademie, in einer Art Gefängniszelle. Sie hatten mir irgendwas injiziert. Mich ausgeknockt.«

»Mann«, sagte Jen. »Davon habt ihr uns überhaupt nichts erzählt.«

»Na ja.« Pan seufzte. »Ich habe gedacht, uns hat jemand verraten. Vielleicht ist uns jemand gefolgt und hat Alarm geschlagen. Deswegen erschien es uns besser, niemandem etwas zu erzählen. Aber inzwischen habe ich eine andere Theorie.«

»Ja?«

»Wie würdest du es dir erklären, dass die Akademie von unserem Ausbruch wusste – dass schon Leute auf der anderen Seite der Mauer auf uns gewartet haben?«

Jen überlegte ein, zwei Sekunden. »Vielleicht haben sie euch beim Hochklettern beobachtet und eine Art Alarm ausgelöst. Ich meine, diese Wachtürme müssen ja aus irgendeinem Grund da sein.«

»Aber es ergibt immer noch keinen Sinn. Sie wussten ganz genau, wo wir waren. In dem Moment, als ich meinen Fuß auf den Boden gesetzt habe, hat mir jemand mit der Taschenlampe ins Gesicht geleuchtet und mir eine Waffe an den Kopf gehalten. Es war wie eine Militäroperation. Und noch etwas anderes, Jen. Warum dieser ganze Aufstand, nur weil ein paar Teenies über eine Mauer geklettert sind? Sie haben uns wie Terroristen behandelt.«

»Die erzählen uns doch, wir sollen uns nicht mit anderen Viren infizieren.«

»Jaja. Was die uns alles erzählen.«

»Und wie lautet deine Theorie?«

»Ich glaube, wir werden ständig überwacht. Ich vermute, die Uhren, die sie uns gegeben haben, sind in Wirklichkeit Überwachungsgeräte. Daher wussten sie ganz genau, wo wir uns befanden. Irgendwer, irgendwo ist diesem Signal gefolgt. Zwei Leuchtpunkte auf einem Bildschirm – und als wir dann auf der anderen Seite der Mauer ankamen, war sofort der Teufel los.« Pan erinnerte sich an Caras Tagebucheintrag: *Meine Uhr ist falsch.* Sie beschloss, Jen nicht davon zu erzählen. Jedenfalls noch nicht. »Und wenn das stimmt – was befindet sich auf der anderen Seite der Mauer? Was müssen sie so dringend vor uns verbergen?«

Jen schmunzelte. »Eins muss ich dir lassen, Pandora. Du bist noch misstrauischer als ich, und das will etwas heißen. Na ja, es gibt wohl nur eine Möglichkeit, mehr herauszufinden.«

»Genau«, sagte Pan. »Binde mir das Seil um den Bauch und befestige das andere Ende irgendwo, aber sicher. Ich steige ins Wasser und versuche, die verrostete Stelle zu finden.«

»Die Strömung ist ganz schön stark«, wandte Jen ein. »Und du bist keine gute Schwimmerin. Lass lieber mich vor.«

Pan schüttelte den Kopf. »Das hier ist mein Plan, also gehe ich. Wenn ich eine Öffnung finde, kannst du mir folgen. Aber ich versuche es erst mal.«

»Man kann da drin umkommen.«

»Man kann überall umkommen. Ich schaffe es schon.«

Jen schüttelte den Kopf, aber sie griff nach einem Seilende, wickelte es um Pans Bauch und sicherte es mit einem komplizierten Knoten. Dann nahm sie das andere Ende und band es um einen Baum, der dicht am Flussufer stand. Sie zerrte daran und wirkte zufrieden. »Alles klar«, sagte sie. »Wenn du in Schwierigkeiten gerätst, dann schrei einfach. Ich ziehe dich raus.«

Genau, dachte Pan. *Wenn du mich über das Rauschen des Flusses hören kannst.*

»Die Brechstange«, sagte sie.

Jen reichte sie ihr und Pan umklammerte das kalte Metall. Die Stange war schwerer, als sie sich vorgestellt hatte. »Wenn ich durchkomme«, sagte sie, »dann mache ich das Seil los und rucke daran. Roll es auf und komm mir nach, ja?«

Sie watete ins Wasser. Es war eiskalt und sie fing sofort an, unkontrolliert zu zittern. Die Strömung war wirklich stark. Sie bedrängte Pan, versuchte, sie von den Füßen zu heben. Das Flussbett bestand aus kleinen, glitschigen Kieseln, die sich ununterbrochen bewegten, und Pan musste sich Zentimeter für Zentimeter vorwärtsschieben. Trotzdem rutschte ihr Fuß weg und sie wäre beinahe gefallen. Auf keinen Fall konnte sie aufrecht zum Tor gehen. Sie nahm ihren ganzen Mut zusammen, stieß sich ab und ließ sich von der Strömung mitreißen. Obwohl es nur wenige Meter waren, prallte sie bereits mit hoher Geschwindigkeit gegen das Tor. Ein heftiger Schmerz durchfuhr ihre linke Seite, aber sie schenkte ihm keine Beachtung. Der Fluss brandete um Pan herum und sie hatte Schwierigkeiten, ihren Kopf über Wasser zu halten. Die Strömung zog sie nach unten. Sie packte einen der Gitterstäbe und tastete mit den Füßen nach Halt. Ihre Hand schmerzte dort, wo sie das Tor umklammerte, aber sie hatte keine Zeit, über den Schmerz nachzudenken. Sie schob sich auf das andere Ufer zu, dorthin, wo Nate die Lücke gesehen hatte. Es war fast komplett dunkel und das Tosen des Wassers verwirrte ihre Sinne. Einen Moment lang wollte sie aufgeben, Jen zurufen, sie solle sie herausziehen. Aber sie konnte jetzt keinen Rückzieher machen. Nicht einmal, wenn dieses Unterfangen ihren Tod bedeuten sollte.

Pan zwängte das Stemmeisen in die Lücken des Schleusengitters und drückte. Sie spürte, dass das Gitter ein bisschen nachgab, aber das reichte nicht aus. Sie zog die Brechstange heraus und versuchte es an einer anderen Stelle. Dasselbe Ergebnis. Was, wenn die Stelle, die Nate ihr gezeigt hatte, jetzt unter der Wasseroberfläche lag? Der Flusspegel war aufgrund der Schneeschmelze höher als zuvor. Vielleicht befand sich die beschädigte Stelle inzwischen einen Meter tief im Wasser. Dann musste sie tauchen, die Lücke suchen, mit der Brechstange hantieren und durch die Öffnung hindurchschwimmen. Das war selbst für eine gute Schwimmerin beinahe unmöglich. Sie würde ertrinken.

Pan klemmte das Brecheisen unter den Arm und betastete das Schleusentor mit der linken Hand. Sie versuchte, methodisch vorzugehen, einen Abschnitt des Tors nach dem anderen zu überprüfen. Und dann fand sie, was sie suchte: eine Stelle, die deutlich nachgab, als sie sich dagegen lehnte. Sie ließ die Hand dort liegen und versuchte, das Brecheisen hervorzuziehen. Es entglitt ihr und einen Moment lang fürchtete Pan, sie habe es verloren. Es war undenkbar, etwas so Schweres vom Grund des Flusses zu bergen. Aber dann festigte sich ihr Griff und sie setzte das Brecheisen an einer schwachen Stelle an. Pan legte sich mit dem ganzen Gewicht auf das Eisen und spürte mehr, als sie es hörte, das scharfe Knacken, als das Tor nachgab. Sie entspannte sich und tastete nach der Lücke. Ein ganzer Bereich des Gitterwerks war durchgebrochen, aber trotzdem war das Loch nicht groß genug, um sich hindurchzuquetschen. Sie nahm die Brechstange und wuchtete den benachbarten Bereich auf. Diesmal war es nicht so einfach, aber sie spürte, wie sich die Stangen bogen. Pan tastete unter Wasser und überprüfte die Lücke. Sie war immer noch nicht sehr breit, aber vermutlich würde es reichen. Sie steckte das Stemmeisen in ihren Hosenbund und achtete darauf, dass das V-förmige Ende gegen ihren Körper gesichert war. Die Kälte sickerte in ihre Knochen. *Gib nicht auf*, redete sie sich gut zu. *Kämpf gegen die Kälte an. Finde die Wahrheit heraus.*

Sie holte tief Luft und tauchte mit dem Kopf unter Wasser, fühlte nach der Lücke und zwängte sich hindurch. Die scharfe Kante einer Stange verfing sich in ihrem Hemd und hielt sie fest. Sie spürte, wie Panik sie übermannte – sie war unter Wasser gefangen. Sie würde ertrinken. Beinahe hätte sie verzweifelt eingeatmet. Sie wand sich zur Seite und fühlte, wie ihr Hemd zerriss. Und dann war sie frei. Die Strömung erfasste sie wieder und wirbelte sie an die Oberfläche, obwohl es im Tosen des Wildwassers schwer zu sagen war, wo sich die Oberfläche überhaupt befand. Ihr Kopf geriet in eine Luftblase und sie holte tief Luft, bevor sie wieder unterging. Dann prallte sie gegen etwas. Sie spürte einen scharfen Schmerz an der Schläfe und wäre fast ohnmächtig geworden, aber sie streckte instinktiv die Hand aus und legte die Hände um ein hartes, glitschiges Objekt.

Ein Fels. Die Strömung versuchte sie wegzureißen, aber sie klammerte sich fest, hob den Kopf über die Wasseroberfläche. Weit oben sah sie den mit Sternen gesprenkelten Himmel, dann spülte das Wasser ihn davon. Pan zog sich an den Felsen heran, stemmte sich hoch, bis sie dahinter Schutz fand. Sofort ließ die Kraft der Strömung nach. Ihre Füße suchten nach festem Boden und fanden ihn. Vollkommen entkräftet legte sie sich hin und sah nach oben. Hinter ihr erhob sich die dunkle Masse der Mauer. Sie hatte die andere Seite erreicht. Sie war im Dorf angekommen.

Es dauerte fünf Minuten, bis Pan mit zitternden Armen und tauben Fingern das Seil um ihre Hüfte lösen konnte. Sie ruckte heftig daran und ließ das Ende dann los. Einen Moment lang geschah nichts. Dann sah sie, wie sich das Seil in die Dunkelheit zurückzog, wie eine aufgeschreckte Schlange. Pan wartete und kam dabei langsam wieder zu sich, während sie versuchte, das Hämmern in ihrem Kopf zu beruhigen. Das Stemmeisen hing, wie sie erst jetzt bemerkte, nicht mehr an ihrem Gürtel. Sie würde das zusätzliche Gewicht nicht vermissen.

Der Strom war auf dieser Seite der Mauer breit, aber sie hatte nicht weit vom Ufer entfernt Halt gefunden. Selbst in der Dunkelheit nahm sie das schäumende Wasser um die Felsen herum wahr. Einige Meter rechts von ihr schoss das Wasser vorüber, die Oberfläche schimmerte dunkel und ölig im fahlen Licht. Zu ihrer Linken fing bereits die Ortschaft an – Schatten von Gebäuden zeichneten sich gegen den Himmel ab. Weiter hinten waren einige Lichter zu erkennen. Menschen, die um diese Zeit noch wach waren? Pan dachte daran, dass sie zwei Mal das Dorf durchquert hatten – einmal auf dem Weg zum Boot und einmal auf dem Rückweg. Beide Male hatte der Ort verlassen gewirkt. Warum bloß? Was an den Bewohnern des Dorfes war so wichtig, dass sie den Schülern der Akademie ihre Anwesenheit nicht verraten durften? Es war einer der Gründe, warum sie hier war. Sie wollte es herausfinden.

Es dauerte einige Minuten, bis das Seil wieder auftauchte. Diesmal war Jen daran festgebunden. Sie schoss in beängstigender Geschwindigkeit vorbei und Pan streckte die Hand aus und packte ihren Ärmel. Die Strömung hätte sie beinahe vom Felsen losgerissen. Sie biss die Zähne zusammen und zog, bis Jen sich selbst an einem Fels festklammern konnte.

»Mannomann.« Jen schnappte nach Luft. »Ich hätte nie gedacht, dass irgendwas so kalt sein könnte.«

»Genau«, antwortete Pan. »Keine Ahnung, warum ich mich vor dem Ertrinken gefürchtet habe. Vorher sterben wir an Unterkühlung.«

»Was jetzt?«

»Jetzt gehen wir auf Erkundungstour«, sagte Pan. »Ich möchte wissen, was für Leute hier wohnen. Und wovor sie Angst haben.«

»Wie kommst du darauf, dass sie Angst haben?«, fragte Jen.

»Ich spüre es«, sagte Pan. »Ich spüre es auf der Haut.«

»Du Glückliche«, knurrte Jen. »Meine Haut spürt überhaupt nichts mehr.«

3.

Als sie wieder auf festem Boden stand, fühlte sich Pandora keinen Deut besser. Ihre Zähne klapperten, der eisige Wind schüttelte sie durch. Es gab keinerlei Möglichkeit, sich aufzuwärmen. Sie hatten weder trockene Kleidung, noch schützende vier Wände. Pan beschloss, dass sie höchstens eine halbe Stunde auf dieser Seite der Mauer verbringen würden. Wenn sie länger blieben, drohte ihnen tatsächlich eine Unterkühlung. Jen ließ Pan ein paar Minuten lang auf der Stelle rennen. Das half zwar ein bisschen, aber sobald sie aufhörte, drang die Kälte wieder durch sie hindurch bis zu ihren Knochen und sie bekam Gänsehaut. Pan dachte an ihr Bett im Schlafsaal. Nie zuvor hatte sie es als warm empfunden, aber im Moment erschien es ihr der gemütlichste Ort der Welt zu sein. Sie schob den Gedanken beiseite.

»Wir halten uns im Schatten«, flüsterte sie. »Wenn wir etwas hören, bleiben wir stehen und warten, bis die Luft rein ist, bevor wir weitergehen.«

»Irgendein bestimmtes Ziel?«

»Eins der Häuser, in denen Licht brennt.«

»Wir sind hierhergekommen, um irgendwo durch die Vorhänge zu linsen?«

Pan überhörte das. »Wenn wir abhauen müssen, dann lauf zurück zum Fluss und zieh dich am Seil wieder unter der Mauer durch. Warte nicht auf mich. Aber lass das Seil liegen, ja?«

»Na, da bin ich aber froh, dass du mich daran erinnerst, Pandora.«

Pan ging voraus. Die Häuser standen dicht gedrängt beieinander, und als sie sich zwischen den Gebäuden hindurchschlängelten, war es Pan sehr bewusst, dass hinter den Mauern Menschen schliefen. Sie fürchtete, das Geräusch ihrer Schritte oder sogar ihrer klappernden Zähne würde sie verraten. Sie rechnete damit, dass jeden Moment eine Tür aufgehen und jemand sich ihnen in den Weg stellen würde.

Pan entdeckte einen schmalen Pfad, eine Art Straße, die wahrscheinlich in Richtung Bootsanleger führte. Die Stille war bedrückend. Pan blieb ruckartig stehen. Jen stellte sich dicht neben sie und sie lauschten. Nichts. Pan trat hinaus auf den Pfad und sah nach links. In einem der kleinen Häuser, vielleicht fünfzig Meter weiter den Weg hinunter, brannte Licht. Zwar warf es einen blassen Lichtschein auf den Weg vor dem Haus, aber den Bereich dazwischen beleuchtete es nicht. In der tiefen Dunkelheit zwischen ihrem Versteck und dem Haus konnte alles Mögliche lauern.

Was genau suchte sie eigentlich? Bisher war sie einfach nur ihrem Instinkt gefolgt, in der Hoffnung, dass sich dann schon ein Plan auftun würde. Was erwartete sie, hier zu finden? Auf die Fragen, die in ihrem Kopf brannten, konnte es keine direkten Antworten oder einfachen Lösungen geben. Seit Jen sich so abfällig über das Spionieren durch die Vorhänge geäußert hatte, fühlte sie sich ziemlich armselig, aber ihr fiel einfach nicht ein, was sie sonst tun könnte.

Sie ging auf das Licht zu. Sie hatten etwa die Hälfte der Strecke zurückgelegt, als ein lautes Klappern zu ihrer Linken sie erstarren ließ. Schnell zogen sie sich wieder in die Dunkelheit zurück. Pan wartete. Immer noch fielen Wassertropfen aus ihren Haaren, rannen ihren Rücken hinunter, und sie fröstelte. Sie spürte Jens Hand auf ihrem Arm – auch sie war eiskalt.

Sie warteten fünf Minuten, aber das Geräusch wiederholte sich nicht. Vielleicht ein Tier, ein Hund oder eine Katze, das sich an einer Mülltonne zu schaffen gemacht hatte. Pan ging ein paar Schritte näher an das Licht heran. Sie spürte, dass Jen ihr folgte. Sie schlug einen Bogen um den Lichtschein und näherten sich dem Fenster von der Seite. Jen ließ sich auf Hände und Knie nieder und kroch dichter heran. Vorsichtig stand sie auf und nickte Pan zu. Die schob sich näher heran und sie sahen durch die Scheibe.

Die Szene wirkte so vertraut. Sie traf Pan wie ein Schlag. Ein Mann saß in einem Sessel und sah fern. Er hielt eine Bierflasche in einer Hand, hatte die Füße auf eine Stütze gelegt, die am Sessel befestigt war. Ein Liegesessel. Sie sah, wie er das Bier an den Mund hob und einen großen Zug nahm. Ein Fußballspiel. Eine Mannschaft in Rot, die andere in Weiß. Ein Spieler im roten Trikot rannte mit dem Ball und ein weißer Spieler griff ihn an. Der Ball flog in dieZuschauermenge und es gab eine Auszeit. Der Mann im Sessel kratzte sich an der Nase, nahm noch einen Schluck und überkreuzte die Beine. Pan ließ ihren Blick durch den Raum wandern. An den Wänden hingen Bilder, überwiegend belanglose Kunstdrucke, und hinter der linken Schulter des Mannes stand eine Chromlampe mit zwei Leuchten – eine, die einen weißen Lichtkegel an die Decke warf, und eine, die auf Kopfhöhe Helligkeit spendete. Nichts an der Szene war irgendwie außergewöhnlich – und genau aus diesem Grund fand Pan sie so verstörend. Es war eine Momentaufnahme aus einer Welt, deren Teil sie einst gewesen war, einer Welt, von der behauptet wurde, sie sei untergegangen.

Eine Erinnerung stieg auf. Danny, ihr Bruder, der sich ein Fußballspiel im Fernsehen ansah, den Blick starr auf den Bildschirm geheftet. Er war für die Mannschaft im roten Trikot. Wie hatte die noch mal geheißen? Manchester irgendwas. Sie hatte nicht darauf geachtet, obwohl Danny ein großer Fan der Mannschaft gewesen war. Er hatte da so einen Schulfreund, einen Jungen, der ursprünglich aus England kam, der hatte ihn mit Fußball angefixt. Sie hatten Stunden vor dem Fernseher verbracht, sich ein Spiel nach dem anderen auf DVD angesehen. Dann hatten sie sich zerstritten, dass wusste Pan noch. Irgendein Streit, wahrscheinlich nur um eine Kleinigkeit, und Dannys Freund kam nicht mehr ins Haus. Aber Danny hatte sich schon mit dem Fußballfieber angesteckt, und mit der Mannschaft… wie war noch mal ihr Spitzname gewesen? Die Teufel? Genau… hatte er sich ja nicht zerstritten. Er besaß sogar ein T-Shirt in den Mannschaftsfarben. Ihre Mutter hatte es ihm zu Weihnachten geschenkt. Pan erinnerte sich, dass Danny das T-Shirt tagelang trug und sich auf keinen Fall umziehen wollte. Dann hatte ihre Mutter es einmal nachts, als er schlief, aus seinem Zimmer geholt und es gewaschen. Tränen brannten in Pans Augen und einen Moment lang nahm sie den Raum nur noch verschwommen wahr, als sehe sie ihn unter Wasser.

Wahrscheinlich wäre sie einfach stehen geblieben, hätte diese völlig unnormale Normalität in sich aufgesogen, aber Jen zerrte an ihrem Arm und signalisierte ihr mit gesenktem Daumen, dass es Zeit war zu gehen. Pan nickte und sie duckten sich aus dem Lichtschein heraus zurück in den Schatten. Erst als sie einen gewissen Abstand zum Haus gewonnen haben, hielten sie an und unterhielten sich flüsternd.

»Gemütlich«, sagte Jen. »Sieht so aus, als befänden wir uns auf der falschen Seite der Mauer, Pandora. Fernseher, Elektrizität, Liegesessel.«

»Genau«, sagte Pan. »Und ich wette, sie kriegen auch nicht das gleiche Essen wie wir. Keinen Getreidebrei, würde ich sagen.«

»Fisch und Chips. Lasagne. Frisches Gemüse.«

»Hör auf.« Pan deutete den Pfad hinunter. »Noch ein Haus, dann verschwinden wir, ja?«

»Warum?«

»Was meinst du mit warum?«

»Ich meine, warum verstecken wir uns? Was würde passieren, wenn wir einfach an eine der Türen klopfen und um Informationen bitten würden? Was ist das für ein Spiel, wer liegt vorn? Haben Sie vielleicht irgendwas Leckeres im Kühlschrank? Wie wär's mit einem Bier?«

Das klang so einfach, dass Pan versucht war, den Vorschlag anzunehmen. Was konnte denn schlimmstenfalls passieren? Nach dem, was sie mit Nate auf dieser Seite der Mauer erlebt hatte, ging sie davon aus, dass sie hier nicht willkommen war, dass die Akademie verzweifelt zu verheimlichen suchte, was im Dorf vor sich ging. Wie hatten sie es in dieser merkwürdigen Gerichtsverhandlung genannt? Eine Sperrzone. Sie dachte an die Wächter, die Kapuze über ihrem Kopf, die Waffen, die Gefängniszelle. Und sie dachte an Dr. Macredies Warnung vor dem, was auf dieser Seite der Mauer lag. Das Böse, hatte sie gesagt. Das Böse. Nein, sie waren hier nicht willkommen. Aber niemand würde sie umbringen. Dessen war sie sich sicher, wenn auch nur aus dem Grund, dass es einfach gewesen wäre, ihren Tod zu arrangieren – wie den von Cara. Und vielleicht hatten die Bewohner dieser Häuser gar keine Ahnung von dem, was sich in der Akademie abspielte. Vielleicht würde der Typ auf dem Sessel einfach jede Frage beantworten, die sie ihm stellten. Sie konnten behaupten, sie seien mitten in der Nacht mit dem Boot angekommen. Vielleicht waren sie gekentert und mussten sich aufwärmen. Das hätte ihre durchnässte Kleidung erklärt. Pan verwarf die Idee, so verlockend sie auch schien.

»Als ich das letzte Mal hier draußen erwischt wurde, hat man mir eine Waffe an den Kopf gehalten und mich eingesperrt«, sagte sie. »Das ist keine Erfahrung, die ich unbedingt ein zweites Mal machen möchte. Noch ein Haus, dann verschwinden wir.«

Jen sagte nichts. Sie nickte nur und sie gingen weiter den Weg hinunter, wobei sie sich immer im Schatten hielten. Ihre Schritte klangen in Pans Ohren unnatürlich laut. Pan ging voraus, direkt zu einem Haus, in dem ebenfalls Licht brannte. Sie fror immer mehr. Ihr Gesicht war taub und in den Fingern hatte sie gar kein Gefühl mehr. Selbst

Luftholen schmerzte, als läge eine Frostschicht auf ihrer Lunge.

Im nächsten Haus waren die Vorhänge zugezogen, aber es blieb eine schmale Lücke und die Mädchen pressten ihre Gesichter dicht an die Scheibe. Dennoch war es schwer, Einzelheiten zu erkennen. Da stand ein Fernseher und der Raum wirkte verlassen. Die Lichtquelle befand sich irgendwo hinten links und Pan konnte nur die Rückenlehne eines Stuhls erkennen. Er war schwarz und auf Rollen. Während sie ihn betrachtete, rollte er ein Stück rückwärts und sie erhaschte einen kurzen Blick auf einen Hinterkopf. Die Person blieb unsichtbar, aber Pan war sich sicher: Hätte sie besser hinsehen können, dann hätte sie einen Computermonitor entdeckt. Pan rückte ein Stück zur Seite, aber der Schlitz zwischen den Vorhängen war so schmal, dass sie so auch nicht mehr erkennen konnte. Sie seufzte. Es war hoffnungslos.

Was bedeutete das alles? Das Fußballspiel war ein wichtiges Indiz, das stand fest. Genauso wie der Beweis dafür, dass hier technische Geräte vorhanden waren, die man ihnen in der Akademie vorenthielt. Sie beugte ihren Kopf erneut zum Fenster hinunter und befand sich Auge in Auge mit einem Gesicht nur fünf Zentimeter vor dem ihren. Es war ein völlig absurder Moment. Ihr Herz trommelte in ihrer Brust und sie erstarrte. Und dann blinzelte das Auge. Pan unterdrückte einen Schrei und wich vom Fenster zurück. Der Schrei, der eine Sekunde später ertönte, stammte nicht von ihr.

~~~
~~~

Sie rannten, auch wenn sie keine Ahnung hatten, wohin. Der Fluss befand sich irgendwo rechts, aber in vielen Häusern gingen jetzt die Lichter an. Aufgeregtes Stimmengewirr erhob sich und sie rannten vor allem davon, flitzten ohne bewusste Entscheidung nach rechts und links. Ein Mann tauchte in einer Haustür auf und packte Pans Arm, aber sie wand sich und riss sich los. Er schrie etwas, aber sie war ihm entwischt und steuerte jetzt in eine Dunkelheit hinein, die von aufblitzenden Lichtern erfüllt war. Jen rannte nach rechts und wurde von der Nacht verschluckt. Pan hielt an. Sie sah sich um. Das Dorf erwachte zum Leben. Überall, wo sie hinsah, standen Menschen in ihren Eingangstüren. Pan konnte ihre Gesichter nicht erkennen. Irgendwo in der Ferne heulte ein Alarm. Sie hörte das Knurren eines Hundes.

Es gab keine Zuflucht. Und sie hatte das Wegrennen satt. Sie wartete ab und sah sich um. Niemand näherte sich ihr. Die Menschen starrten sie aus der Entfernung an. Der eine oder andere hielt sich die Hand vor den Mund, als sei er schockiert. Gesichter spähten hinter Vorhängen hervor. Der Alarmton brach schlagartig ab und Stille senkte sich über die Szenerie. Pan stand mitten auf dem Weg und fühlte sich … entspannt. Selbst als die Männer in den weißen Anzügen und Schutzmasken näherkamen. Sie umringten Pan und rückten näher. Sie wandte sich um, aber es gab keine Lücke, keinen Fluchtweg. Es war beängstigend, von maskierten Gestalten hinter Plexiglasvisieren umgeben zu sein. Es war, als seien sie gar nicht menschlich.

Etwas traf sie ins Kreuz und jetzt nahm sie nur noch die unerträgliche Schmerzen wahr, die sich in ihr ausbreiteten, sie ganz verschlangen. Ihr Körper prallte hart auf den Boden, obwohl sie den Fall selbst gar nicht spürte. Ihre Muskeln verkrampften sich. Sie ahnte, dass ihre Blase sich leerte, spürte es aber nicht wirklich. Die ausströmende Flüssigkeit spendete einen Moment lang Wärme. Sie spürte, wie der Schotter auf dem Weg ihr Gesicht verschrammte, als sie sich von einer Seite auf die andere warf, aber selbst das war nur ein dumpfer Schmerz verglichen mit den Höllenqualen, die sie vollständig ausfüllten. Ein Gesicht tauchte vor ihr auf. Braune Augen, irgendwie traurig, vom gläsernen Visier verzerrt. Und dann ging das Licht aus und sie hieß die schmerzfreie Dunkelheit willkommen.

4.

Als Pan erwachte, war ihr erster Gedanke: Wo bin ich und was ist passiert?

Der zweite Gedanke war, dass sich sowohl ihr Körper, als auch ihr Bewusstsein seltsam anfühlten, irgendwie ausgerenkt. Jeder ihrer Muskeln war verspannt und trug die Erinnerung an Schmerzen in sich, an unerträgliche Schmerzen, die ihr den Atem geraubt hatten. Die Qualen waren in ihr Fleisch eintätowiert, obwohl ihr körperlich nichts wehtat. Das war ein merkwürdiger Gedanke, ein sehr merkwürdiger Gedanke. Ihre Augen waren offen. Das wusste sie, aber da war nur Schwärze. Sie nahm wahr, dass sie auf etwas Weichem lag, vielleicht auf einer Matratze, aber selbst diese Erkenntnis war eigenartig weit weg. *Was ist mit mir passiert?*, fragte sie sich. *Schwebe ich in Gefahr?* Tastend suchte sie nach Erinnerungen, aber sie waren schlüpfrig und ließen sich von ihrem Bewusstsein nicht festhalten. Sie versuchte sich aufzusetzen, aber die Anstrengung war zu groß, also blieb sie auf dem Rücken liegen und versuchte, ihr Gehirn dazu zu bringen, die Situation zu analysieren.

Das Problem war nur: Ihr Gehirn analysierte alles nur ganz aus der Ferne. Gemächlich, als sei nichts mehr wirklich wichtig, als sei jeder Versuch, ein Problem zu verstehen, von vornherein zum Scheitern verurteilt und daher momentan nicht der Mühe wert. *Ich wäre damit zufrieden, einfach für immer hier liegen zu bleiben,* dachte sie. *Nichts ist wichtig. Die Vergangenheit ist vollkommen belanglos, die Zukunft erst recht. Lass dich treiben. Für immer.*

Und das tat sie. Die Zeit war wie aus Gummi und sie hatte keine Ahnung, ob sie nur ein paar Sekunden gedöst hatte oder mehrere Stunden. Aber das spielte auch keine Rolle. Und in diesem eigenartigen Niemandsland zwischen Bewusstsein und Bewusstlosigkeit tauchte ein Wort vor ihr auf. Es schwebte durch ihr Denken und es dauerte eine Weile, bis sie es mit irgendeiner Erfahrung in Verbindung bringen konnte. *Elektroschock,* dachte sie. *Man hat mir einen Elektroschock verpasst.* Aber es spielte keine Rolle, weil nichts eine Rolle spielte. Sie dämmerte wieder ein.

Als sie das nächste Mal aufwachte, befand sich jemand bei ihr im Zimmer. Sie spürte seine Anwesenheit, obwohl sie noch immer niemanden sehen konnte. Da waren Geräusche, ganz in ihrer Nähe, jemand zog scharrend einen Stuhl über die Dielenbretter, aber sosehr sie ihre Augen auch anstrengte, sie konnte nur verschwommen sehen. Jemand saß an ihrer Bettkante. *Was ist mit meinem Kopf passiert?,* dachte Pan. *Ich kann mich auf nichts konzentrieren.* Sie hatte das Gefühl, weit von der Welt entfernt zu sein, hoch über ihrem eigenen Körper zu schweben. Es stimmte nicht, das war ihr klar, aber gleichgültig wie angestrengt sie sich konzentrierte, das merkwürdige Gefühl der Entrücktheit blieb. Die Gestalt vor ihr hüstelte und beugte sich leicht nach vorn.

»Was sollen wir bloß mit dir machen, Pandora?«, fragte eine Stimme. Der Tonfall war freundlich, wohlwollend.

Pan versuchte zu sprechen, aber ihre Kehle war wie mit Watte gefüttert. Sie schluckte und versuchte es noch einmal, aber der Ton, den sie erzeugte, war ganz dünn, als käme er von jemand ganz anderem, jemanden, den sie entfernt kannte, aber nicht genau benennen konnte.

»Ich nehme an, Sie bringen mich um«, krächzte sie. Danach herrschte sekundenlang Schweigen – vielleicht aber auch stundenlang. Die Gestalt beugte sich wieder vor.

»Warum sollten wir das tun?«, fragte die Stimme.

»Weil ich zu viel weiß.«

Ein glucksendes Lachen. »Genau das versuche ich hier herauszufinden.« Wieder eine Pause. »Weißt du denn, wo du bist, Pandora?«

»Ich bin in der Akademie.«

»Gut. Sehr gut. Und weißt du noch, was sich im Dorf abgespielt hat?«

»Ja.«

»Wunderbar. Dann erzähl mir davon, Pandora.«

Irgendetwas in den hintersten Winkeln ihres Verstands wehrte sich gegen diese Forderung. Diese Leute, das wusste sie, waren ihre Feinde und sie konnte niemandem trauen. Sie kämpfte gegen den Wunsch an, ihnen überhaupt irgendetwas zu liefern, nicht einmal Informationen, die sie vielleicht bereits besaßen. Aber obwohl sie zögerte, verspürte sie einen gewaltigen Drang, alles zu erzählen, so ausführlich wie möglich auf jede Frage zu antworten, die ihr gestellt würde. *Sie haben mich unter Drogen gesetzt*, erkannte sie. *Das erklärt, warum alles so entrückt und unwirklich erscheint.* Eine flüchtige Erinnerung kam ihr in den Sinn. Ein Film, in dem man jemandem eine Droge injiziert hatte, die ihn dazu zwang, die Wahrheit zu sagen. Aber das war in einer anderen Welt, in einer anderen Zeit gewesen.

»Ich bin unter der Mauer durchgetaucht und habe mir einen Teil des Dorfs angesehen.«

»Gut. Warst du allein?«

»Nein. Jen war dabei.«

Die Gestalt vor ihr bewegte sich leicht und Pan hörte ein kratzendes Geräusch. *Meine Worte werden dokumentiert*, dachte sie. Sie verspürte keine Angst; sie wartete einfach auf die nächste Frage. Das war alles, was sie interessierte. Die Fragen so wahrheitsgemäß beantworten wie sie nur konnte – außer diesem Gebot zählte so gut wie nichts.

»Warum bist du unter der Mauer durchgetaucht?«, fragte die Stimme schließlich.

»Ich wollte sehen, was sich auf der anderen Seite befindet«, erwiderte Pan.

»Und was hast du gesehen?«

»Da war ein Mann, der sich ein Fußballspiel angesehen hat. Ich habe noch jemand anderen gesehen, in einem Stuhl. Ich vermute, dass er an einem Computer gearbeitet hat, aber ich bin mir nicht hundertprozentig sicher. Ich habe ganz normale Häuser mit ganz normalen Menschen gesehen, die ihren ganz normalen Alltag gelebt haben. Ich habe gesehen, dass Leute in Schutzanzügen auf mich zugekommen sind. Ich habe Dorfbewohner gesehen, die mich voller Angst angesehen haben. Sie haben sich vor mir gefürchtet. Sie haben sich entsetzlich gefürchtet. Dann hat mich etwas in den Rücken getroffen und ich hab einen Schmerz gespürt, wie ich ihn noch nie im Leben gespürt habe. Ich glaube, jemand hat mich mit einem Elektroschock betäubt.«

»Das tut uns leid«, sagte die Stimme. Das klang sogar ehrlich.

»Nicht so sehr wie mir.«

Ein überraschtes Lachen. »Zweifellos.« Wieder eine Pause. Pan wartete ab. »Okay«, sagte die Stimme. Dann fassen wir zusammen, was dir möglicherweise verdächtig vorkommt, und ich erkläre es dir. Bist du damit einverstanden, Pandora?«

»Ja.«

»Du hast auf der anderen Seite der Mauer technische Geräte gesehen, Geräte, die uns hier nicht zur Verfügung stehen. Das bringt dich auf die Idee, dass wir die Schüler der Akademie belügen. Ist das so?«

»Ja.«

»Alles klar. Gut. Und das ist nicht ganz falsch. Die Technik der alten Welt ist nicht komplett verschwunden, Pandora. Natürlich nicht. Es gibt da draußen Fernseher, Computer, Telefone, Autos, Kraftwerke, Atomwaffen. Tausende wahrscheinlich, Millionen. Und es gibt Generatoren und genügend Treibstoff, um all diese Geräte vermutlich Tausende von Jahren zu betreiben.« Wieder das wohlwollende Glucksen. »Zumindest haben wir keine Energieknappheit mehr. Unsere Situation hat nicht viele positive Seiten, aber das ist eine davon. Was du gesehen hast, war Folgendes: Ein Mann hat ein Fußballspiel auf DVD angesehen, ein Mensch hat ein Computerspiel gespielt. Ja, auf der anderen Seite der Mauer gibt es Elektrizität. Bei uns auch, im Spital und für die wichtigsten Dinge in der Akademie, zum Beispiel die Lichter in den Schlafräumen. Wir rationieren sie. Und darin haben wir nie gelogen. Das ist die Wahrheit, Pandora.«

»Nein, ist es nicht.«

Ein Seufzen. »Warum nicht?«

»Weil ich kein Wort von dem glaube, was Sie sagen. Sie belügen uns alle in der Akademie. Kleine Lügen, große Lügen. Ab und zu mal ein Fünkchen Wahrheit hineingemischt. Aber hauptsächlich Lügen.«

»Und warum sollten wir das tun?«

»Das weiß ich nicht.«

»Dann versuchen wir es noch einmal. Unsere Aufgabe hier an der Akademie ist es, euch auf die Welt da draußen vorzubereiten. Die Welt, wie sie jetzt aussieht, nicht wie sie vor dem Virus war. Die Schüler der Akademie müssen allein zurechtkommen. Ihr müsst stark sein, ihr müsst überleben können. Luxus hat für euch keinen Nutzen. Er gehört zur alten Welt und die gibt es nicht mehr.«

»Ich glaube Ihnen nicht.«

Schweigen. Wieder bewegte sich die Gestalt vor Pan, erneut hörte sie das Kratzen eines Stifts auf Papier.

»Was von dem, was ich dir erzählt habe, glaubst du nicht?«

»Alles.«

»Damit wir uns nicht falsch verstehen: Du glaubst also nicht, dass die alte Welt untergegangen ist?«

»Nein. Ich glaube nicht, dass die alte Welt untergegangen ist.«

»Du glaubst, das Virus ist eine Erfindung?«

»Ja.«

»Aber Pandora, du erinnerst dich doch an das, was passiert ist. Willst du damit sagen, dass du deinen eigenen Erinnerungen nicht traust?«

»Nein«, sagte Pan. »Meinen eigenen Erinnerungen traue ich absolut.«

»Na also.«

Eine Pause entstand. Pan wartete auf die nächste Frage. Sie spürte vollkommene Ruhe. Frage um Frage wurde gestellt, es war entspannend, darauf zu warten und diese Fragen zu beantworten, auch wenn ganz entfernt ein Alarm schrillte. Die Gestalt seufzte.

»Kannst du mir diesen Widerspruch erklären, Pandora? Du sagst, du traust deinen Erinnerungen, aber dennoch meinst du, das Virus sei nur eine Erfindung. Wie können diese beiden Aussagen gleichzeitig wahr sein?«

»Weil ich den Erinnerungen nicht traue, die von Ihnen stammen.«

Wieder herrschte Schweigen, aber Pan war es nicht unangenehm. Ihre Augen waren weit geöffnet und sie erkannte, dass sie auf der Seite lag, aber die Welt war verschwommen, ohne klare Konturen. Nichts schien klar umrissen, es war, als blicke sie durch eine verschmierte Linse. Sie wartete ab.

»Willst du damit andeuten, dass wir dir Erinnerungen eingepflanzt haben?«, sagte die Stimme. »Ist dir klar, wie absurd das klingt?«

»Ja.«

»Und du glaubst, wir haben das mit allen Schülern gemacht?«

»Ja.«

»Warum sollten wir das tun – nur einmal angenommen, so etwas wäre überhaupt möglich.«

»Weiß ich nicht.«

»Und welche Beweise hast du für diesen Vorwurf?«

Pan blinzelte, aber das Bild wurde nicht schärfer.

»Ich erinnere mich an ein Mädchen in einem weißen Kleid, das mit einer Puppe gespielt hat«, sagte sie. »Dann habe ich Caras Tagebuch gelesen. Es war grauenvoll. Leichen in den Straßen. Leute, die Blut gehustet haben. Aber eine Stelle hat mich besonders geschockt. Sie hat ein Mädchen in einem weißen Kleid gesehen, das neben der Leiche seiner Mutter mit seiner Puppe gespielt hat. Entsetzlich. Kaum auszuhalten. Ein Bild, das so grausam ist, dass es sich einprägt. Aber Sanjit – der arme Sanjit – hat genau die gleiche Erinnerung. Ein Mädchen in einem weißen Kleid, das Blut hustet. Sie spielt neben der Leiche ihrer Mutter mit einer Puppe. Wie groß ist die Wahrscheinlichkeit, was meinen Sie? Drei Leute mit denselben Erinnerungen.«

»Diese Szene muss sich dutzendfach, hundertfach, vielleicht tausendfach abgespielt haben. Du hast doch sicher daran gedacht, dass das, was dir da aufgefallen ist, auch purer Zufall sein kann, nichts weiter.«

»Nein. Ich glaube, Sie haben uns allen Erinnerungen an ein Virus eingepflanzt, das es nie gegeben hat – eine ganze Datenbank voll falscher Erinnerungen. Vielleicht gibt es nur eine beschränkte Anzahl Horrorerinnerungen, die man nachstellen kann, deswegen haben manche Schüler dieselben erhalten. Aber niemand redet darüber. Wenn wir darüber reden würden, dann würden wir sicher feststellen, dass wir viele weitere Beispiele finden würden. Gemeinsame Erinnerungen, die eigentlich nur ein Produkt der Vorstellungskraft der Akademie ist. Sie zwingen uns dazu, uns auf die Zukunft zu konzentrieren. Ihre Vision der Zukunft.«

»Ich verstehe.« Wieder Notizen. »Was ist mit Cara, Pandora?«

»Was ist mit ihr?«

»Was glaubst du, wie ist sie gestorben?«

Pan dachte eine Weile nach. So viele Details waren ihr unklar, aber die Frage selbst war ja eigentlich unkompliziert.

»Ich weiß nicht.«

»Meinst du denn, dass wir für ihren Tod verantwortlich sind?«

»Wahrscheinlich. Ich habe ihr Tagebuch gelesen. Sie war misstrauisch, was die Akademie anging. Sie wusste zum Beispiel, dass die Uhren falsch waren. Vielleicht haben Sie sie umgebracht, weil sie der Wahrheit zu nahe gekommen ist.«

»Was stimmt den mit den Uhren nicht?«

»Es sind Überwachungsgeräte. Durch sie halten Sie uns ständig unter Beobachtung.«

»Ich verstehe. Und deswegen hast du deine aufs Bett gelegt, als du zu deinem Ausflug unter der Mauer hindurch aufgebrochen bist?«

»Ja.«

»Kannst du erklären, warum Cara hoch oben auf dem Berg gefunden wurde?«

»Ich glaube, sie wurde dort hingebracht, um mich zu testen.«

»Zu testen?«

»Ob ich sie finden kann. Um meine Intuition zu testen.«

»Also gut, Pandora. Ich bin jetzt fast fertig mit meinen Fragen. Nur noch ein paar, dann kannst du dich ausruhen. Du möchtest dich doch ausruhen, oder?«

»Ja.«

»Hast du jemand anderem von deinen … Theorien … erzählt?«

»Nein.«

»Nicht einmal Jen?«

Pan durchforschte ihre Erinnerung. Wie viel hatte sie Jen anvertraut? *Nicht genügend,* dachte sie. *Oder vielleicht zu viel.*

»Ich habe ihr das mit den Uhren erzählt. Aber sonst nichts.«

»Und hast du vor, unter den anderen Schülern herumzuerzählen, was du denkst?«

»Darüber habe ich noch nicht nachgedacht. Vielleicht. Wenn ich sicher bin, dass ich ihnen trauen kann.«

»Okay, Pandora. Jetzt hör mir gut zu. Du spürst jetzt gleich einen kleinen Stich im Arm. Es ist harmlos. Es ist nur ein Gegenmittel gegen die … Medizin, die wir dir gegeben haben. Hast du das verstanden?«

»Ja.«

»Sehr gut. Du wirst dann schlafen. Wenn du aufwachst, wird die Tür offen stehen und du darfst gehen. Aber auf eine Sache möchte ich dich doch hinweisen. Falls du auf die Idee kommst, einem anderen Schüler deine … Theorien … anzuvertrauen, wird man dir nicht glauben. Sie werden denken, du leidest an Verfolgungswahn, vermutlich eine Folge der Trauer um deinen Freund Nate. Die anderen Schülern werden ihren Erinnerungen trauen. Sie werden den wilden Theorien eines Mädchens mit – du wirst mir verzeihen – übersteigerter Fantasie keinen Glauben schenken. Wenigstens das solltest du mir glauben, Pandora.«

»Ich verstehe.«

»Gut. Eine letzte Frage noch. Weißt du, wer ich bin, Pandora?«

»Ja. Sie sind Professor Goldberg.«

Keine Antwort. Pan nahm nur einen leichten Druck gegen ihren Arm wahr. Danach spürte sie nichts mehr.

5.

Pan hatte keine Ahnung, wie lange sie geschlafen hatte, aber als sie aufwachte, warf die Sonne einen Lichtkeil durch die offene Tür ihres Zimmers. Stöhnend setzte sie sich auf. Ein chemischer Geschmack haftete in ihrer Kehle und ihre Glieder fühlten sich schwer, bleiern an. Als sie die Füße auf den Boden setzte, durchzuckte ein stechender Schmerz ihren Kopf und sie schnappte nach Luft. Unzählige Erinnerungen schossen in ihr Bewusstsein. Menschen in weißen Anzügen, die sich ihr näherten, entsetzliche Schmerzen, als etwas auf ihren Rücken prallte, ein seltsames, distanziertes Gespräch mit jemandem in einem schlierigen, verwischten Raum. Sie schloss die Augen und versuchte, ihr wild trommelndes Herz zur Ruhe zu bringen. Sie konzentrierte sich auf das Pulsieren der Schlagader in ihrem Hals, bis es langsamer wurde. Sie atmete tief durch und endlich klärten sich ihre Gedanken und das Pochen unter ihrer Schädeldecke ließ nach. Pan schlug die Augen auf.

Die Zelle, in die man sie nach ihrem ersten Ausflug über die Mauer mit Nate gesperrt hatte. Dieselben schmutzigen Fenster. Pan versuchte, auf die Füße zu kommen und taumelte. Sie streckte eine Hand aus und stabilisierte sich auf der Bettkante, schloss die Augen, wartete darauf, dass die

Welt wieder ihr Gleichgewicht fand. Als sie die Augen das nächste Mal öffnete, bewegte sich nichts mehr. Sie holte tief Luft und richtete sich auf. Ihre Beine zitterten, aber sie trugen ihr Gewicht. Sie wankte zur offenen Tür und sah hinaus auf die Akademie.

Die Sonne sank über den Gipfel der fernen Berge und die Schneehauben nahmen einen rosafarbenen Schimmer an. Pan warf einen Blick auf ihr Armgelenk, dann fiel ihr ein, dass sie keine Uhr trug. Wie spät war es? Das Akademiegelände lag verlassen da, aber es wirkte häufig unbelebt. Sie versuchte, ihre Gedanken zu sammeln. Sie und Jen waren in den frühen Morgenstunden unter der Mauer hindurchgetaucht und man hatte sie kurze Zeit später gefangen genommen – vielleicht nach einer Stunde, eher weniger, jedenfalls lange vor Sonnenaufgang. Nach dem Sonnenstand zu schätzen waren bestimmt zwölf Stunden vergangen. Es musste etwa fünf, halb sechs Uhr nachmittags sein und mit großer Wahrscheinlichkeit befanden sich alle Schüler gerade bei ihrem persönlichen Förderunterricht. Allerdings nur, falls Pan nicht noch einen weiteren Tag bewusstlos gewesen war. Sie konnte es nicht wissen, bevor sie wieder mit den anderen Schülern zusammenkam.

Pan blieb noch mehrere Minuten lang stehen, bis sie das Gefühl hatte, sie könne ihrem Körper wieder trauen. Und selbst dann wäre sie auf dem Weg zu den Schlafsälen beinahe der Länge nach hingefallen. Ihre Augen taten weh und auch zwischen ihren Schulterblättern spürte sie einen Schmerz. Pan ignorierte den Protest ihres Körpers und hielt hartnäckig auf ihr Ziel zu. Nach wenigen Minuten spürte sie, dass sie allmählich die Kontrolle über sich selbst zurückgewann. Ihre Augen tränten nicht mehr. Jetzt, wo sie kaum noch Schmerzen hatte, konnte sie ihre Erinnerungen genauer untersuchen. Ein Mann bei ihr in der Zelle. Eine Reihe von Fragen, die sie ausführlich beantwortet hatte. Sie hatte Jen verraten. Dafür gab es nur eine logische Erklärung. Man hatte ihr eine Droge verabreicht.

Warum sollte die Akademie sie unter Drogen setzen? Schon wieder? Weil sie der Wahrheit zu nahe kam und sie genau wissen mussten, wie viel sie durchschaut hatte? Nun, wenn dem so war, dann hatten sie es geschafft. Was hatte der Mann gesagt? Man würde sie nicht umbringen. Vielleicht entsprach das der Wahrheit, vielleicht auch nicht. Wenn Pan eine Sache gelernt hatte, dann diese: Die Wahrheit war eine Sache, die einem leicht entglitt. Es war schwierig und gefährlich, sich ihr zu nähern. Aber vor allem: Sie durfte nichts und niemandem trauen.

Als sie die Schlafbaracke erreichten, war sie erschöpft. Der Raum war verlassen und Pan sank dankbar auf ihr Bett. Ihre Uhr lag noch da, wo sie sie zurückgelassen hatte. Es war Viertel vor sechs. Noch fünfundvierzig Minuten bis zum Abendessen. Oder war ihre Gruppe diese Woche bei der zweiten Schicht eingeteilt? Sie konnte sich nicht erinnern. Pan wog die Uhr in ihrer Hand. Der Sekundenzeiger kreiste um das Ziffernblatt, aber sie empfand seine Bewegung als bedrohlich, unheilverkündend. Dann schnallte sie die Uhr wieder um. Es spielte keine Rolle. Jedenfalls vorläufig nicht.

Pan blieb auf dem Bett sitzen, bis das Pochen in ihrer Schläfe nachließ. Aber das unangenehme Jucken zwischen den Schulterblättern konnte sie nicht lindern. Sie öffnete die Tür ihres Nachtschranks. Die Taschenlampe, welche alle

Schüler der Akademie zur Verfügung gestellt bekommen hatten, war lang genug, mit ihr konnte sie die juckende Stelle erreichen, und sie musste etwas tun, bevor sie durchdrehte.

Aber sie nahm die Taschenlampe nicht in die Hand. Ein ordentlich gefalteter Zettel lag auf der Hülle der Lampe. Sie hatte ihn nicht selbst dort hingelegt. Pan streckte die Hand danach aus, aber dann zog sie sie schnell zurück. Irgendetwas an diesem Zettel ließ bei ihr intuitiv die Alarmglocken läuten. Was auch immer darauf stand – und sie war sich sicher, dass er eine Nachricht enthielt –, Pan war überzeugt, dass sie es nicht lesen wollte. Also saß sie nur da und starrte den Zettel an. *Das ist doch verrückt,* dachte sie. *Warum fürchte ich mich so vor einem Fetzen Papier?* Aber das ungute Gefühl ließ nicht nach. Pan konnte sich nicht gegen die Überzeugung erwehren, dass sie sich die Finger verbrennen würde, sobald sie das schmal zusammengefaltete Papier berührten.

Nach einer Minute schüttelte sie den Kopf. Was hatte sie für eine Wahl? Es war unmöglich, die Tür des Nachtschranks zu schließen und so zu tun, als wäre da nichts. Es war genau wie das Jucken. Es ließ sich nicht ignorieren. Es würde warten, in den Winkeln ihres Bewusstseins lauern, ihr zurufen. Ihn zerreißen? Wenn sie stärker gewesen wäre, dann wäre das vielleicht die Lösung gewesen. Aber obwohl sie die Gefahr so deutlich erahnte, wusste sie, dass sie den Zettel einfach lesen musste. Trotzdem war es schwer, die Hand wieder danach auszustrecken.

Diesmal schnappte sie ihn und faltete ihn auseinander, bevor sie es sich wieder anders überlegen konnte. Sie verbrannte sich nicht die Finger, aber ein Blitz durchfuhr sie von Kopf bis Fuß.

Vertrau mir.

Zwei einfache Wörter. Keine Unterschrift. Aber Pan wusste, wer den Zettel geschrieben hatte. Eine Gänsehaut überlief sie. Nate. Eine Nachricht von einem toten Jungen. Sie las ihn noch ein paarmal, als könne sie dadurch eine verborgene Bedeutung entschlüsseln. *Vertrau mir.* Hatte er das geschrieben, bevor sie zur Insel aufgebrochen waren? Das ergab keinen Sinn. Warum hätte er einen Zettel schreiben und bei ihr um Vertrauen werben sollen, bevor sie aufgebrochen waren? Es war viel einleuchtender, dass er ihn geschrieben hatte, nachdem sie zurückgekommen waren. Das würde ihren Verdacht, dass sein Tod nur inszeniert war, bestätigen. *Vertrau mir.* Er musste sich in den Schlafsaal geschlichen haben, vielleicht, als die Gruppe im Spital war und alle anderen Dr. Morgans Traueransprache gelauscht hatten. Er hatte den Zettel versteckt und war wieder davongeschlichen. Aber warum? Und warum hatte er keine ausführlichere Erklärung hinterlassen, wenn er sie beruhigen wollte?

Pan war zum Weinen. Je mehr Mühe sie sich gab, die Wahrheit aufzudecken, umso undurchsichtiger schienen die Spiele der Akademie zu werden. Nate war Teil dieser Täuschung, aber nun deutete er an, dass er diese Rolle gegen seinen Willen spielte, dass er auf ihrer Seite stand, nicht auf der Seite der Akademie. Oder vielleicht war er doch tot und das hier war einfach ein Versuch, sie weiter zu verwirren, ihren Verstand durcheinanderzubringen, eine Lektion in Orientierungslosigkeit. Das war so typisch für die Akademie.

Pan faltete die Notiz zusammen und legte sie in die Nachttischschublade zurück. *Vertrauen muss man sich verdienen,* dachte sie. *Aber bei mir hat sich niemand etwas verdient.* Sie erhob sich und ging auf die Tür zu. *Davon darf ich mich nicht ablenken lassen. Hier gibt es Geheimnisse, die gelüftet werden müssen. Das hier ist nur eins von vielen.* Das Problem mit Nate musste warten. Es gab drängendere Sorgen – und die allerdrängendste betraf Jen. Pan musste unbedingt mit ihr reden. Wenn Jen noch nicht wusste, dass Pan ihren Aufenthalt im Dorf verraten hatte, musste Pan es ihr persönlich gestehen. Auf dieses Gespräch freute sich Pan wirklich nicht.

Sie trat nach draußen, ein Jucken zwischen den Schulterblättern und brennende Fragen im Kopf.

~~~

»Wo warst du denn, Pan?«, fragte Wei-Lin. Sie wirkte eher besorgt als verärgert. »Als wir heute Morgen aufgewacht sind, war dein Bett leer und deine Uhr lag auf dem Kopfkissen. Ich dachte schon, es wäre noch einmal so wie mit Cara. Ich war fast verrückt vor Sorge.«

Pan stocherte in ihrer Schüssel herum und versuchte sich zum Essen zu zwingen. *(Vertrau mir.)* Hungrig war sie – sie war eigentlich immer hungrig –, aber ihr Magen rebellierte gegen den dünnen Brei, der vor ihr stand. Die anderen Mitglieder ihrer Gruppe hatten sie allein am Tisch sitzend angetroffen, als sie nach ihren persönlichen Förderstunden in die Kantine kamen, und Wei-Lin hatte sich zu ihr gesetzt, noch bevor sie ihr Essen holte. Jetzt waren die anderen dazugekommen. Karl und Sam, unzertrennlich wie immer, Jen und ein noch immer humpelnder Sanjit. Sam und Karl
~~~

reckten die Köpfe, um Pans Antwort mitzuhören, aber Jen beugte sich einfach über ihren Teller und sah Pan nicht in die Augen. War das ein Problem? Sie würde es vermutlich bald erfahren.

»Ich war im Dorf«, sagte Pan. »Gestern Abend. Und ich bin erwischt worden.« Es schien sinnlos, diese Information zu unterschlagen – sie hatte ja sowieso schon viel zu viel vor den anderen geheim gehalten. »Sie haben mich heute fast den ganzen Tag eingesperrt.«

Verblüfftes Schweigen herrschte. Pan fiel auf, dass Jen noch immer nicht den Blick hob.

»Mann«, sagte Wei-Lin. »Du meinst, du bist über die Mauer geklettert?«

Pan nickte. »Na ja, drunter durchgetaucht, wenn man es genau nimmt.«

»Und was hast du gesehen?« Das war Sam. Sie beugte sich vor, die Neugier stand ihr ins Gesicht geschrieben. Pan fand ihre Reaktionen interessant. Kein Entsetzen, keine Enttäuschung, weil sie eine Schulregel gebrochen hatte, sondern pure Neugier, was sie herausgefunden hatte. War das ermutigend? Vermutlich schon. Sie waren ihr Team und sie verdienten die Wahrheit, aber Pan brachte es nicht über sich, ihnen ihren Verdacht im vollen Umfang mitzuteilen. Nicht, solange sie sich nicht ganz sicher war.

»Nicht viel«, gestand Pan. »Nur dass sie da einen höheren Lebensstandard haben als wir.«

»Und das heißt?«, fragte Karl.

»Sie haben Fernsehen, Strom, Computer. Sie wohnen in richtigen Häusern mit bequemen Möbeln und vielleicht sogar Haustieren. Völlig andere Bedingungen als hier.«

Wieder herrschte einen Moment lang Schweigen, während die Gruppe diese Informationen verdaute.

»Warum sollten sie besser behandelt werden als wir?«, fragte Wei-Lin schließlich.

»Das kann ich euch vielleicht beantworten«, sagte Jen, die vorher nicht den Mund aufgemacht hatte. »Ich war nämlich mit Pandora drüben und habe dasselbe gesehen wie sie. Der Unterschied ist nur, dass ich nicht erwischt worden bin.«

Aber ich habe dich verraten, dachte Pandora.

Jen tunkte den Rest Suppe mit einem harten Brotbrocken auf und stieß den Teller dann von sich. »Die Sache ist die«, fuhr sie fort, »ich bin zwar zur Akademie zurückgekommen, ohne erwischt zu werden, aber sie wussten es trotzdem.« Sie warf Pan einen kurzen Blick zu. »Ich habe heute Nachmittag einen Besuch von einem Mitglied des Schülerrats bekommen.«

»Und?«, fragte Sam. Alle Mitglieder der Gruppe beugten sich zu Jen hinüber. Jen nahm Pans Schüssel und kratzte die Reste des dünnen Eintopfs heraus.

»Man hat mir gesagt …«, sie redete undeutlich, weil sie einen Bissen Brot im Mund hatte, »… dass die Dorfbewohner Privilegien genießen, die uns aus einer Reihe von Gründen verweigert werden. Es stimmt, sie haben Computer, Fernseher, DVDs.«

»Und warum haben wir das nicht?«, fragte Karl. Pan erkannte, wie sehr er sich nach Bildschirmzeit sehnte. »Das ist doch unfair.«

Jen lächelte. »Sie fahren raus in die Welt, setzen ihr Leben dafür aufs Spiel, dass sie uns Essen besorgen. Für sie ist das eine Art Belohnung.«

»Es ist trotzdem nicht fair«, sagte Karl.

»Offenbar«, fuhr Jen fort, »hat das mit dem Unterschied zwischen den Überlebenden zu tun. Wir hier an der Akademie sind die ›Zukunft der Menschheit‹.« Sie zeichnete Anführungszeichen in die Luft. »Deswegen haben sie uns in eine Art Trainingslager gesteckt. Wir lernen, ohne Luxus zu überleben, denn später, wenn wir in die Welt rausgehen, müssen wir stark und kräftig sein. Die ganze Technik würde uns verweichlichen.« Sie stieß Pans leere Schüssel von sich. »Das klingt irgendwie einleuchtend.«

»Wie jetzt – die Dorfbewohner sind nicht die Zukunft der Menschheit?«, fragte Sam.

»Sie sind das Fußvolk. Wir sind die Elitetruppen«, erwiderte Jen. »Wir sind das Sondereinsatzkommando der neuen Welt, Leute. Spezialtraining für uns.«

»Und das glaubst du, Jen?«, fragte Pan.

Jen sah stattdessen Wei-Lin an.

»Mein Problem ist«, sagte sie, »dass ich nicht weiß, wem ich noch glauben soll.«

~~~

»Wir müssen reden«, sagte Pan. Sie hatte gewartet, bis Jen aus der Dusche gekommen war. Sie hatten anderthalb Stunden Freizeit und Pan war Jen ein paar Erklärungen schuldig. Vermutlich musste sie sich auch entschuldigen. Vor allem anderen wollte Pan wissen, was Jen wirklich dachte.

»Okay, dann reden wir«, sagte Jen. Sie rubbelte sich das Haar mit dem Handtuch trocken und hängte sich das Tuch dann über die Schulter.
~~~

»Nicht hier«, sagte Pan. »Komm, wir laufen eine Runde.«

Jen zuckte mit den Schultern. »Klar. Irgendein spezielles Ziel? Auf dieser Seite der Mauer?«

Pan lächelte. »Ja. Es ist ein Ort, den Nate mir gezeigt hat.« Ihr Lächeln gefror, ein Schauer überlief sie. »Ich möchte ihn dir zeigen, solange es noch hell ist.«

Jen warf einen Blick auf den sich verfinsternden Himmel. »Dann mach schnell«, sagte sie. »Sollen wir die Uhren wieder hier lassen?«

»Diesmal nicht«, sagte Pan. »Ich sehe keinen Sinn drin.«

Jen zuckte mit den Achseln. »Okay«, sagte sie. »Dann geh vor.«

Nach fünf Minuten spürte Pan das vertraute Stechen in ihrer Seite. Dass sie nichts gegessen hatte, war sicher auch nicht gerade hilfreich. Dennoch lief Pan weiter und beschleunigte sogar noch ein wenig. *Härte dich ab,* ermahnte sie sich. *Nicht dein Körper hat das Kommando, sondern dein Geist.* Nach ein, zwei Minuten ließ das Stechen nach und ihr Atem wurde regelmäßig.

»Du wirst allmählich fitter«, stellte Jen fest. Sie hielt locker mit Pan mit und ihre Stimme verriet nicht die geringste Ermüdung. *Zuerst Nate, jetzt Jen,* dachte Pan. *Es sieht so aus, als müsste ich immer einen der beiden vor der Nase haben.* Aber sie antwortete nicht. Sie war sich unsicher, ob ihre Lunge die doppelte Belastung verkraften würde. Sie war sich eigentlich bei allem unsicher.

Als sie den Wasserfall erreichten, war die Sonne bereits hinter den Berggipfeln versunken und der Wald lag im düsteren Dämmerlicht. Der Wasserfall war lauter als beim letzten Mal – Pan vermutete, es lag an der wachsenden Menge an Schmelzwasser. Jen blieb stehen, die Hände in die Hüften gestemmt, und sah sich um, während Pan sich ins Gras sinken ließ und nach Luft rang.

»Wow«, sagte Jen. »Von diesem Ort habe ich nichts gewusst. Das ist ja eine ganz andere Welt.«

Es war wirklich eine andere Welt. Der Zauber, den Pan von ihrem letzten Besuch mit Nate in Erinnerung hatte, war immer noch unübersehbar. Das Gras unter ihren Füßen war mit Tautropfen übersät. Hoch über ihnen bildeten sich winzige Regenbogen dort, wo das letzte Sonnenlicht sich im rauschenden Wasser fing.

In der Luft lag eine pulsierende Kraft: Alles erinnerte an eine Zeit und einen Ort fernab der felsigen Ödnis auf dem Gelände der Akademie. Sie würde Sam und Karl hierher führen, beschloss Pan. Sie hatten einen Ort verdient, an dem sie ungestört sein konnten, einen romantischen Ort – für Romantik war an der Akademie nicht viel Platz.

»Also, worüber möchtest du reden?«, fragte Jen. Sie setzte sich neben Pan ins Gras, ohne die Feuchtigkeit zu beachten, die Pans Hose bereits durchdrungen hatte.

»Ich habe ihnen erzählt, dass du mit mir auf die andere Mauerseite gekommen bist«, sagte Pan. Sie zwang sich, Jen in die Augen zu sehen, auch wenn ihre instinktive Reaktion eher war, ihrem Blick auszuweichen. Jen nickte nur.

»Hab ich mir schon gedacht«, sagte sie. »Entweder das oder jemand hat mich beobachtet, als ich pitschnass zum Schlafsaal zurückgegangen bin. Würdest du mir auch verraten, warum, Pandora?«

Nach dem Geständnis fühlte sich Pan wohler, aber sie hatte nicht mit der Frage nach den Gründen ihres Verrats gerechnet. Die Wahrheit wirkte unglaubhaft, aber sie es war auch nicht besser, Jen zu belügen.

»Sie haben mich im Dorf mit einem Taser betäubt«, sagte sie. »Und dann zusätzlich mit Medikamenten. Als ich aufgewacht bin, hat man mich verhört. Es war Professor Goldberg, glaube ich, allerdings kann ich das nicht beschwören. Er wollte wissen, was ich über die Akademie bereits herausgefunden habe. Ich wollte mich weigern, die Fragen zu beantworten, aber … das ist schwer zu erklären. Ich war schläfrig. Ich konnte mich nicht konzentrieren. Außerdem spürte ich einen überwältigenden Drang, die Wahrheit zu sagen. Ich nehme an, es waren die Medikamente. So eine Art Wahrheitsserum. Er fragte mich, ob ich allein ins Dorf gegangen bin. Ich habe gesagt, du wärst bei mir gewesen.«

Jen zupfte einen Grashalm ab und kaute daran.

»Du glaubst mir nicht?«, fragte Pan.

»Taser. Betäubungsmittel. Verhör. Wahrheitsserum. Pandora Stone, du machst es mir nicht leicht, dir zu glauben.«

Pan kratzte die lästige, juckende Stelle zwischen den Schulterblättern. Dann stand sie auf.

»Das kann ich dir nicht vorwerfen«, sagte sie. »Ich weiß selbst nicht, ob ich mir glauben würde. Aber ich musste dir einfach erklären, warum ich dich verpfiffen habe. Jetzt liegt es an dir, ob du mir glaubst oder nicht.«

»Hey, jetzt sei nicht gleich so zickig«, sagte Jen. »Setz dich, Pandora. Dieses Gespräch ist noch nicht vorbei.«

Pan zuckte mit den Schultern und setzte sich.

»Folgendes«, fuhr Jen fort. »Entweder glaube ich dir oder ich glaube der Akademie. Einer von beiden redet Scheiße, und ich werde herausfinden, wer von beiden es ist.«

»Wie denn?«

»Tja, das ist die Eine-Million-Dollar-Frage. Aber ich habe da schon so ein paar Ideen. Dieser Ausflug unter der Mauer hindurch war ganz schön kalt und letztendlich sinnlos, aber hey, immerhin war es spannend. Ich könnte noch ein bisschen mehr Spannung vertragen.«

»Du meinst, Handeln ist besser als Nichtstun?«

»Immer.« Jen spie den durchgekauten Grashalm aus. »Und was sind deine Pläne, Pandora?«

»Ich werde abhauen.« Ob es klug war, Jen diesen Plan zu beichten, wusste Pan nicht genau. Aber eigentlich war ihr inzwischen so ziemlich alles egal. Vielleicht war Jen nicht zu trauen. Vielleicht hatte sie auch ihre Geheimnisse. Vielleicht benutzte die Akademie sie für ihre eigenen Zwecke, so wie Nate. Pan konnte nicht einmal wissen, ob Jen sie nicht verraten hatte. Aber letztendlich waren alle Mutmaßungen sinnlos. »Ich glaube, das Virus ist eine pure Erfindung«, fuhr sie fort. »Ich glaube, man hat uns entführt. Die Welt dreht sich weiter wie immer. Meine Mutter und mein Bruder sind am Leben. Alle unsere Familien und Freunde sind am Leben. Aber beweisen lässt sich das nur, wenn man nach ihnen sucht. Und suchen kann man sie nur, wenn man von hier abhaut.«

Jen schwieg einen Moment lang, dann lachte sie.

»Gerade als ich gedacht habe, es könnte nicht mehr schräger werden, kommst du damit. Alle Achtung, Pandora. Zumindest hast du einen hohen Unterhaltungswert. Aber sag mir mal eins. Ich erinnere mich an das Virus. Du hast gesagt, du erinnerst dich auch an das Virus. Und jetzt soll es niemals existiert haben?«

»Sie haben uns Erinnerungen eingepflanzt. Deswegen erinnern sich so viele von uns an das Gleiche.«

Jetzt lachte Jen noch lauter. »Woher kriegt man eine Zwangsjacke, wenn man sie dringend braucht?«, fragte sie.

»Du hast mich gefragt, ich habe es dir erklärt. Mir ist es ganz egal, wenn du mich verrückt hältst.«

Jen stand auf und streckte die Hand aus. Pan ergriff sie und Jen zog sie nach oben. »Du bist ja vielleicht verrückt«, sagte sie. »Aber trotzdem … die Vorstellung, von hier abzuhauen ist irgendwie … cool. Irgendeinen Plan, wie das gehen soll?«

»Noch nicht.«

»Sag mir Bescheid. Vielleicht bin ich ja für irgendwas gut. Und wenn du gehst, komme ich mit dir.«

»Warum?«

Jen breitete grinsend die Arme aus. »Warum denn nicht?«

6.

Pan hatte damit gerechnet, dass ihr Ausflug unter der Mauer hindurch noch irgendein Nachspiel haben würde, aber nichts geschah. In dieser Nacht fiel sie in tiefen, traumlosen Schlaf, und als sie erwachte, fühlte sie sich so ausgeruht wie lange nicht. Nach dem Frühstück – eine fade Mahlzeit aus Haferbrei und einem Milchersatzprodukt –, machte sie sich auf den Weg zur Laufbahn. Am Fuß des Felsens, auf dessen Gipfel das Spital lag, lagen immer noch Tausende von Steinen verstreut. Pan schloss sich einer Gruppe von Schülern an, die diese Steine zur Seite räumte.

Der einzige Schüler, den sie erkannte, war Tom, der Junge mit dem Falken. Sein Vogel war nicht zu sehen und Tom mühte sich gerade damit ab, einen Felsbrocken hochzuheben, der beinahe halb so groß war wie er selbst. Pan ging zu ihm hinüber.

»Hi«, sagte Tom. Seine Haare standen noch immer in alle Richtungen und sahen so aus, als hätte er sie in den letzten fünf Monaten nicht gewaschen. Auch sein Gesicht hatte wohl schon länger kein Wasser mehr gesehen. Aber als er lächelte, blitzte eine gerade Reihe weißer Zähne auf.

»Hi«, sagte Pan. »Wie geht's Kes?«

Tom grinste noch breiter.

»Super«, sagte er. »Das Training läuft total gut. Sie lernt ganz schnell. Es dauert nicht mehr lang, dann fängt sie uns Frischfleisch für die Kantine.«

»Frischfleisch könnten wir gebrauchen«, stimmte Pan zu. »Komm, ich helfe dir.«

Zu zweit gelang es ihnen, den Brocken direkt an die Felswand zu rollen, wo sich schon ein ganzer Steinhaufen angesammelt hatte. Es war ein Hügel, ordentlich zusammengefügt wie eine Trockenmauer. Erst jetzt fiel Pandora auf, dass die meisten Schüler ihre eingesammelten Felsbrocken, klein und groß, zu dieser Stelle brachten.

»Wird hier etwas gebaut?«, fragte sie.

Tom nickte. »Es ist eine Gedenkstätte«, sagte er mit unverhohlenem Stolz. »Ein paar von uns haben sich so unterhalten und dann haben wir gedacht, wenn wir die Ecke hier aufräumen, warum sollen wir dann nicht gleich so eine Art Zeichen setzen? Weißt du, so, dass die Steine nicht einfach nur weg sind oder an den Wegrändern liegen – wir können ja genauso gut etwas Spezielles bauen.«

»Eine Gedenkstätte? Für was denn?«

»Für die beiden Schüler, die gestorben sind. Cara und dieser Junge, Jake.«

»Nate«, verbesserte Pan. Sie hielt an und rieb sich die Hände an der Hose sauber. Der Hügel war etwa anderthalb Meter hoch, aber so wie die Sache voran ging und ausgehend von der Größe der Grundfläche würde er am Ende doppelt so hoch sein. Eine Gedenkstätte. Einerseits fand Pan die Idee rührend. Cara Smith war gestorben, aber sie würde nicht vergessen werden. Wenn jemand über die Laufstrecke rannte oder einfach von irgendeiner fast beliebigen Stelle auf dem Akademiegelände hier herübersah, würde er durch den Steinhügel an sie erinnert. Gedenken an Nate – das war eine andere Sache. Sie zog es vor, nicht genauer darüber nachzudenken. Sie dachte daran, sich zu entschuldigen und lieber laufen zu gehen, vielleicht zum Wasserfall, aber auch daran hafteten Erinnerungen. Sie hob einen weiteren Felsbrocken auf und legte ihn auf den Hügel. Für Cara.

Dann hob sie noch einen auf. Eins hatte Pan beschlossen: Wenn sie fliehen wollte, musste sie unbedingt an ihrer Kraft und ihrer Ausdauer arbeiten. Von nun an würde sie sich in alle körperlichen Aktivitäten stürzen, die sich in der Akademie boten.

~~~

»Du hast gestern deine Sitzung verpasst, meine Liebe«, begrüßte sie Dr. Morgan und strich sich eine wirre Haarsträhne auf dem Hinterkopf zurecht. »Das ist nicht gut, Pan. Überhaupt nicht gut. Wir müssen konsequent arbeiten, wenn wir Fortschritte erzielen wollen.«

Pan war alle Stufen zum Spital hochgerannt. Dann, als sie das Plateau erreicht hatte, war sie noch einmal hinuntergegangen und ein zweites Mal hochgerannt. Sie kämpfte gegen ihre Höhenangst, wenn auch nur bedingt erfolgreich. Jetzt verkrampften sich ihre Beine und der Schmerz war heftig, aber immerhin – vor einer Woche wäre sie zu dieser Leistung nicht fähig gewesen. Der Schmerz würde in den nächsten Wochen ihr ständiger Begleiter sein. Sie hatte einen Entschluss gefasst.

»Entschuldigung«, antwortete sie. Wusste Dr. Morgan
~~~

wirklich nichts von ihrer Verhaftung jenseits der Mauer? Es war doch unwahrscheinlich, dass ihm dieser Vorfall nicht zu Ohren gekommen war. Vorerst würde Pan sich jedoch mit Fragen zurückhalten. Jetzt galt es, nicht aufzufallen. Bis der entscheidende Moment kam.

»Na, dann legen wir mal los, meine Liebe. Ich habe über unser weiteres Vorgehen nachgedacht und mir ein paar neue Tests überlegt, die vielleicht interessant sind. Du hast es wahrscheinlich satt, immer nur die Farbe von Spielkarten zu erraten.«

»Ein bisschen Abwechslung wäre schon ganz gut«, gab Pan zu.

»Großartig. Ich dachte mir, wir könnten an Hellseherei aus größerem Abstand arbeiten. Die Sache ist ganz einfach. Ich habe drei deiner Mitschüler gebeten, auf ein Blatt Papier zu zeichnen, die Zeichnungen in Umschläge zu stecken und diese zuzukleben. Sie haben mir nicht verraten, was sie gezeichnet haben.« Er lächelte und zwinkerte Pan zu. »Die Umschläge sind bis zum jetzigen Moment in meinem Besitz gewesen, sodass ich sicher sein kann, du hast keine Ahnung, was sich darin befindet.«

Und ich gehe davon aus, nach dem Experiment werde ich auch noch keine Ahnung haben, dachte Pan. Aber sie schwieg.

»Mach deinen Kopf von anderen Gedanken frei und konzentrier dich«, fuhr Dr. Morgan fort. »Drei Umschläge, drei Zeichnungen.«

Pan schloss die Augen und versuchte sich zu konzentrieren, aber nichts kam ihr in den Sinn bis auf die Absurdität dessen, was sie hier tat. Im Geiste schüttelte sie den Kopf und versuchte es noch einmal, versuchte, die Zeichnungen zu sehen. Aber sie musste passen. *Vielleicht gebe ich mir zu viel Mühe,* dachte sie. *Ich muss mich treiben lassen.* Ihr fiel ein, wie sie bei der Suche nach Cara in den Körper von Kes, Toms Falken, geschlüpft war. Das war geschehen, nachdem sie Caras Tagebuch gelesen hatte. Und es war geschehen, ohne dass sie sich bewusst darum bemüht hatte.

Sie erinnerte sich an den fantastischen Flug über die Akademie, wie sie sich in die Kurven gelegt, in die Tiefe geschossen, auf dem Wind dahingeglitten war – ein menschlicher Geist im Körper eines Vogels. Die Erinnerung brachte das Hochgefühl zurück. Beinahe instinktiv streckte sie ihre Gedanken wieder zu dem Vogel aus, erinnerte sich daran, wie warm sich sein Körper auf ihrem Arm angefühlt hatte, an die schmalen Schwungfedern, den durchdringenden Blick. *Das funktioniert besser, wenn ich etwas anfasse,* dachte sie. *Ich brauche Kontakt, wenn ich irgendeine Verbindung herstellen will.* Bei ihrer Vision auf der Insel war das allerdings nicht der Fall gewesen. Doch da war es eine gänzlich andere Erfahrung gewesen: Sie hatte geahnt, was die Zukunft bringen würde, nicht wie üblich intuitiv einen verlorenen Gegenstand wiedergefunden. Musste sie dazu etwas berühren? Wie war das mit Wei-Lins Uhr gewesen? Die hatte sie nicht angefasst. Aber sie hatte häufig körperlichen Kontakt mit Wei-Lin gehabt. Vielleicht reichte das aus. Sie konzentrierte sich wieder auf den Vogel, aber nichts geschah. Ihr war bewusst, dass Dr. Morgan wartete. Warten konnte er.

Nach zehn Minuten absoluter Stille fand Pan einen geistigen Raum, der entspannend wirkte, beinahe einschläfernd. Sie fiel in einen Dämmerzustand, der den Momenten direkt vor dem Einschlafen glich, wenn Wachzustand und Vergessen sich auf angenehme Weise vermischten, wenn die Trennung von Körper und Geist kurz bevorstand. Das Jucken zwischen ihren Schulterblättern drängte sich unvermittelt dazwischen und sie wand sich auf ihrem Stuhl. Im Laufe des Tages hatte es ein bisschen nachgelassen, aber nun kehrte es stärker denn je zurück. Sie presste den Rücken gegen die Stuhllehne und schubberte sich ein bisschen, um das Jucken zu lindern, aber es wurde nur noch schlimmer. Pan wollte die Augen öffnen, ihrem Unbehagen nachgeben, aber sie widerstand der Versuchung.

Diesmal fühlte es sich nicht an wie ein körperlicher Rausch, dieses merkwürdige Gefühl, das sich einstellte, wenn man in einen anderen Körper eindrang. Diesmal kam es langsam, beinahe unmerklich. Sie hörte Atemzüge und es waren nicht die ihren oder die von Dr. Morgan. Pan hielt die Augen geschlossen, aber die Dunkelheit war nicht vollkommen. Am Rand ihres Sichtfelds – gab es auch bei geschlossenen Augen einen Rand des Sichtfelds? – bewegte sich etwas, Licht und Schatten, ein geisterhaftes Bild, das sich nicht deuten ließ. *Entspann dich,* dachte sie. *Streng dich nicht allzu sehr an. Lass es geschehen.* Denn es geschah etwas. Das Atemgeräusch wurde deutlicher, das körnige Bild wurde schärfer. Jeden Moment würde sie etwas sehen. Und dann sah sie es.

Es hielt nur ein paar Augenblicke an. Vielleicht weniger, vielleicht auch länger als eine Sekunde. Pan sah einen Raum. Einen großen Raum voller Geräte. Er war hell erleuchtet und es gab keine Fenster. Die kalte Neonbeleuchtung löschte alle Schatten aus. *Klinisch.* Es war das erste Wort, das ihr in den Sinn kam. Steril. Ein Labor. In der Mitte des Raums lag jemand auf einer Liege. Noch etwas. Ein schwacher Umriss, der die Szenerie unscharf machte. *Brillengläser,* dachte sie. *Ich sehe durch eine Brille.* Der Blickwinkel änderte sich und einen Moment lang konnte sie die Person auf der Liege besser sehen. Ein junger Mann, groß gewachsen, die Augen geschlossen. Er trug einen merkwürdigen Helm, von dem zahlreiche bunte Drähte zu einem Gerät führten. Sein Gesicht konnte sie immer noch nicht sehen. Eine kleine Haarsträhne, schwarz, gekräuselt, lugte unter dem Helm hervor, schmiegte sich an einen gebräunten Nacken. Pan schnappte nach Luft und im selben Moment erfolgte die Reaktion.

Ein überwältigendes Gefühl der Wut erfüllte sie, das Gefühl einer anderen Person, die sich gegen ihre Anwesenheit sträubte. Und dann wurde sie verbannt, mit ungeheurer Gewalt hinausbefördert. *Ich war im Kopf einer anderen Person,* dachte sie.

Ich konnte durch ihre Augen sehen und sie wusste, dass ich da war. Gerade hatte sie noch durch die Augen eines anderen gesehen, im nächsten Moment schon fand sie sich auf ihrem Stuhl im Büro des Spitals wieder. Sie hörte das bedächtige Atmen von Dr. Morgan, lehnte sich zurück und sah in die Dunkelheit hinter ihren eigenen geschlossenen Lidern.

Pan zwang sich, die Augen noch einige Sekunden geschlossen zu halten. Sie war erschüttert – nein, vollkommen verängstigt. Es hatte Ähnlichkeit mit dem Flug im Körper von Kes gehabt, aber diesmal war sie ein Eindringling gewesen, kein willkommener Gast. Aber in wen war sie da eingedrungen? Und warum? Den Raum, den sie gesehen hatte – und sie zweifelte keinen Moment daran, dass es ein echter

Raum war –, kannte sie nicht, weder aus der Akademie, noch aus ihrer Vergangenheit. Die ganze Erfahrung war schockierend, aber da war vor allem eine Sache, die ihren Herzschlag beschleunigte und an ihren Nerven zerrte.

Der junge Mann auf der Liege. Es war Nate gewesen.

»Alles in Ordnung bei dir, meine Liebe?« Die Stimme von Dr. Morgan klang ein bisschen verzerrt. Pan zwang sich, tief und regelmäßig zu atmen, das Trommeln ihres Herzschlags zu beruhigen. Sie schlug die Augen auf.

»Mir geht es gut, Dr. Morgan«, log sie.

Er beugte sich vor und streckte eine Hand nach ihr aus, in seinem Blick lag Sorge.

»Du hast sehr unregelmäßig geatmet«, sagte er. »Ich habe schon befürchtet, du hättest so eine Art … Anfall.«

Pan versuchte zu lächeln. »Wirklich, mir geht es gut.« Hinter ihren Augen entwickelte sich dumpfer Schmerz und er nahm zu, als würde jemand eine Schraube in ihrem Kopf fester ziehen. »Ich glaube, ich bin gerade ein bisschen weggedämmert. Tut mir leid, Dr. Morgan.«

»Hast du irgendeine Idee, was auf den Zeichnungen zu sehen ist?«, fragte er.

»Überhaupt nicht. Tut mir leid.« Pan spreizte die Finger. »Ich habe keine Ahnung, was in diesen Umschlägen ist.«

Dr. Morgan tätschelte ihr Knie.

»Keine Sorge«, sagte er. »Wir werden dran arbeiten.«

»Ja«, sagte Pan. »Das werden wir ganz bestimmt.«

Sie wand sich, um die juckende Stelle kratzen zu können, aber das linderte den Reiz nicht. Die Bewegung löste ein Pochen in ihrem Kopf aus und der Schmerz ließ sie zusammenzucken.

7.

An diesem Abend spielte Pan mit dem Essen auf ihrem Teller herum. Sie wusste, dass sie Kraft aufbauen musste, aber die Fragen, die in ihrem Kopf brummten, ließen keinen Raum für andere Dinge. Immerhin herrschte beim Rest der Gruppe gute Stimmung.

»Wie geht es heute deinem Bein, Sanjit?«, fragte Karl. Er hatte sich direkt neben Sanjit gesetzt, gegenüber von dem Platz, an dem er normalerweise saß. *Er widmet ihm besondere Aufmerksamkeit,* dachte Pan. *Die Gruppe versucht, eng zusammenzuhalten.*

»Ganz okay«, sagte Sanjit. »Es wird ständig besser. Aber Dr. Morgan hat mir geraten, körperliche Arbeit und das Fitnesstraining eine Woche lang zu meiden.«

»Glückspilz«, sagte Karl.

»An den anderen Fächern kann ich aber teilnehmen.«

»Pechvogel«, sagte Karl. »Da ist mir körperliche Arbeit doch lieber. Wenn ich mir noch eine Lektion über die Bewässerung von Dürregebieten anhören muss, fange ich an zu schreien.«

»Du solltest es so machen wie ich«, sagte Jen.

»Nämlich?«

»Ganz einfach: nicht zuhören.«

Sam warf Karl ein Stückchen Brot an den Kopf. Es traf ihn mitten zwischen die Augen, prallte ab und fiel unter den Tisch.

»Wenn Karl eins gut kann, dann ist es genau das: nicht zuhören«, sagte sie.

Karl duckte sich unter den Tisch und tauchte mit der Brotrinde wieder auf. Er musterte sie kurz, dann steckte er sie in den Mund. Die anderen ächzten im Chor.

»Hast du etwas gesagt, mein Schatz?«, fragte er. »Es tut mir leid, ich habe wohl gerade nicht zugehört.« Er schluckte und schmatzte mit den Lippen.

»Das ist widerlich, Karl«, sagte Sam, aber sie grinste.

»Nein, das ist nur vernünftig«, widersprach er. »Jammer mir bloß nichts vor, wenn du später wieder Hunger hast.«

»An diesem Stückchen Brot hat doch jetzt alles Mögliche geklebt«, sagte Sam. »Jammer du mir bloß nichts vor, wenn du später kotzen musst.«

»Abgemacht.«

Das Geplänkel setzte sich fort, nur Pan und Wei-Lin schwiegen. Sanjit sagte nicht viel, wie immer, aber er lauschte aufmerksam. Erst als das Gespräch einen Moment lang zum Erliegen kam, ergriff Wei-Lin das Wort.

»Sanjit«, sagte sie. »Weißt du noch, was du oben im Spital gesagt hast? Dass du dich für Nates Tod verantwortlich fühlst? Das glaubst du doch nicht wirklich, oder?«

Plötzlich herrschte am Tisch verlegenes Schweigen. Pan sah auf. Die anderen beugten sich über ihre Teller, obwohl die meisten schon aufgegessen hatten. Sanjit stieß sein Essen von sich, aber er sah Wei-Lin nicht in die Augen.

»Ich … das ist schwer zu erklären«, sagte er.

»Du hast davon geredet, dass du Schwierigkeiten hattest«, fuhr Wei-Lin fort. »Damals in der richtigen Welt. Du weißt, Sanjit, dass du jederzeit mit jedem von uns über alles reden kannst. Klar, wir haben Dr. Macredie mit ihrem Therapie-Gerede auflaufen lassen, aber sie hat nicht ganz unrecht. Manchmal hilft es, wenn man über etwas redet. Vor allem, wenn man mit Freunden redet.«

Sanjit sah kurz in die Runde. Er wirkte gehetzt. Pan schob ihren Stuhl nach hinten.

»Sam, Karl«, sagte sie. »Ich habe eine Überraschung für euch beide. Kommt mit, es wird euch gefallen. Vertraut mir.«

Sam sprang sofort auf. »Eine Überraschung? Ich liebe Überraschungen! Komm schon, Karl!«

»Ja, ich auch«, sagte Jen. Es dauerte keine Minute, bis alle die Tür der Kantine erreicht hatten. Pan warf einen Blick zurück. Wei-Lin und Sanjit saßen dicht nebeneinander. Sanjit nickte ein paarmal mit dem Kopf, dann sah er zu Wei-Lin auf und fing an zu reden.

»Gut gemacht, Pan«, sagte Sam, als sie draußen waren. »Das war mir so … unangenehm.«

»Und wie. Wei-Lin hat das aber auch gut gemacht«, sagte Karl. »Sie hat schon recht. Sanjit muss mit seinem Schuldgefühl wegen Nate irgendwie umgehen. Das ist gut so.«

»Aber es war nicht nur eine Ausrede«, sagte Pan. »Ich habe wirklich eine Überraschung für euch. Kommt mit, Leute. Seid ihr bereit für einen kurzen Lauf?«

»Was für eine Überraschung ist es denn?«, fragte Sam.

Pan verdrehte die Augen. »Es wäre ja keine Überraschung, wenn ich es euch verraten würde, oder?«, fragte sie. »Aber eins kann ich sagen. Es ist … romantisch. Dir und Karl wird es gefallen.«

Karl nahm Sams Hand.

»Ich finde, das klingt gut«, sagte er. »Kommst du mit, Jen?«

Jen lachte. »Ach nein. Ich glaube, ich weiß, was Pandora euch zeigen will, und da war ich schon, ist abgehakt. Außerdem sind drei Leute schon eine Menschenmenge und vier ist völlig daneben. Und ich vermute, Pandora wird sich ganz schnell zurückziehen, wenn sie es euch gezeigt hat.« Sie zwinkerte. »Aber ja, es ist wirklich romantisch.«

~~~

Pan überlegte, ob sie duschen sollte, beschloss dann aber, es auf die Zeit kurz vor dem Lichtausschalten zu verschieben. Die zwei Stunden Freizeit boten ihr eine weitere Gelegenheit, an ihrer Fitness zu arbeiten, auch wenn sie gerade erst von ihrem Lauf mit Sam und Karl zurückgekehrt war. Sie konnte spüren, wie sich ihr Körper veränderte. Ihre Beine wurden kräftiger und ihr Atem ging nach einem Lauf von ein paar Kilometern nicht mehr stoßweise. Miss Kingston war es aufgefallen. Nach der letzten offiziellen Fitnessstunde hatte sie Pans Herzschlag und Blutdruck gemessen und aufgeschrieben und auch Pans neue Bestzeiten notiert. Pan hatte einen Blick auf die Statistik erhascht, bevor Miss Kingston ihr Clipboard wegdrehte.

»Ich werde besser, oder, Miss Kingston?«, hatte sie gefragt.

Die Trainerin hatte nur verächtlich geschnieft. »Ein bisschen, Miss Stone«, hatte sie gesagt. »Wie zu erwarten. Aber Sie haben immer noch einen weiten Weg vor sich.«
~~~

Pan hatte gelächelt.

Sie fing an, direkt vor dem Schlafsaal ihre Abwärmübungen zu machen. Die Luft war deutlich milder und der Himmel fast frei von Wolken. *Fitness ist der Schlüssel,* dachte Pan. Sie erinnerte sich an Nate, daran, wie besessen er vom Laufen war, vom Stählen seines Körpers, aber diese Gedanken, diese Bilder schob sie schnell von sich. Es war sinnlos, an Nate zu denken. Nicht, solange sie nicht ganz sicher sein konnte, dass er lebte.

»Hast du schon mal dran gedacht, es dir ein bisschen schwerer zu machen?«, fragte eine Stimme hinter ihr.

Pan unterbrach ihren Lauf auf der Stelle und drehte sich um. Da stand Jen, die Hände in die Hüften gestemmt, und sah ihr zu.

»Du kommst allmählich in Form«, fuhr Jen fort. »Aber du musst Muskelmasse aufbauen. Rennen ist gutes Herztraining, aber du musst es mit Krafttraining unterstützen.«

»Hey, das sind Abwärmübungen, Dankeschön. Du weißt schon, Muskeln entspannen und so was.«

»Du bist ein Weichei. Wozu möchtest du dich überhaupt abwärmen? Du musst dranbleiben, Pandora. Komm, wir laufen noch mal zusammen und ich zeige dir, was ich meine.«

»Bietest du mir gerade deine Dienste als persönliche Trainerin an?«

Jen grinste. »Du könntest mich überhaupt nicht bezahlen.«

»Dann macht es dir einfach nur Spaß, an mir herumzumeckern?«

»Entspann dich. Hier.« Jen hob zwei große Steine auf und reichte sie Pan. Sie waren ungefähr zweimal so groß wie Pans Fäuste und schwer. »Halt die in den Händen, wenn du rennst. Wenn du einen Rucksack hättest, würde ich dir nahelegen, auch den vollzuladen. Das wäre richtiges Training. Aber damit können wir schon mal anfangen.«

»Ich bin gerade vom Laufen gekommen«, sagte Pan.

»Zum Wasserfall?«

Pan nickte. »Du hättest Sam und Karl sehen müssen, als wir angekommen sind«, sagte sie. »Sie standen einfach nur da, Hand in Hand, und haben gestaunt. Ich glaube, sie haben gar nicht bemerkt, dass ich sie allein gelassen habe.«

»Junge Liebe, was? Na gut, dann wissen wir, in welche Richtung wir besser nicht laufen.«

Pan ächzte, aber Jen hob noch zwei Steine auf, bestimmt doppelt so groß wie die beiden, die sie Pan gereicht hatte. »Die müssten für mich richtig sein«, sagte sie.

~~~

Auf den ersten Kilometern fiel es Pan schwer, sich an die zusätzliche Last der Steine zu gewöhnen. Sie brachten sie aus dem Gleichgewicht. Aber sie achtete nicht auf ihre verkrampften Oberarmmuskeln und lief trotz der Schmerzen einfach weiter. Sie wusste, wenn sie erst einmal die andere Seite dieser persönlichen »Mauer« erreicht hatte, würde sie leichter vorankommen, ja, sie würden den Endorphin-Rausch genießen. Jen trabte neben ihr her, aber Pan hatte den Eindruck, dass sie ihren Schritt nicht mehr absichtlich abbremste, damit Pan mithalten konnte. Es bereitete ihr eine gewisse Freude zu sehen, dass sich ihr Fitnesslevel dem von Jen allmählich annäherte.
~~~

Sie rannten zur Laufstrecke unterhalb des Gartens auf dem Dach der Welt und hielten erst vor dem Hügel-Mahnmal an. Pan sah, dass neue Steine dazugekommen waren. Der Hügel war jetzt beinahe drei Meter hoch. Er war schlicht, es gab kein Schild, nur die aufeinander getürmten Felsbrocken, aber dennoch erinnerte er sie an Cara. Und Nate. Jen kletterte oben auf den Hügel und legte ihre beiden Steine obendrauf. Dann kletterte sie wieder herunter und klopfte den Dreck von ihren Händen.

»Einen für jeden von ihnen«, sagte sie.

Pan antwortete nicht, sondern ließ sich im Schatten den Mahnmals nieder. Wenige Augenblicke später setzte sich Jen neben sie. Sie sahen hinunter auf die Akademie.

»Ich habe über das nachgedacht, was du gesagt hast, Pandora«, sagte Jen nach einer Minute. Pan wartete. »Du weißt schon, das mit den Erinnerungen. Das wir alle so ähnliche haben. Also, ich habe mich ein bisschen umgehört.«

»Und?«

»Interessant«, sagte Jen. »Kein richtiger Beweis, aber interessant.« Sie rieb sich die Handflächen an den Hosenbeinen sauber. »Die meisten wollen nicht darüber reden, weißt du? Zu schmerzhaft, nehme ich an. Aber ich habe selbst ein paar Dinge geschildert, an die ich mich erinnere, und darauf gab es einige Kommentare.«

»Beispiele?«, hakte Pan nach.

»Okay. Ich erinnere mich an einen Mann, der in Sydney eine Straße entlangfuhr. Sein Arm baumelte aus dem Fenster des Fahrersitzes. Er ist gegen eine Ampel geknallt. Ganz langsam. Und da ist das Auto einfach stehen geblieben und der Arm baumelte immer noch, weißt du? Nur so ein Bild.

Aber ich habe zwei Leute gefunden, die sich an dasselbe erinnern. Na ja, nicht genau das Gleiche. Es waren einerseits bei allen verschiedene Straßen, und das, wogegen der Wagen prallte, war nicht immer eine Ampel. Aber …«

»Du weißt, was die Akademie dazu sagen würde, oder?«, fragte Pan. »Es ist doch logisch, dass in einer Großstadt so etwas passieren musste. Wahrscheinlich in jeder Stadt. Es ist nicht so eine große Überraschung, dass mehrere von uns sich daran erinnern, so etwas gesehen zu haben.«

Jen seufzte »Ich weiß. Und wahrscheinlich gebe ich dir recht. Aber … Mann, Pandora Stone, du hast so eine merkwürdige Art, die mir unter die Haut geht. Ich denke, klar, ist nichts Besonderes. Aber du hast da so eine kleine Bombe gelegt mit den eingepflanzten Erinnerungen … na ja, das würde dazu passen, auch wenn es verrückt klingt.« Sie wandte sich an Pan. »Versteh mich nicht falsch. Ich sage nicht, dass ich diese Geschichte, die du dir da zurechtgelegt hast, glaube. Ich sage nur, du hast da so einen gewissen Zweifel gesät. Und für jemanden wie mich gibt es nichts Schlimmeres. Ich brauche Gewissheit. Ich kann mit Zweifeln nicht umgehen.«

»Was noch?«, wollte Pan wissen.

»Jemand hat etwas von einem Mädchen in einem weißen Kleid erzählt. Hast du nicht gesagt, das war das Bild, das dir zuerst aufgefallen ist?«

»Genau«, sagte Pan. »Das hatten drei von uns. Jetzt schon vier. Es ist wie eine Szene aus einem Film, den jeder gesehen hat. Wir haben es gesehen und glauben, es sei uns wirklich passiert. Aber mehr war es nicht – nur eine Szene aus einem Film.«

»Also, das kriege ich raus«, erklärte Jen.

»Wie denn?«

»Keine Ahnung. Ich überlege noch. Was ist mit dir, irgendeine geniale Idee, wie du hier wegkommst?«

»Noch nicht. Ich konzentriere mich im Moment auf meine körperliche Fitness. Außerdem glaube ich, es ist besser, wenn ich eine Weile nicht auffalle. Die behalten mich bestimmt im Auge. Dich auch, kein Zweifel. Sie sollen denken, dass ich wieder eine brave Schülerin bin. Erst dann versuche ich abzuhauen.«

»Ich habe da so ein paar Ideen«, sagte Jen. »Na ja, genauer gesagt ist es eine einzige Idee und ich bin mir nicht sicher, ob sie dir gefällt.«

»Ja?«

Jen stand auf und rannte auf der Stelle, schwang die Arme auf und ab. Pan stellte ihr rechtes Bein ein Stück vor sich und beugte sich in den Hüften, spürte, wie die Muskeln sich anspannten und dehnten. Jen hielt inne und stemmte die Hände in die Hüften.

»Kleines Wettrennen auf dem Rückweg?«

»Was für eine Idee hast du?«

»Sag ich noch nicht. Aber ich verrate dir eine andere Idee – eine, die mit diesem Einpflanzen von Erinnerungen zu tun hat.«

»Ja.«

»Ich erzähle es dir, während wir laufen. Einen Kilometer langsam joggen und dann Sprint. Die Letzte im Ziel ist ein Loser.«

Ein paar hundert Meter lang sagte Jen nichts, aber dann wandte sie den Kopf zu Pan um und redete mit leiser Stimme.

»Wenn du recht hast, gibt es zwei Möglichkeiten: Entweder hat man uns diese Erinnerungen eingepflanzt, bevor wir hierhergebracht wurden – in diesem Fall haben wir keine Chance, irgendwelche Beweise zu finden. Oder aber … wir haben sie erst gekriegt, als wir angekommen sind.«

Das Bild von Nate auf einer Liege in einem Labor, schoss Pan in den Kopf, Drähte, die von einem Helm ausgingen. Es war zu grotesk, um es Jen zu erklären, deswegen schwieg Pan.

»Das heißt?«, fragte sie.

»Das heißt, wo wäre denn der einzige Ort hier in der Akademie, an dem so etwas gemacht werden könnte? Davon ausgehend, dass wir jetzt nicht komplett durchgeknallt sind.«

»Das Spital.«

»Genau, Pandora. Was meinst du? Wir haben uns das Dorf angesehen, jetzt könnten wir doch mal überprüfen, was sich hinter verschlossenen Türen im Spital abspielt?«

»Gefällt mir«, sagte Pan. »Gefällt mir sehr gut.«

»Mir auch«, bestätigte Jen. »Also abgemacht. Los jetzt. Wer zuletzt ankommt, ist der größte Loser.«

Sie beschleunigte ohne sichtbare Anstrengung. Pan holte Jen nicht mehr ein, aber sie fiel auch nicht weiter zurück, und das, fand sie, war schon ein hervorragendes Ergebnis.

8.

Eine Woche verstrich ohne weitere Vorfälle. Pan hielt sich an ihre Vorsätze. Sie strengte sich in den Stunden von Miss Kingston an und der Erfolg gab ihr recht: Mit jeder Stunde verringerte sich die Distanz zwischen ihr und Jen im Zweikilometer-Sprint, mit dem jede Trainingseinheit endete. Auch in Gwynnes Unterricht gab sie sich Mühe und spürte, dass ihr Körper an Widerstandskraft und Durchhaltevermögen gewann. In der Vergangenheit hatte sie Körperkontakt und den damit verbundenen Schmerz eher vermieden, aber jetzt stürzte sie sich in den Unterricht und stellte fest: Je furchtloser sie angriff, desto weniger Verletzungen erlitt sie. Ein- oder zweimal versuchte sie, den Zustand wiederherzustellen, in dem sie Jen beim Hapkido geschlagen hatte, aber nichts geschah. Pan kam zu dem Schluss, dass ihre Gabe nur funktionierte, wenn sie nicht versuchte, sie zu erzwingen.

Ihre Freizeit widmete sie Fitnessübungen, manchmal unter Jens Anleitung, öfter jedoch selbstständig. Der akademische Unterricht kam und verstrich. Das Essen in der Kantine wurde nicht besser. Dr. Morgan arbeitete in den persönlichen Förderstunden weiterhin an der Steigerung ihrer intuitiven Fähigkeiten, aber sein Eifer hatte nachgelassen, weil sie keine Fortschritte machte. Die Mischmaschine spie eine Karte aus und Pan berührte kurz ihren Rücken, bevor sie eine Einschätzung abgab. Aber sooft sie nur konnte, gab sie absichtlich die Antwort, die sie für die falsche hielt. Dr. Morgan sagte immer noch nichts dazu, aber seine Miene verriet seine Enttäuschung, und Pan schloss daraus, dass sie sehr häufig das Falsche sagte. Das war ihr gerade recht. *Sie denken, ich bin etwas Besonderes,* dachte sie. *Und meine Aufgabe ist es, ihnen zu beweisen, dass sie unrecht haben.*

Nachts war es immer noch am schlimmsten. Nicht, weil sie immer noch ihre Albträume gefürchtet hätte. Die waren beinahe verschwunden und sie war dankbar für ihren traumlosen Schlaf. Aber manchmal hatte sie Schwierigkeiten, überhaupt einzuschlafen. Alle möglichen Gedanken gingen ihr durch den Kopf, und je mehr sie sich gegen sie wehrte, umso aufdringlicher wurden sie. Erinnerungen an Nate. Der Anblick, wie er da lag und irgendwelche medizinischen Eingriffe an ihm durchgeführt wurden. *Vertrau mir.* Das Bild von Cara, oben auf dem Berg, erfroren. Erinnerungen an ihre Mutter und Danny. Es war kaum auszuhalten, wenn sie sich vorstellte, dass die beiden noch am Leben waren und da draußen auf ihre Rückkehr warteten. Wie fühlten sie sich? Hatten sie noch Hoffnung? Ermittelte die Polizei noch in ihrem Fall? Wenn ihre Gedanken diese Richtung nahmen, war es fast noch besser zu denken, die beiden seien wirklich in einer Pandemie umgekommen, und Pan war sich ihrer eigenen Theorien nicht so sicher, als dass sie diese Möglichkeit ganz ausgeschlossen hätte. In dieser einen Hinsicht behielt die Akademie wenigstens recht. Es war nicht gut, sich mit der Vergangenheit zu belasten.

Es war schwierig genug, mit der Gegenwart zurechtzukommen, und die eigene Zukunft musste sie selbst gestalten.

In den dunkelsten Momenten der Nacht, wenn das Stöhnen ihrer Mitschüler durch ihre Ohrstöpsel drang, dachte Pan an ihr Erlebnis während der Sitzung mit Dr. Morgan. Ein Mann in einem Labor. *War es überhaupt ein Labor?* Ein Mensch mit Brille, ein sauberer, klinischer Raum, ein Junge auf einer Liege. *War es wirklich Nate?* Dieses Gefühl der Wut der Person, in die sie eingedrungen war, wie diese Person sie buchstäblich aus ihrem Kopf ausgespien hatte. Wie passte das ins Bild? Sie war sich fast sicher: Wenn ihre übersinnlichen Fähigkeiten auf irgendeiner Grundlage basierten, dann auf körperlichem Kontakt. Genau genommen hatte sie selbst ein paar Experimente durchgeführt – sie hatte Menschen berührt, mit denen sie normalerweise sehr wenig Umgang hatte; Menschen in der Schlange vor der Essensausgabe. Oder sie streifte absichtlich jemanden, wenn sie im Klassenzimmer an ihren Platz ging. Danach versuchte sie sich vorzustellen, was diese Person fühlte oder dachte. Meistens geschah nichts, aber gelegentlich hatte sie doch die eine oder andere Eingebung. *Dieses Mädchen ist in diesen Jungen verliebt. Dieser Junge ist schwul, aber er will es selbst noch nicht wahrhaben.* Ahnungen, Tipps, aber sie ließen sich kaum überprüfen und schon gar nicht beweisen. Wenn also körperlicher Kontakt für ihre Gabe wesentlich war, wie hatte sie in den Geist des geheimnisvollen Manns im Labor eindringen können? Sie wusste, dass es ein Mann war. Dieser kurze Moment, in dem sie seinen Geist besetzt hatte, war von einem ihr fremden Gefühl der Männlichkeit bestimmt gewesen. Soweit sie sich erinnerte, hatte sie nie ein Labor betreten, hatte nie jemanden berührt, der sich auch nur im Entferntesten so angefühlt hatte wie dieser Mann. Manchmal, kurz vor dem Einschlafen, kam ihr eine Idee. Jedes Mal, wenn ihre Schulterblätter juckten, kam ihr derselbe Gedanke wieder.

~~~

Es war ein Dienstagabend. Jedenfalls glaubte Pan, dass es ein Dienstag war. Die Tage verschmolzen ineinander und die Uhren, die ihnen die Akademie gegeben hatte, zeigten das Datum nicht an, aber es waren wohl einige Tage vergangen, seit sie ihre Kleider in der Wäscherei gesäubert hatten. Pan hatte einen besonders anstrengenden Lauf hinter sich und stand unter der Dusche. Ausnahmsweise war die Mädchendusche leer und sie genoss den seltenen Moment des Alleinseins, als sie Salzwasser über ihren Körper rinnen ließ. Ihr Körper veränderte sich von Tag zu Tag. Als sie sich wusch, spürte sie dort harte Muskelmasse, wo zuvor nur lose Haut gewesen war. Sie erinnerte sich daran, dass sie sich für ihren Körper immer ein bisschen geschämt hatte. Hier gab es keinen Spiegel, aber sie war sich sicher, dass sie sich jetzt nicht mehr schämen würde.

Die Tür ging auf, gerade als sie das jämmerliche Süßwasser-Rinnsal über ihren Körper laufen ließ. Es war Jen.

»Ich habe dich gesucht«, sagte sie.

»Scheint, als hättest du mich gefunden.«

»Heute Abend.«

»Heute Abend was?«

»Erkunden wir das Spital. Bist du immer noch dabei?«

Pan goss die letzten Tropfen aus der Tasse über ihren
~~~

Kopf, nahm ihr Haar in beide Hände und drückte es aus. Dann ging sie zu der Holzbank, auf der ihr Handtuch bereitlag, und fing an sich trockenzurubbeln.

»Warum heute Nacht?«, fragte sie.

Jen lehnte sich gegen die Wand. »Im Lauf der letzte Woche habe ich das Kommen und Gehen im Spital beobachtete. Das ist keine Aufgabe, für die ich besonders gut geeignet bin. Sterbenslangweilig. Aber ich dachte, es wäre sinnvoll zu überprüfen, ob sich da oben alles in einem regelmäßigen Muster abspielt.«

»Und tut es das?«

»Dr. Macredie verlässt das Spital normalerweise gegen zehn Uhr. Keine Ahnung, was sie so lange macht. Vielleicht vögelt sie ja Dr. Morgan, interessante Vorstellung … Jedenfalls geht sie runter zu den Unterkünften der Mitarbeiter am Fluss. Ich bin ihr zweimal gefolgt. Sie geht direkt ins Haus, macht die Tür hinter sich zu, nach zwanzig Minuten löscht sie das Licht. Ach übrigens, es interessiert dich vielleicht, dass den Mitarbeitern nicht zur gleichen Zeit der Strom abgestellt wird wie uns.«

»Überrascht mich nicht. Und weiter?«

»Die Pförtnerin oder Krankenschwester oder was auch immer sie ist, geht früher als Dr. Macredie. Auch sie wohnt in einer der Hütten für die Mitarbeiter. Dazu gibt es nichts weiter zu berichten. Soweit ich das beurteilen kann, haben die Angestellten nichts weiter miteinander zu tun. Keine Partys. Keine Grillabende. Kein gemeinsames Feierabendbierchen. Todlangweilig.«

»Was ist mit dem Spital?«, fragte Pan. Sie hatte sich trocken gerieben und schlüpfte jetzt in Oberteil und Hose.

»Soweit ich das beurteilen kann, geht Dr. Morgan nie weg. Er schläft offenbar da oben. Einmal bin ich so gegen Mitternacht die Stufen hochgeklettert und habe eine Weile im Garten gestanden. In der Krankenstation war noch Licht – du erinnerst dich doch an den Raum?«

Pan nickte. Sie erinnerte sich sehr gut an diesen Raum. Ihr erster Eindruck von der Akademie. Der Spaziergang hinaus in den Garten, der Ausblick vom Felsplateau, der Mann, der ihr einen Mantel über die Schulter gehängt hatte, die Blumen, ein Anflug von Schönheit in all der Ödnis.

»Ich habe gesehen, wie er seine Runde gemacht hat. Na gut, ich sage Runde dazu, aber es war nur ein Patient da. Wahrscheinlich der Junge, den sie vor Kurzem gerettet haben. Jedenfalls überprüft er, ob die Schiebetür zu ist. Dann geht er weg und das Licht wird gelöscht. Ich habe gewartet und … nichts. Kein Geräusch, keine Bewegung, und das einzige Licht ist ein schwaches rotes Schimmern. Vielleicht so eine Art Nachtlicht. Jedenfalls war ich mir sicher, dass nichts weiter passiert, aber ich habe noch eine Stunde gewartet. Um sicherzugehen. Nichts. Wenn Dr. Morgan das Licht gelöscht hat, ist das Gebäude abgeschlossen.«

Pan trat zum Waschbecken und fing an, sich die Zähne zu putzen. Die kleine Ration Zahnpasta, die sie bekommen hatten, war vor zwei Wochen schon zu Ende gegangen und es war nichts nachgekommen, also benutzte sie einfach Salzwasser. Es schmeckte scheußlich, aber es war besser als nichts. Was passierte wohl, wenn jemand Zahnschmerzen bekam? Womöglich traten dann Dr. Morgan oder Dr. Macredie mit einer Zange in Aktion. Allein der Gedanke daran ließ sie kräftiger putzen.

»Wenn Dr. Morgan doch abschließt«, prustete sie durch einen Schluck Salzwasser, »wie kommen wir dann rein?«

»Das ist kein Problem«, antwortete Jen. »Vertrau mir.«

»Um wie viel Uhr?«

»Drei Uhr morgens. Die Zeit, in der die meisten Leute am tiefsten schlafen.«

»Woher weißt du denn solche Sachen?«

»Ich weiß viele Sachen. Nenn es Berufserfahrung.«

Pan erwog kurz, genauer nachzufragen, aber stattdessen wischte sie sich mit dem Handtuch über den Mund und fasste ihre Haare mit einem Haargummi zusammen.

»Ich wecke dich um halb drei«, sagte Jen.

»Hast du ein Messer?«, fragte Pan.

»Was?«

»Hast du ein Messer?«

Jen hob ihr Hemd hoch und zog ein Jagdmesser aus dem Hosenbund. Selbst in der schwachen Beleuchtung des Duschraums konnte Pan erkennen, dass es mörderisch scharf war. »Ich habe *immer* ein Messer dabei«, sagte Jen. »Ich schlafe damit. Aber falls ich es heute Nacht benutzen muss, sitzen wir ganz tief in der Scheiße.«

»Ich möchte, dass du es jetzt benutzt«, sagte Pan.

Jen steckte das Messer wieder zurück. »Okay«, sagte sie. »Jetzt stehe ich auf dem Schlauch. Kannst du das genauer erklären?«

Pan hatte intensiv über diese Sache nachgedacht – in den langen Nachtstunden, wenn sie einfach nicht einschlafen konnte. Das Jucken zwischen ihren Schulterblättern und die Erfahrung, durch eine Brille in ein Labor zu sehen. Die Schlussfolgerung, zu der sie gekommen war, schien grotesk und zunächst hatte sie alles verworfen. Aber eine andere Erklärung fand sie nicht. Was, hatte sie überlegt, wenn ihre Erfahrung mit dem Falken aus ihrem körperlichen Kontakt zu dem Vogel entstanden war? Auch wenn sie diesen Moment nie hatte wiederholen können, ging sie davon aus, dass ihre übernatürlichen Fähigkeiten – die Armbanduhren, das Erraten von Spielkarten – direkt von ihrem Tastsinn abhingen. Es war weit hergeholt, aber es gab sonst nichts, woran sie sich orientieren konnte. Wenn sie etwas oder jemanden berührte, bekam sie einen Einblick in die betreffende Sache oder den entsprechenden Menschen. Cara hatte sie schließlich gefunden, nachdem sie ihr Tagebuch berührt hatte. Vielleicht hatte ihr das einen Anhaltspunkt geliefert. Wie also erklärte das ihr Eindringen in den Mann im Labor? Vielleicht, nur vielleicht, hatte sie etwas angefasst, was ihm gehörte. Oder vielleicht hatte er sie angefasst. Vielleicht war das, was er da angefasst hatte, jetzt ein Teil von ihr. Ja, es war verrückt. Aber es war auch etwas, was sie zumindest überprüfen konnte. Jetzt, beschloss sie, war es an der Zeit, genau das zu tun.

Pan zog sich das Oberteil wieder über den Kopf und warf es auf die Bank

»Tu mir einen Gefallen, Jen«, sagte sie. »Sieh dir doch meinen Rücken an, irgendwo zwischen meinen Schulterblättern. Ist da irgendetwas zu erkennen?«

Jen neigte den Kopf zur Seite.

»Wenn das eine Art Anmache ist, Pandora, dann solltest du wissen, dass du an die Falsche geraten bist.«

»Mach schon, Jen. Das ist kein Witz.«

Jen seufzte, aber sie nahm Pan bei den Schultern und

schob sie so hin, dass sie im schwachen Licht möglichst gut sehen konnte. »Okay«, sagte sie. »Da ist eine kleine Erhebung. Ein bisschen entzündet. Aber ich werde jetzt keinen Pickel für dich ausdrücken, Pandora.«

»Schneid es raus«, sagte Pan. »Schnapp dir dein Messer und kratz das raus, was da drin steckt.«

»Meinst du das ernst?«

»Wir meinen es beide ernst, oder? Hol es raus.«

Jen holte tief Luft. »Ich habe das Messer sauber gemacht, aber als es das letzte Mal benutzt wurde, hat es jemandem im Bauch gesteckt. Und davor hat es in einem Fischbauch gesteckt. Ich kann damit nicht in dich reinschneiden, Pandora. Außer du willst dir unbedingt eine böse Infektion zuziehen.«

»Dann besorg dir eine Flamme. Sterilisier es.«

»Mann«, sagte Jen. »Das ist völlig daneben. Warte hier einen Moment.« Sie verließ den Sanitärblock, war aber nach wenigen Minuten mit einer Fackel zurück. Sie hatte eine bläuliche Flamme, die in der schwachen Zugluft sanft flackerte. »Die ist nicht heiß genug«, sagte sie. »Eine Lötlampe wäre besser.«

»Wird schon reichen«, sagte Pan. »Halt das Messer einfach eine ganze Weile in die Flamme, okay?«

»Die Schneide wird verrußen.«

»Dann wisch sie mit Klopapier ab«, sagte Pan. »Mann, Jen. Ich bin bereit, das Risiko einzugehen. Ich verspreche dir, wenn ich eine Blutvergiftung kriege, werde ich dich nicht verklagen.«

»Das ist deine Entscheidung.«

»Da hast du verdammt recht. Mach es jetzt einfach.«

Jen hielt die Messerschneide mitten in die Flamme. Dennoch dauerte es gute fünf Minuten, bis sie richtig heiß war. Innerhalb weniger Augenblicke überzog eine Rußschicht die Schneide. Jen wischte sie mit ein paar Stückchen Klopapier sauber und zuckte zusammen, als sie sich die Finger verbrannte. Schließlich hielt sie die Schneide gegen das Licht und musterte sie.

»Keine gute Idee«, stellte sie fest.

Pan wandte ihr wortlos den Rücken zu.

Es tat viel weniger weh, als sie sich vorgestellt hatte. Es zischte ein bisschen, als die Schneide ihr Fleisch berührte, und vielleicht hatte die Hitze betäubende Wirkung, denn sie spürte nur einen sanften Druck zwischen den Schulterblättern. Dennoch wurde ihr ein bisschen übel. Etwas bohrte sich in ihr Fleisch und das Gefühl war alles andere als angenehm. Hoffentlich beeilte sich Jen.

»Da steckt was«, sagte Jen nach etwa dreißig Sekunden. »Mann, das ist aber tief drin.«

»Hol es einfach aus mir raus«, sagte Pan. »Aber es wäre großartig, wenn es etwas schneller gehen würde. Ich amüsiere mich hier nicht besonders.«

Erst als Jen fertig war, setzte der Schmerz ein, und Pan spürte, wie ein schwaches Rinnsal von Blut über ihren Rücken lief. Jen knäulte Toilettenpapier zusammen und presste es zwischen Pans Schulterblätter. »Ich könnte einen Verband brauchen«, murmelte sie. »Lehn dich gegen die Wand, Pan. Pass auf, dass das Papier nicht verrutscht.«

»Was hast du gefunden?«, fragte Pan.

»Lehn dich nach hinten, meine Fresse. Du blutest wie ein angestochenes Schwein. Ich habe keine Ahnung, was es ist, okay? Es ist voller Blut. Du stillst die Blutung und ich spüle das Ding am Waschbecken ab. Aber beeil dich. In fünf Minuten geht das Licht aus.«

Pan tat, was ihr gesagt wurde. Die Übelkeit war verebbt und jetzt spürte sie nur noch ein leises Kitzeln im Rücken. Jen trat zum Waschbecken und stellte das Wasser an. Es war ein Drückhahn, der sich nach zehn Sekunden automatisch ausstellte, und Jen schrubbte wild an dem herum, was sie in der Hand hielt, während das Wasser floss. Pan sah, wie es rot zwischen Jens Fingern hervortropfte. Dann drückte Jen noch einmal auf den Hahn.

Pan lehnte den Kopf gegen die Wand. Sie fühlte sich viel besser. Zwar wusste sie nicht, was Jen gefunden hatte, aber irgendwie war ihr klar: Das Jucken, das sie seit Tagen gequält hatte, würde nicht wieder auftreten. Jen musterte ihren Fund und schüttelte den Kopf.

»Keine Ahnung, was das ist«, sagte sie.

»Zeig's mir.«

Pan betrachtete es einen Moment lang, dann schloss sie ihre Faust darum.

»Eine Art Granatsplitter?«, vermutete Jen.

»Hattest du mal ein Haustier?«, fragte Pan. »Du weißt schon, damals in der alten Welt?«

Jen schüttelte den Kopf. »Keine Zeit, kein Geld. Kein Interesse, um ehrlich zu sein. Warum?«

»Das sieht so aus wie die Mikrochips, die Ärzte einem Hund oder einer Katze injizieren. Der enthält einen Code, damit man die Tiere verfolgen und identifizieren kann.«

»Du bist gechippt worden?«

Pan sah auf die Uhr. Nur noch eine Minute, dann würden sie im Dunkeln stehen.

»Erinnerst du dich daran, wie ich dir erzählt habe, dass ich unter Drogen gesetzt wurde, als sie mich im Dorf erwischt haben.« Jen nickte. »Ich musste ihnen zwangsweise die Wahrheit erzählen. Jedenfalls die Wahrheit, wie ich sie sehe. Und ich würde mal sagen, dieses kleine Gerät hier beweist, dass ich recht hatte. Sie haben mich gechippt, als ich bewusstlos war. Wenn ich jetzt meine Uhr irgendwo zurücklasse, wissen sie trotzdem genau, wo ich mich aufhalte.«

»Ernsthaft?«

»Oh ja.«

In diesem Moment ging das Licht aus. Der Sanitärblock hatte keine Fenster. Sie warteten schweigend ein, zwei Minuten ab, bis ihre Augen sich an die Dunkelheit angepasst hatten. Ihr nächtliches Sehvermögen hatte sich im Laufe der Wochen verbessert, und sie waren es gewohnt, sich im Dunkeln zu bewegen. Pan nahm ihr Oberteil von der Bank und schlüpfte wieder hinein. Ihre Faust umklammerte immer noch das Implantat.

»Was hast du jetzt damit vor?« fragte Jen.

»Nichts. Ich werde den Chip die ganze Zeit bei mir tragen. Es hat keinen Sinn, sie darauf aufmerksam zu machen, dass ich ihn gefunden habe. Außer heute Nacht natürlich. Da sollen die Uhr und der Chip brav unter der Bettdecke liegen.« Sie ging zur Tür und öffnete sie. Draußen war die Dunkelheit nicht ganz so undurchdringlich. Pan legte den Kopf in den Nacken und stellte fest, dass der Mond nicht schien. *Perfekt,* dachte sie. Ideale Bedingungen für einen weiteren Ausflug an einen Ort, den sie nicht betreten sollte. Die Akademie hatte es noch nicht begriffen: Je mehr man versuchte, sie aufzuhalten, desto entschlossener würde sie dafür kämpfen, die Wahrheit zu erfahren.

»Halb drei«, sagte sie zu Jen. »Und vergiss nicht, die Uhr auszuziehen.«

9.

Pan machte kein Auge zu. Sie lag auf dem Rücken, den Blick auf die Decke geheftet, und erschrak dennoch, als sie Jens Hand auf ihrem Arm spürte. Pan schwang die Beine aus dem Bett, versteckte die Uhr und den Tracking-Chip unter dem Kopfkissen und schlüpfte in ihre Jacke. Die beiden Mädchen glitten lautlos durch den Schlafsaal. Nur eine ihrer Mitschülerinnen hatte einen Albtraum und ihr Schluchzen jagte Pan einen Schauer über den Rücken.

Erst im Freien wagten sie es, sich flüsternd zu unterhalten.

»Hat keinen Sinn zu rennen«, sagte Jen. »Wir gehen, ja? Das ist nicht so auffällig, falls jemand zufällig nach Leuten wie uns Ausschau hält.«

Unheimliche Stille lag über der Akademie. Die Wolkendecke hatte sich nicht aufgelöst und die Dunkelheit lastete noch immer schwer auf dem Gelände. Sie ließen sich Zeit, setzten die Füße vorsichtig, um jedes überflüssige Geräusch zu vermeiden. Was tagsüber ein Weg von etwa einer halben Stunde war, nahm jetzt deutlich mehr Zeit in Anspruch. Es kam ihnen vor, als seien sie schon eine Ewigkeit unterwegs, als über ihnen endlich eine dunkle Masse aufragte: die Felswand. Zu ihrer Rechten konnte Pan gerade so das Gebäude erkennen, in dem Miss Kingston ihre Theoriestunden hielt. Irgendwo direkt vor ihnen lag der Gedächtnishügel für Cara und Nate. Es dauerte noch einmal fünf Minuten, bis sie die erste Stufe der Treppe erreichten, die hoch zum Spital und zum Garten auf dem Dach der Welt führte.

Pan hatte gehofft, in der Dunkelheit würde ihr das Erklimmen der Stufen weniger Furcht einjagen, aber, wenn überhaupt, verschärfte die mangelhafte Sicht ihre Höhenangst nur noch. Sie hielt sich so weit links wie nur möglich und ließ ihre Finger an der Felswand entlanggleiten. Da es keine sichtbaren Orientierungspunkte gab, hatte sie das Gefühl, sie käme überhaupt nicht vorwärts und der Anstieg dauere unendlich lang. Aber dann waren sie plötzlich oben und betraten den kurzen Weg, der zum Eingang des Spitals führte. Hinter ihnen erstreckte sich unsichtbar der Garten. Jen brachte ihren Mund dicht an Pans Ohr.

»Wir müssen erst alles auskundschaften«, sagte sie. »Um sicherzugehen, dass wir keine ungute Überraschung erleben.«

Pan war nervöser, als sie erwartet hatte, viel mehr als bei ihrer Unterquerung der Mauer. Sie war bereits Dutzende Male im Spital gewesen, warum also prickelte es in ihren Adern, als lauere dort Gefahr? Sie folgte Jen zu den Glastüren, die in die Krankenstation führten. Im Inneren war ein roter Lichtschimmer zu sehen. Pan drückte ihr Gesicht gegen die Glasscheibe, aber sie konnte dahinter nichts erkennen. Das Licht kam wohl von irgendeinem Gerät, das an den neuen Schüler angeschlossen war, den mit der Schusswunde in der Brust. War das die Erklärung dafür, dass Dr. Morgan im Spital übernachtete? Wenn ein Patient auf der Station lag, musste vielleicht ein Arzt in der Nähe sein, für den Notfall. Pan wurde das Gefühl nicht los, dass mehr dahintersteckte.

Ihr Erkundungsgang dauerte nicht lang … es gab ja nicht viel zu erkunden. Das Spital selbst zeigte der Welt nur die Vorderseite, das restliche Gebäude lag geschützt zwischen den Felsen. Soweit Pan es beurteilen konnte, waren nicht mehr als ein Dutzend Räume darin untergebracht. Wenn sie eindrangen, mussten sie zumindest kein ganzes Labyrinth durchforschen. Die einzige Frage war: Wo schlief Dr. Morgan? Pan hatte nie einen Hinweis auf ein Schlafzimmer gesehen, also mussten sie sehr vorsichtig abwägen, welche Tür sie öffnen würden.

»Bereit?«, flüsterte Jen, nachdem sie die Gebäudefront abgegangen waren und nichts Ungewöhnliches entdeckt hatten.

»Nein«, flüsterte Pan zurück. »Aber ich glaube, ich werde niemals wirklich bereit sein, also können wir genauso gut jetzt gleich loslegen. Du hast gesagt, die Eingangstür ist abgeschlossen. Wie kommen wir denn rein?«

Jen kramte in ihrer Jackentasche und hielt Pan dann etwas hin. »Damit«, sagte sie. »Ein Set Dietriche.«

»Dietriche?«

»Die habe ich in Metallarbeit geschmiedet, während alle anderen Hufeisen und so einen Mist gebastelt haben. Nicht im Entferntesten so gut wie die, die ich in Sydney hatte, aber sie müssten ausreichen.«

»Und du weißt, wie man sie benutzt?«

»Hey, meine Liebe«, sagte Jen. »Es gab damals kein Schloss, dass ich nicht knacken konnte.«

»Warst du kriminell?«

Jen seufzte. »Das ist jetzt weder der richtige Ort, noch der richtige Zeitpunkt für meine Lebensgeschichte, Pandora, aber – ja. Ich war immer mal wieder sechs Monate im Jugendknast, okay? Schlösser knacken und einbrechen. Im Knast habe ich mit Kampfsport angefangen. Es gab da solche Programme. Du weißt schon, damit wir uns für irgendwas interessieren und nicht gleich wieder rückfällig werden. Das meiste war bekloppt, aber Kampfkunst – das gehörte zum Geschäft. Und letztendlich hat es mich auch davon weggebracht. Der Adrenalinrausch war der Gleiche wie beim Einbrechen. Na ja, genug davon. Los, fangen wir an.«

Jen steckte einen Dietrich ins Schlüsselloch und legte ihr Ohr an die Tür. Pan sah sich nervös um. Nach ein, zwei Minuten stand Jen auf und beugte die Finger.

»Ich bin eingerostet«, flüsterte sie. »Das dürfte eigentlich nicht so lange dauern.«

Pan antwortete nicht. Seufzend beugte sich Jen wieder über ihre Arbeit. Sie redete leise mit sich selbst. Endlich richtete sie sich wieder auf und nickte Pan zu. »Los geht's«, flüsterte sie und drückte den Türgriff runter.

Jen öffnete die Tür sehr vorsichtig und Pan stellte fest, dass sie die Luft anhielt, während sie auf ein Knarren oder Quietschen der Scharniere wartete. Nichts. Als der Türspalt breit genug war, schlüpften die Mädchen ins Innere des Gebäudes. Eine ganze Minute standen sie nur da und lauschten. Irgendwo in der Ferne hörte man ein tickendes Geräusch, aber es war nur schwach und eindeutig mechanisch. Eine Wanduhr vielleicht. Jen berührte Pans Arm und deutete mit dem Kinn auf den Korridor, der um die Ecke führte. Pan hob den Daumen und sie bewegten sich vorwärts.

Sie waren gerade ein paar Meter vorangekommen, als beinahe gleichzeitig zwei Dinge geschahen: Erstens war der Korridor plötzlich in grelles Licht getaucht, vor dem sich die Mädchen instinktiv wegduckten. Zweitens plärrte ein durchdringender, dissonanter Dauerton los. Fünf Sekunden lang standen die beiden wie erstarrt im grellweißen Licht. Dann überlief Jen ein Schauer. »Oh Scheiße«, sagte sie. »Lauf, Pandora.«

Sie rasten zurück durch die Eingangstür, hinaus auf den Pfad, der zu den Stufen führte. Das Licht aus dem Spital beleuchtete den ganzen Fußweg. Pan warf einen Blick über die Schulter und sah, dass weitere Lichter angingen und sich davor undeutliche Schatten bewegten. Sie wartete nicht erst ab, bis sie erkennen konnte, wer die Gestalten waren. Jen war schon vor ihr und nahm gerade die erste Stufe, die hinunter aufs Akademiegelände führte. Pan folgte. Nach fünf oder sechs Stufen befanden sie sich wieder in völliger Dunkelheit; die massive Felswand schirmte das Licht von oben ab. Pan rannte so schnell sie es wagte die steilen Stufen hinunter; ihr Herz klopfte wie wild und sie schnappte keuchend nach Luft. Das Heulen der Alarmanlage war noch immer unnatürlich laut. Es war unmöglich zu sagen, ob sie verfolgt wurden, aber sie rannten, als sei ihnen jemand dicht auf den Fersen.

Als sie unten ankamen, stolperte Pan; sie hatte eine weitere Stufe erwartet, aber es kam keine mehr. Sie schürfte sich das Knie an einem Stein auf und spürte einen stechenden Schmerz, beachtete ihn aber nicht, rappelte sich auf und rannte weiter. Sie bewegten sich noch immer im Schatten der Felswand, sodass das Licht von oben nicht auf sie fiel, aber Pan konnte gerade so den Schatten von Jen dicht vor sich ausmachen. Sie rannte so schnell sie konnte, um Jen einzuholen, und war dankbar für das quälende Fitnesstraining, dem sie sich unterworfen hatte. Dann bremste sie ein wenig ab und sah sich um: Hinter ihnen erkannte sie das Flackern von zwei Fackeln, wie exotische Glühwürmchen in der Nacht, die von der Felswand aus losschwärmten. Sie beschleunigte wieder.

Als sie den Schlafsaal erreichten, stürzten sie durch die Tür und in ihre jeweiligen Betten. Ihre Ankunft war polterig und laut und ein paar der Mädchen schnappten erschrocken nach Luft. Eine stieß einen Schrei aus, aber Pan ignorierte sie und zog sich die raue Decke bis zum Kinn. Ein stechender Schmerz pulsierte in ihrem Knie, aber auch den ignorierte sie.

»Pan! Was zur Hölle geht hier vor?« Das war Wei-Lins Stimme. Pan konnte ihre Gestalt gerade so erkennen. Sie hatte sich auf der Pritsche ihr gegenüber aufgesetzt.

»Kann ich jetzt nicht erklären, Wei-Lin«, erwiderte Pan.

»Aber …«

Die Tür des Schlafsaals wurde aufgerissen und eine Fackel tauchte die vordersten Pritschen in Licht. Der Umriss einer großen Gestalt zeichnete sich im Türrahmen ab. Die Person, die die Fackel hielt, trat in den Schlafsaal und ging zwischen den Bettreihen hindurch nach hinten, dorthin, wo Pan lag.

»Hey!«, schrie Wei-Lin. »Was machst du da? Raus!«

Der Fackelträger wandte sich der Stimme zu und Pan konnte sehen, dass es sich um den groß gewachsenen

Schüler handelte, der Mitglied der Schülervertretung war und schon der ersten Disziplinarsitzung beigewohnt hatte. Damals, als sie und Nate nach dem Überqueren der Mauer erwischt worden waren. Wie hieß der Junge noch mal? Sie konnte sich nicht erinnern. Vielleicht hatte sie es auch nie gewusst. Sie erinnerte sich aber nur zu gut an die Größe dieses Kerls, daran, dass er wie ein Türsteher aussah. Und dass er Angst gehabt hatte. Interessant. Was hatte er im Spital zu suchen? Sie hatte die Lichter ihrer Verfolger gesehen und diese waren eindeutig die Stufen hinuntergekommen. Das bedeutete, der Junge war schon oben gewesen. Dr. Morgan war also nicht der Einzige, der im Spital übernachtete. Daraus ergaben sich so viele Dinge, so viele Schlussfolgerungen, die sie gründlich durchdenken wollte, aber dafür war jetzt eindeutig nicht der richtige Zeitpunkt.

»Alle aufstehen!«, sagte der Junge. »Mädchen aus diesem Schlafsaal waren auf dem Gelände der Akademie unterwegs.« Er redete langsam und monoton.

»Und wenn schon?« Das war Sam. Ihre Stimme klang schneidend, empört. »Es gibt kein Gesetz, das uns das verbietet. Und das hier ist ein Mädchenschlafsaal. Du hast nicht das Recht, hier reinzukommen.«

»Ich habe die Anweisung, diesen Schlafsaal zu durchsuchen. Ihr steht jetzt alle auf und stellt euch in eine Reihe.«

Wei-Lin stieg aus dem Bett. Sie trug denselben Overall wie tagsüber. Es kam oft vor, dass sie sich abends nicht umzogen, schließlich hatten sie keine Schlafanzüge. Sie ging auf den Jungen zu, stemmte die Hände in die Hüften, von oben beleuchtete der Fackelschein ihre schmale Gestalt. Sie legte den Kopf in den Nacken, um dem Jungen in die Augen sehen zu können. Sie war ihm gegenüber so absurd winzig, er überragte sie wie ein Turm.

»Du träumst wohl, Kumpel«, sagte sie. »Was bist du, irgendein Perverser? Du hast nicht das Recht, uns mitten in der Nacht aus den Betten zu werfen.«

Sie funkelte den Jungen so wild an, dass er einen Meter zurückwich. Wei-Lin rückte einen Schritt näher auf ihn zu. »Raus hier, sofort, oder ich zeige dich gleich morgen früh wegen sexueller Belästigung beim Schulrat an. Glaub mir, jeder hier – Schüler und Personal – wird erfahren, dass du hier reingeplatzt bist, in der Hoffnung, du könntest dir nackte Mädchen ansehen.«

»Aber …« Der Junge redete noch immer langsam, aber sein Tonfall war jetzt deutlich defensiv.

»Raus mit dir!«, wiederholte Wei-Lin.

»Perversling!«

»Schwein!«

»Mach, dass du wegkommst!«

Der Junge wich noch ein paar Schritte zurück, sein Kopf ruckte von einer Seite zur anderen, weil er jetzt aus allen Richtungen beschimpft wurde.

Wei-Lin folgte ihm Schritt für Schritt und trieb ihn so auf die Tür zu. Der Junge sah sich ein letztes Mal im Schlafsaal um. Der Fackelschein machte die Verwirrung auf seiner Miene sichtbar. Dann wandte er sich um und flüchtete aus der Tür. Wei-Lin knallte sie hinter ihm zu.

Sie kam zurück zu Pans Bett und setzte sich ans Fußende.

»Ich würde sagen, ich verdiene eine Erklärung, Pan«, sagte sie. Sie redete sanft, aber entschlossen.

Pan gab ihr recht, aber wo sollte sie anfangen? Alle Ereignisse, die bis an diesen Punkt geführt hatten … waren so kompliziert. Jede Erklärung würde unglaubhaft wirken. Sie würde es einfach nicht schaffen. Im Moment jedenfalls nicht.

»Wir waren laufen, Wei-Lin«, sagte Jen. »Du weißt doch, Pan konzentriert sich auf ihr Training. Na ja, wir konnten beide nicht schlafen, also sind wir laufen gegangen. Dieses Idiot hat uns gesehen und ist uns gefolgt. Ich fasse es nicht, dass er es bis hierher geschafft hat und dann auch noch in den Schlafsaal gekommen ist.«

»Und warum hat er das gemacht?«, fragte Wei-Lin. Das Misstrauen in ihrer Stimme war nicht zu überhören.

»Wer weiß?«, antwortete Jen. »Vielleicht hattest du recht. Vielleicht ist er wirklich pervers. Wer weiß, was geschehen wäre, wenn er uns draußen erwischt hätte.«

»Du hättest ihm beide Arme gebrochen, Jen«, sagte Wei-Lin. »Und das stimmt alles, Pan?«

»Ja«, sagte Pan. Sie wollte Wei-Lin wirklich nicht belügen. Nur gut, dass es dunkel war – sie spürte, wie ihre Wangen brannten. Wei-Lin war immer offen und hilfsbereit gewesen. Sie war eine Freundin, verdammt. Aber Jen war auch eine Freundin, und es schien eine Entscheidung gefallen zu sein, ein unausgesprochener Pakt, dass sie einander beistehen würden. Dennoch fühlte sich Pan schuldig.

Wei-Lin sagte eine ganze Weile nichts. Dann ging sie einfach wieder in ihr Bett. Pan konnte gerade so ausmachen, wie sie die Decke über sich zog.

»Wir sind ein Team«, sagte Wei-Lin, aber ihre Stimme war so leise, als würde sie mit sich selbst reden.

Danach versuchte Pan zu schlafen, aber es gelang ihr nicht.

~~~

»Ich habe einen neuen Plan«, sagte Jen, als Pan sich damit abmühte, einen großen Felsen von der Laufbahn zu heben und ihn zur Seite zu legen. Sie setzte ihn ab und wischte sich mit dem Ärmel über die Stirn. Es war noch früh, aber von der Arbeit war ihr heiß. Sie schwitzte. Sie rieb den Staub von ihren Händen und setzte sich auf den Felsbrocken, den sie gerade abgelegt hatte.

»Warum sollen wir Wei-Lin nicht einweihen?«, fragte Pan. »Ich schäme mich dafür, dass wir sie belogen haben. Und nicht nur sie, sondern auch die anderen. Sanjit, Sam und Karl. Ich meine, komm schon, Jen. Was Wei-Lin heute Nacht gesagt hat, stimmt. Wir sind ein Team und wir müssen einander vertrauen.«

Jen setzte sich auf einen Stein neben Pan und nahm einen Schluck aus ihrer Wasserflasche.

»Du hast deine Meinung aber rasch geändert, Pandora«, sagte sie und schraubte den Deckel zurück auf die Flasche. »War da vor unserem Ausflug unter der Mauer hindurch nicht was von wegen ›Ich-kann-niemandem-mehr-vertrauen‹?«

»Ja, aber jetzt belügen wir Wei-Lin ganz bewusst, wenn sie fragt, was wir tun. Das ist der Unterschied.«

»Hey, hör mal zu. Wenn du es allen erzählen willst, ist das deine Sache«, sagte Jen. »Und ich sage nicht, dass wir es ihnen nicht erzählen sollten. Es ist einfach so, dass wir im Moment wenig überzeugend wirken. Denk mal darüber
~~~

nach, Pandora. Was kannst du denn vorweisen? Nur eine vage Ahnung bezüglich der Akademie, ein kurzer Blick auf Leute, die im Dorf ferngesehen haben. Eine wilde Geschichte von wegen, man hätte dir ein Wahrheitsserum verabreicht und dir irgendwas Komisches in den Rücken implantiert, was alles Mögliche sein könnte und vielleicht sogar schon dringesteckt hat, bevor du hierherkamst.«

»Was ist mit der Alarmanlage im Spital?«

»Was soll damit sein? Sie haben den Alarm nicht mal gehört.«

»Aber sie würden uns doch glauben, wenn wir ihnen erzählen würden, dass wir ihn gehört haben.«

»Wahrscheinlich.« Jen verschränkte die Finger und starrte auf den staubigen Boden. »Aber daran ist ja nichts Verdächtiges. Was würde die Akademie dazu sagen? ›Ach, das ist einfach unsere Alarmanlage. Die stammt bestimmt noch aus der Zeit, als das Militär das Gelände benutzt hat, also aus der Zeit, bevor wir es übernommen haben. Wir haben gedacht, wir lassen sie einfach mit einem Reservegenerator weiterlaufen. Das hält Schüler fern, die sich womöglich an Medikamenten vergreifen wollen.‹ Komm auf den Boden, Pandora. Wir haben einfach keine hieb- und stichfesten Beweise. Und solange wir die nicht haben, würde ich mal sagen, es liegt in unserem Interesse und im Interesse unseres Teams, dass wir erst mal den Mund halten. Wir brauchen erst einen Beweis – dann können wir ihnen davon erzählen.«

Pan dachte darüber nach und musste sich eingestehen, dass Jen nicht unrecht hatte.

»Was schlägst du also vor?«, fragte sie schließlich.

»Wir gehen noch mal ins Spital. Heute Nacht.«

»Ist das nicht ein bisschen schnell? Ich meine, bei denen herrscht doch jetzt höchste Alarmstufe.«

»Vielleicht, aber das ist genau mein Punkt. Das Letzte, womit sie rechnen, ist ein neuer Versuch so schnell nach dem ersten. Komm schon, Pandora.«

Pan stand auf und betrachtete müde einen Felsbrocken vor ihren Füßen. Vielleicht konnte sie zukünftig für die Stunden, in denen körperliche Arbeit auf dem Plan stand, eine andere Tätigkeit finden, die wenigstens etwas Abwechslung bot. Die Klärgrube auszuschaufeln konnte eigentlich auch nicht schlimmer sein als das hier. Dann dachte sie darüber nach und kam zu dem Schluss: doch, konnte es, ganz bestimmt.

»Also, wie lautet dein Plan?«, fragte sie.

Jen erklärte es ihr. Es klang so, als könnte noch sehr viel schiefgehen, aber vermutlich waren sie schon zu weit gegangen, um es jetzt ruhen zu lassen. Sie besprachen ein paar Einzelheiten und nahmen dann die Arbeit mit den Felsbrocken wieder auf. Pans Rücken schmerzte, sie schwitzte und hatte Durst. *Mein Körper wird es mir irgendwann danken,* dachte sie.

10.

Dr. Morgan wirkte zufrieden – hauptsächlich deswegen, vermutete Pan, weil sie beim Erraten der Spielkarten besser abgeschnitten hatte als normalerweise. Pan vermutete allmählich, dass sie die Karten mit hundertprozentiger Sicherheit richtig raten konnte. Zwar schob sie gelegentlich absichtlich einen Fehler ein, aber sie hatte beschlossen, bessere Ergebnisse zu liefern, weil sie wissen wollte, wie Dr. Morgan darauf reagierte.

Nach einer halben Stunde schaltete Dr. Morgan die Mischmaschine aus und lehnte sich im Stuhl zurück.

»Wie habe ich es gemacht, Dr. Morgan?«, erkundigte sich Pan.

»Bemerkenswert gut«, meine Liebe«, sagte Dr. Morgan. »Äußerst bemerkenswert. Ohne Zweifel besitzt du eine echte, hoch entwickelte hellseherische Gabe. Mehr als das: Ich glaube tatsächlich, dass unsere Sitzungen deine Fähigkeiten verbessern. Deine Ergebnisse waren heute so gut, dass man sie nicht im Entferntesten als Zufall einordnen könnte. Ich fühle mich ganz beflügelt.«

Pan lächelte. »Hatten Sie nicht gesagt, Feedback könnte die Ergebnisse verfälschen?«

»Ich habe beschlossen, einen anderen Weg einzuschlagen«, sagte Dr. Morgan. »Was geschieht, wenn du Feedback bekommst? Das ist eine interessante Frage.«

»Aber eine, die Sie noch nicht überprüft haben«, stellte Pan fest.

»Das wird sich jetzt ändern«, sagte Dr. Morgan. »Ich habe ein Experiment vorbereitet.«

Er stand auf, nahm die Mischmaschine und ging zu einem kleinen Schrank an der hinteren Wand. Er stellte das Gerät in ein Schrankfach und nahm einen Stapel ineinandergesteckte Plastikbecher heraus. Diese brachte er zum Tisch, nahm einen Becher vom Stapel und reichte ihn Pan.

»Ich habe sie schwarz angemalt«, sagte Dr. Morgan. »Es wäre ja möglich, dass du durch das weißes Plastik hindurch einen Umriss erkennst. Also, das Experiment sieht folgendermaßen aus: Ich stelle zwanzig dieser Becher auf den Tisch, und zwar so.« Er platzierte die Becher umgedreht in vier Fünferreihen auf. »Du gehst aus dem Raum und ich verstecke ein Objekt unter einem dieser Becher. Wenn du zurückkommst, fordere ich dich auf, den Becher auszumachen, unter dem sich das Objekt befindet.«

Pan legte den Kopf schief und betrachtete die Becherreihen.

»Ich sage das ja nicht gern, Dr. Morgan«, sagte sie. »Aber was ist, wenn ich erkenne, dass einer der Becher bewegt wurde?«

Dr. Morgan lachte. »Daran habe ich bereits gedacht. Bevor du wieder hereinkommst, stelle ich alle Becher um. Damit sind alle visuellen Hinweise eliminiert.«

Pan nickte. »Sagen Sie mir, um was für ein Objekt es sich handelt?«

»Nicht nur das, meine Liebe. Du darfst das Objekt sogar berühren, bevor du den Raum verlässt.« Er zog einen glattpolierten Kieselstein aus der Tasche und reichte ihn über den Tisch. »Du sagst, deine Gabe hängt möglicherweise vom Tastsinn ab. Also nimm den Stein hier in die Hand, spiel damit. Bis du ihn zurückgibst, hast du vielleicht seine ... Aura, oder wie auch immer wir das nennen wollen, aufgenommen. Klingt das interessant?«

»Klingt zumindest nach Abwechslung«, sagte sie.

Pan schloss die Augen und konzentrierte sich auf den Kieselstein auf ihrer Handfläche. Kalt und glatt lag er auf ihrer Haut. Sie wartete ab, ob sie irgendein Gefühl zu ihm entwickelte, aber da war nichts. In Pans Hinterkopf spukte der geheimnisvolle Mann mit der Brille herum. Sie war sich ganz sicher: Er war derjenige, der den Chip zwischen ihre Schulterblätter implantiert hatte. Er hatte das Gerät angefasst, als er es in ihren Körper implantiert hatte, und dadurch war eine Verbindung zwischen ihnen beiden entstanden. Diese Verbindung hatte es Pan ermöglicht, sich wenigstens einen kurzen Moment lang in seinen Kopf einzuklinken und durch seine Augen zu sehen. Jetzt fragte sie sich, ob dasselbe vielleicht auch mit Dr. Morgan funktionieren konnte. Sie umklammerte den Kieselstein mit der Faust und versuchte, eine Verbindung zu spüren, irgendetwas, was ihr die Möglichkeit bot, in Dr. Morgans Kopf einzudringen. Wenn es ein Schlüsselbund oder etwas Persönliches gewesen wäre, hätte sie vielleicht mehr Glück gehabt. Aber das hier war nur ein beliebiger Stein, den er vermutlich zufällig ausgesucht hatte. Andererseits – der Tracking-Chip war für den Mann mit der Brille sicher auch kein persönlicher Gegenstand gewesen, also bestand immerhin eine gewisse Möglichkeit.

Nach etwa einer Minute machte sie die Augen auf. Sie reichte Dr. Morgan den Kieselstein zurück.

»Okay«, sagte sie. »Dann los.«

Dr. Morgan brachte sie zur Tür und schloss diese bestimmt hinter ihr, sobald sie draußen stand. Ein paar Minuten später machte er die Tür wieder auf und winkte Pan herein.

»Das dauert aber ganz schön«, meinte Pan. »Wenn wir das jedes Mal so machen, dann brauchen wir ewig.«

»Na ja«, sagte Dr. Morgan, »eine ganze Ewigkeit liegt vielleicht nicht vor uns, aber Zeit haben wir zur Genüge. So, hier siehst du, woraus du wählen kannst.«

Dr. Morgan hatte die Becher so verteilt, dass sie keinerlei Muster mehr bildeten. Zwanzig schwarze Becher, alle identisch und zufällig verteilt. Pan war selbst neugierig. Konnte sie ihre Gabe, Dinge zu finden, in dieser speziellen Situation anwenden oder funktionierte es so nicht? Es gab nur eine Möglichkeit, das zu erfahren.

Pan hielt ihre ausgestreckte Hand über die Becher, ihre Handfläche schwebte ein paar Zentimeter über ihnen. Sie hatte keine Erfahrungswerte für diese Situation, deswegen beschloss sie, wieder die »heiß-oder-kalt«-Methode anzuwenden, die schon früher funktioniert hatte. Sie fing mit den Bechern an, die am dichtesten vor ihr standen, und versuchte, sich einen Eindruck zu verschaffen. Ihr erster Gedanke war »heiß« und als sie die Hand nacheinander über alle Becher hielt, fühlte es sich kälter an, je weiter sie den Arm ausstreckte. Pan testete jeden der zwanzig Becher sorgfältig. Das Ergebnis war immer das Gleiche. Der Kieselstein befand sich unter einem der Becher, die am dichtesten vor ihr standen, aber sie konnte nicht genau sagen, welcher es war. Sie standen zu eng beieinander.

»Es ist einer von diesen hier«, sagte sie und deutete auf die vier direkt vor ihr. »Aber genauer kann ich es nicht sagen.«

»Ich stelle sie weiter auseinander«, sagte Dr. Morgan. Er griff nach den Bechern, dann hielt er inne.

»Hm«, machte er. »Wenn ich sie bewege, hörst du das Klappern des Kiesels. Du musst den Raum wohl wieder verlassen.«

Pan verdrehte die Augen. »Machen Sie Witze? Das wird ja Wochen dauern.«

»Tu mir den Gefallen, meine Liebe.«

Also verließ Pan wieder den Raum. Als sie diesmal zurückgeholt wurde, strahlte einer der verbleibenden Becher eindeutig Hitze aus.

»Dieser hier.« Sie tippte darauf.

Dr. Morgan hob den Becher an und darunter lag der Kieselstein. Der Wissenschaftler wirkte ausgesprochen erfreut.

»Zwanzig zu eins«, sagte er. »Erstaunlich. Wir machen es noch einmal.«

»Muss das sein?«, fragte Pan, aber Dr. Morgan machte sich bereits ans Umstellen der Becher.

Pan wiederholte das Experiment noch fünf Mal und jedes Mal fand sie den richtigen Becher. Dr. Morgan konnte seine Begeisterung nicht verbergen. Sie schaffte es einfach nicht, auf einen falschen Becher zu zeigen, wo sie sich doch so sicher war, den richtigen gefunden zu haben. Pan wurde klar, dass sie jetzt mit den Folgen von Dr. Morgans gesteigertem Interesse zurechtkommen musste. Das widersprach ihrer ursprünglichen Absicht, ganz unauffällig zu bleiben, aber daran ließ sich jetzt nichts mehr ändern.

»Wir sehen uns morgen«, sagte Dr. Morgan, als die zweistündige Sitzung abgelaufen war. »Das war sehr ermutigend.«

~~~

Jen erwartete sie vor dem Spital. Pan ließ ihre Hand in die Hosentasche gleiten und steckte Jen im Vorbeigehen zwei Gegenstände zu. Die beiden Mädchen grüßten einander nicht, Jen ging einfach direkt weiter zum Eingang des Gebäudes. Pan trat zur Seite und wartete. Es dauerte nur ein, zwei Minuten, bis sie Jens Stimme hörte. Sie schlich sich wieder ins Gebäude und tappte bis zu der Stelle, in der der Flur einen Knick machte. Vorsichtig spähte sie um die Ecke. Jen stand vor der Schwesternstation und deutete auf ihren Fuß. Die Schwester war hinter ihrem Tresen hervorgekommen, um sich das Problem anzusehen.

»Ich bin beim Laufen hingefallen«, sagte Jen. »Hab mir den Fuß an einem Stein aufgeschürft. Das war gestern und seither ist er ganz dick geworden, und ich habe gedacht, er entzündet sich vielleicht irgendwie. Ich dachte, es wäre gut, wenn einer der Ärzte mal einen Blick drauf werfen würde.«

Die Frau bückte sich und betrachtete Jens Fuß. Sie schnaubte.

»Für mich sieht das völlig normal aus«, sagte sie. »Es ist
~~~

nur ein Kratzer. Im Ernst, das ist kein Grund, die Ärzte zu stören.«

»Es tut aber weh«, sagte Jen.

»Natürlich tut es weh«, erwiderte die Schwester. »Es ist eine Wunde. Aber sie sieht sauber aus und ich sehe keine Anzeichen für eine Entzündung.«

»Kann ich dann wenigstens ein Pflaster kriegen?«, fragte Jen. »Oder irgendetwas zum Desinfizieren? Es tut wirklich ziemlich weh.« Sie verzog den Mund und einen Moment lang glaubte Pan, Jen würde gleich in Tränen ausbrechen. Dabei konnte sie sich nicht mal vorstellen, dass Jen eine Träne vergießen würde, wenn jemand mit dem Hammer auf sie losging und ihr beide Kniescheiben zertrümmerte. Sie hatte noch nie jemanden getroffen, der so hart im Nehmen war wie Jen.

»Meine Güte« sagte die Schwester. »Wie ein kleines Baby. Ich hole dir Teebaumöl, das kannst du draufmachen.« Sie schnalzte tadelnd mit der Zunge, ging hinter ihren Tresen und öffnete eine Tür in der Rückwand. Sobald sie außer Sichtweite war, sauste Pan um die Ecke, an Jen vorbei und dann nach links. Es dauerte keine zehn Sekunden und sie befand sich auf der Station. Links erstreckten sich die breiten Glasfenster, an der Wand stand eine Reihe leerer Betten. Leer bis auf eines.

Ein Junge lag in dem Bett direkt neben der Tür. Schläuche wanden sich aus seinen Armen und ein Tropf hing an einem Gestell über seinem Bett. Pan hatte keine Zeit, ihn sich näher anzusehen; ihr fiel nur auf, dass er sehr blass war und eine struppige rote Mähne hatte. Seine Augen waren geschlossen. Auf einem Bildschirm rechts von seinem Bett zeichnete sich eine grüne Linie ab und ein Licht blinkte lautlos. Sie kniete sich hin und quetschte sich unter das Bett, kringelte sich eng zusammen. Staub juckte in ihrer Nase und sie musste einen heftigen Niesreiz abwehren.

Hätte Pan eine Uhr getragen, dann hätte sie einen Blick darauf geworfen, aber die Uhr und den Tracking-Chip hatte sie Jen vor dem Spital zugesteckt. Jetzt war Jen vermutlich auf dem Weg zur Kantine. Danach hatten sie Freizeit und Jen würde die Sachen unter Pans Kopfkissen schieben. Falls jemand Pans Bewegungen über eines der Geräte verfolgte, würde ihm nichts Ungewöhnliches auffallen. Jetzt gab es nur eins zu tun: warten. Warten und nachdenken.

~~~

Jens Plan war im Grunde ganz simpel. Es war leicht gewesen, die Schwester abzulenken, damit Pan zurück ins Spital schleichen konnte. Die Mädchen hatten erst überlegt, ob Pan sich im Toilettenraum verstecken sollte, anstatt das Gebäude nach ihrer persönlichen Förderstunde zu verlassen, aber diese Idee hatten sie verworfen. Pan hätte ihre Uhr und den Tracking-Chip irgendwo liegen lassen müssen, bevor sie sich zum Spital aufmachte, und jemand, der ihre Bewegungen überwachte, wäre vielleicht misstrauisch geworden. Jen hatte das Problem gelöst, indem sie vorschlug, die Sachen an sich zu nehmen und dann die Schwester abzulenken.

Dann hatten sie über die Alarmanlage geredet.

»Was ist, wenn ich unter dem Bett hervorkrieche und der Alarm losgeht?«, fragte Pan. »Dann sitze ich im verschlossenen Spital fest.«
~~~

»Ich vermute, es handelt sich um Bewegungsmelder an der Glastür und am Vordereingang«, antwortete Jen. »Ich glaube, wenn du schon drin bist, wenn er scharf geschaltet wird, kann nichts passieren.«

»Du glaubst es?!«

»Dr. Morgan ist nachts doch auch drin. Und der Alarm geht nicht jedes Mal los, wenn er mal pinkeln geht. Stell dich nicht so an, Pandora.«

»Okay. Und was mache ich, wenn ich feststelle, dass die Innentüren auch abgeschlossen sind?«

»Kein Problem«, sagte Jen. »Wir haben ja die Dietriche.«

»Du hast sie. Und ich weiß nicht, wie man sie benutzt.«

»Das musst du auch nicht wissen. Ich mache das schon.«

Pan seufzte. »Und wie kriegen wir dich rein, Jen?«

»Ganz einfach. Wenn das Licht ausgeschaltet wird, verstecke ich meine Uhr in meinem Bett, komm hoch zum Spital und warte im Garten. Die Schwester geht um halb zehn und Dr. Macredie gegen zehn. Bevor Dr. Macredie verschwindet, schließt Dr. Morgan vermutlich nicht ab und schaltet auch noch nicht die Alarmanlage scharf. Also machst du ungefähr um Viertel vor zehn die Glastüren auf und ich schlüpfe rein. Super einfach.«

»Mir fällt alles Mögliche ein, was da schiefgehen könnte.«

»Ach, denk einfach nicht dran. Das ist mein Plan, Pandora, und es ist ausgeschlossen, dass ich nicht dabei sein werde.«

Pan las aus in Jens Gesicht, dass es keinen Sinn hatte zu argumentieren. Und das wollte sie auch gar nicht. Die Aussicht, ganz allein das dunkle Spital zu erkunden und dabei möglicherweise auf Dr. Morgan oder den muskelbepackten

Jugendlichen zu treffen, war alles andere als verlockend. Jens Anwesenheit war ihr äußerst willkommen. Nicht zu vergessen Jens Kampfkünste, falls sie erwischt wurden.

Instinktiv warf sie einen Blick auf ihr Handgelenk, ohne daran zu denken, dass sie ihre Armbanduhr gar nicht trug. Wie lange wartete sie schon? Es fühlte sich wie eine Stunde an, aber ihr war klar, dass höchstens zwanzig Minuten vergangen sein konnten. Dann war es jetzt vielleicht sieben Uhr. In der Kantine war nun die zweite Schicht an der Reihe. Ihr Magen grummelte. Selbst wässriger Eintopf und hartes Brot erschienen gerade äußerst verlockend.

Nicht mal mehr drei Stunden, sagte sie sich. *Dann geht es los.*

Staub kitzelte in ihrer Nase und sie unterdrückte ein Niesen.

11.

Um gegen die Krämpfe in ihren Muskeln anzukämpfen, streckte sich Pan unter dem Bett aus und machte einfache Übungen. Nacheinander konzentrierte sie sich auf ihre einzelnen Gliedmaßen, spannte die Muskeln an und entspannte sie wieder. Das half auch gegen die Langeweile. Dann hörte sie, wie sich aus der Ferne Schritte näherten. Ihr wurde klar, dass sie und Jen sehr vorsichtig sein mussten, wenn sie sich später durch die Klinik bewegten. Es war sicher schlau, die Stiefel auszuziehen und barfuß zu gehen.

Pan lag auf der Seite und beobachtete, wie zwei Beinpaare neben dem Bett stehen blieben. Dr. Macredie und Dr. Morgan sahen nach ihrem Patienten. Hätte sie die Hand ausgestreckt, hätte sie ihre Schuhe berühren können. Einen Moment lang war sie versucht, genau das zu tun. Stattdessen konzentrierte sie sich darauf, vollkommen reglos zu verharren, und hoffte, der Staub, den die Ärzte bei ihrer Ankunft aufgewirbelt hatten, würde sie nicht zum Niesen zwingen.

»Was meinst du, wie lange sollen wir ihn noch hierbehalten, Joy?«, hörte sie Dr. Morgans Stimme.

Joy Macredie. Pan hatte ihren Vornamen noch nie gehört. Genauer gesagt hatte sie noch nie den Vornamen irgendeines Mitarbeiters der Akademie gehört, bis auf den des Professors. Sie dachte an ihr Gespräch mit Dr. Macredie, als man sie mit Nate nach dem Überqueren der Mauer erwischt hatte. Der Name ihrer Tochter war Hope gewesen, Hoffnung. Joy und Hope, Freude und Hoffnung? Das war ja beinahe zu kitschig. Andererseits, rief Pan sich in Erinnerung, gab es keinerlei Garantie dafür, dass das, was Dr. Macredie ihr erzählt hatte, auch nur im Entferntesten der Wahrheit entsprach.

»Ich glaube, wir sollten da nichts überstürzen, Alex.« Die Stimme der Ärztin mit ihrem melodischen schottischen Akzent konnte Pan gerade so hören. »Noch eine kleine Weile. Eine Woche, vielleicht zwei. Damit die Behandlung richtig anschlagen kann.«

»Wie sieht es mit der Schusswunde aus?«

Das war also immerhin die Wahrheit, dachte Pan.

»Verheilt gut. Allerdings war sie ja auch nicht lebensbedrohlich.«

Hoffentlich würden sie sich noch ein bisschen weiter unterhalten. Pan erinnerte sich an ihr Gespräch mit Dr. Morgan. Wann war das gewesen? Vielleicht während ihrer ersten persönlichen Förderstunde. Sie hatten über den Überlebenden gesprochen und Dr. Morgan hatte ihr gesagt, die Schusswunde sei lebensbedrohlich und man sorgte sich darum, ob der Junge überhaupt überleben würde. Schon wieder eine Lüge. Aber warum hielten sie ihn dann in einer Art Koma? Ging es um die Behandlung, wie auch immer sie aussah, der man die Schüler der Akademie unterzog? War das gerade im Gange? Enthielt der Tropf keine Medikamente, die zur Heilung des Körpers führten, sondern von der Akademie vorgefertigte Erinnerungen?

Falls die Ärzte ihr Gespräch fortsetzten, würde Pan es vielleicht erfahren.

Taten sie aber nicht. Ihre Visite dauerte nicht länger als zwei Minuten und schon waren sie wieder verschwunden. Soweit Pan es beurteilen konnte, untersuchten sie den Jungen nicht einmal. Aber natürlich waren sie auch keine richtigen Ärzte. Nicht in der echten Welt. Wer also war zuständig für die Behandlung in jenem Raum, den sie gesehen hatte, in dem der junge Mann – vielleicht war es Nate – an einen Apparat angeschlossen war? Es war nicht Dr. Morgan, obwohl alles auf einen wissenschaftlichen Vorgang hindeutete. Und wenn es medizinisches Fachpersonal auf dem Gelände gab, wieso überließ man das Spital dann unkundigen Kräften? Andererseits konnte es ja auch sein, dass ihre Vision der Vergangenheit oder einem anderen Ort außerhalb der Akademie entsprungen war. Andererseits hatte Dr. Macredie von einer »Behandlung« gesprochen, die erst »anschlagen« mussten. Egal, wie die Behandlung aussah – sie musste hier im Spital ausgeführt werden, und das ließ darauf schließen, dass es noch weitere Geheimnisse zu lüften galt.

Im Lauf der nächsten untätigen Stunden grübelte Pan darüber nach, was das alles bedeuten konnte, und kam zu dem Schluss, dass ihr immer noch Informationen fehlten. Vielleicht würde sich das heute Nacht ändern. Vielleicht würden sie diesen Raum entdecken, den sie »gesehen« hatte, und die eine oder andere Antworten erhalten.

Nach einer Weile wanderten ihre Gedanken zu Wei-Lin und ihrer Entscheidung, sie im Unklaren zu lassen, wenigstens vorerst. Pan war über diesen Umgang mit Wei-Lin nicht besonders glücklich. Dass sie nun einfach da lag, den staubbedeckten Boden anstarrte und darauf wartete, dass die Dämmerung sich zur Nacht verdichtete, gab ihr die Gelegenheit, sich die Situation aus Wei-Lins Warte zu betrachten. Wei-Lin war vermutlich einsamer, als es Pan je gewesen war. Die Gruppe, auf die sie so stolz gewesen war, hatte sich aufgelöst. Cara war nicht mehr da, Nate war nicht mehr da. Sam und Karl waren so sehr miteinander beschäftigt, dass kein Raum für jemand anderen blieb. Diese beiden hatten sich in eine Blase zurückgezogen, in die kein Außenstehender eindringen konnte, und bis zu einem gewissen Punkt freute sich Pan auch für sie. Liebe konnte den trostlosen Alltag, die düsteren Gedanken in Schach halten. Vielleicht konnte das sogar nur die Liebe. Aber Wei-Lin hatte das alles nicht. Sie hatte nur die Gruppe und die hatte sie im Stich gelassen. Es sah so aus, als tue sie sich mit Sanjit zusammen, aber diese Verbindung basierte auf Sanjits Bedürfnissen, nicht auf denen von Wei-Lin. Damit blieben nur Jen und sie selbst, und auch sie beide waren eine Partnerschaft eingegangen, die andere ausschloss. Wei-Lin war ausgeschlossen und das hatte sie nicht verdient. Sie war immer freundlich, herzlich und offen gewesen. Pan hatte sich geschworen, dass sie auf Sanjit achten würde, aber Wei-Lin war diejenige, die sich dann wirklich gekümmert hatte. Und als der Schüler in den Schlafsaal geplatzt war und nach Jen und Pan gesucht hatte, war Wei-Lin diejenige gewesen, die sich vor sie gestellt und sie beschützt hatte. Sie kümmerte sich um alle Mitglieder der Gruppe, und was hatte sie dafür zurückbekommen? Nichts. Das reichte nicht. Pan würde das wiedergutmachen.

Die Stunden krochen dahin und endlich senkte sich die

Nacht herab. Von einer kleinen Lampe an der Wand ging der rote Lichtschein aus, den sie und Jen am Abend zuvor durch die Glastür wahrgenommen hatten. Es war wohl über eine Stunde her, seit das letzte Mal jemand die Station betreten hatte, und sie hatte das Gefühl, als sei jetzt der richtige Moment gekommen, ihr Versteck zu verlassen. Obwohl sie alles dafür getan hatte, ihre Muskeln zu lockern, drohten sie jetzt zu verkrampfen. Sie zog Stiefel und Socken aus und ließ sie unter dem Bett zurück. Dann stand sie auf und ging auf und ab, um ihren Körper zu entkrampfen. Wenn jetzt jemand kam und das Licht einschaltete, würde er sie natürlich entdecken, aber sie war zuversichtlich, dass sie seine Schritte hören würde und sich rechtzeitig wieder unter dem Bett verstecken konnte.

Pan wartete neben dem Fenster, bis ihr bewusst wurde, dass man sie von außen durch die Glasscheibe sehen könnte. Vielleicht stand der Junge Wache. Sie wich ein, zwei Schritte zurück. Draußen war kein Licht zu sehen. Genau genommen stellte das matte Nachtlicht neben dem Bett des Jungen die einzige Lichtquelle weit und breit dar. Wenn Jen kam, wie sollte Pan sie überhaupt entdecken? Hätte sie nur eine Möglichkeit gehabt, auf die Uhr zu sehen! Pan hatte keine Ahnung, ob sie noch eine weitere Stunde warten musste oder ob Jen jeden Moment auftauchen würde.

Ein Geräusch von der Schwesternstation ließ ihr Herz schneller schlagen und ihr erster Instinkt war, sich zu verstecken, aber sie zwang sich, ruhig zu bleiben und auf die Tür zuzugehen, die zum Flur führte. Mit bloßen Füßen konnte sie beinahe lautlos über die Fliesen gehen. Sie hielt den Atem an und streckte den Kopf aus der Tür.

»Gute Nacht, Clare. Wir sehen uns morgen.« Es war die Stimme von Dr. Macredie.

»Gute Nacht, Joy.«

Die Schwester ging nach Hause. Immerhin hatte Pan jetzt eine Vorstellung davon, wie spät es war. Nach Jens Beobachtungen musste es etwa halb zehn sein. Noch eine halbe Stunde, bis Dr. Macredie sich verabschieden würde, und nur fünfzehn Minuten bis zu Jens geplanter Ankunft. Pan zog sich wieder zurück und lauschte auf die Geräusche des Aufbruchs. Sie blieb aufmerksam, für den Fall, dass Dr. Macredie noch einmal die Station betreten würde, nachdem sie ihre Kollegin verabschiedet hatte. Dreißig Sekunden später hörte sie die Eingangstür ins Schloss fallen, dann das Klackern von Dr. Macredies Schuhen, als diese den Flur hinunterging. Das Geräusch verebbte in der Ferne und Pan stieß die angehaltene Luft aus. Sie trat leise zur Glastür hinüber, entriegelte sie und schob sie zur Seite. Es hatte keinen Sinn, länger zu warten, dachte sie. Da tauchte eine dunkle Gestalt direkt auf der anderen Seite der Scheibe auf und quetschte sich durch die Lücke.

Jen schob die Glastür wieder zu und verriegelte sie. Pan zog sie in die Mitte des Raums und hielt ihren Mund an Jens Ohr.

»Zieh die Stiefel aus«, flüsterte sie. »Schnell und leise. Dann komm mit.«

Jen löste ihre Schnürsenkel und schlüpfte aus den Stiefeln. Pan führte sie zu dem Bett an der Rückwand des Raums. Auf ihrem Weg durch die Station hatte Pan nach möglichen Verstecken Ausschau gehalten. Hinter dem am weitesten entfernten Bett stand eine Sichtschutzwand dicht an die Wand gelehnt. Sie reichte nicht bis zum Boden; zwischen Bespannung und Rahmen blieb eine Lücke von etwa einem halben Meter. Aber es musste reichen.

Pan gab Jen flüsternd die Informationen; diese nickte und reichte Pan ihre Stiefel. Dann quetschte sie sich hinter den Sichtschutz, wie Pan ihr geraten hatte. Wie gut das Versteck war, das würde sich zeigen, wenn Dr. Morgan wiederkam, ein letztes Mal nach seinem Patienten sah und die Türen abschloss. Pan kroch wieder unter das Bett des Jungen und stellte Jens Stiefel neben ihre eigenen. Dann wartete sie. Schon wieder.

~~~

Jens Ausdauer beim Auskundschaften des Spitals machte sich bezahlt. Alles lief genau so ab, wie sie es vorhergesagt hatte. Etwa eine halbe Stunde nach dem Aufbruch der Schwester verabschiedete sich auch Dr. Macredie. Dr. Morgan begleitete sie und die Mädchen konnten leise ihre Stimmen hören, als die beiden einander eine Gute Nacht wünschten. Dann hörte man, wie ein Riegel einrastete, und Schritte näherten sich der Station. Selbst in ihrem Versteck unter dem Bett zuckte Pan zusammen, als das Licht anging. Sie blinzelte und hielt die Luft an. Noch einmal sah sie die Schuhe von Dr. Morgan nur einen halben Meter vor sich. Diesmal hielt er am Bett nur kurz an, bevor er zu den Glasschiebetüren ging. Ein schwaches Geräusch ertönte, als er die Verriegelung überprüfte, dann eine Pause von dreißig Sekunden. Schließlich durchquerte er den Raum erneut und ging zur Tür. Das Licht wurde gelöscht und seine Schritte entfernten sich. Dann war es still.
~~~

Die Mädchen warteten zehn weitere Minuten, die Pan wie eine Stunde vorkamen. Schließlich hielt sie es nicht mehr aus. Sie kroch unter dem Bett hervor und neigte den Kopf zur Tür, hörte aber kein Geräusch. Trotzdem wagte sie es nicht zu flüstern. Die Anwesenheit des schlafenden Jungen machte sie nervös, als könnte jedes Geräusch ihn abrupt aufwecken. Pan kroch zur hinteren Wand der Station, wo Jen sich bereits hinter der Trennwand hervorschob. Die beiden standen zusammen in der Mitte des Raums. Jen beugte sich dicht an Pans Ohr.

»Wir warten noch«, sagte sie. »Mindestens eine Stunde.«

Pan ächzte. Sechzig Minuten mochten Jen ja kurz vorkommen, aber für Pan bedeuteten sie eine Verlängerung ihrer Folter. Sie biss die Zähne zusammen. Jen hatte recht. Es hatte keinen Sinn, ein Risiko einzugehen, jetzt, wo sie so weit gekommen waren. Sie setzten sich nebeneinander auf eins der Betten und Pan konzentrierte sich darauf, im Kopf die Sekunden und Minuten zu zählen, aber nach kurzer Zeit kam sie durcheinander und gab auf. Stattdessen löste sie die Schnürsenkel ihrer Stiefel und band sie so zusammen, dass sie sich die Schuhe um den Hals hängen konnten. Falls sie weglaufen mussten, wollten sie ihre Schuhe ganz bestimmt nicht zurücklassen. Es würde nicht schwierig sein herauszufinden, wer in die Station eingebrochen war – man musste nur nach den Schülern suchen, die barfuß gingen.

Es waren sicher erst dreißig Minuten vergangen, als Jen aufstand. »Komm, los«, flüsterte sie. »Ich halte das nicht mehr aus.«

Die Mädchen verließen den Raum und bewegten sich vorsichtig auf die Schwesternstation zu. Nirgendwo brannte

Licht und es war ganz still. Jen tippte Pan auf die Schulter und nickte in Richtung Schreibtisch. Pan folgte ihr. Jen trat zu einem Aktenschrank aus Metall, der an der Rückwand stand, und versuchte, die oberste Schublade aufzuziehen. Abgeschlossen. Sie kramte in ihrer Jackentasche, fischte die Dietriche heraus und ging auf die Knie. Das Schaben von Metall auf Metall erzeugte ein lautes Geräusch und Pan konnte nur hoffen, dass es nicht weit zu hören war. Nach nicht einmal einer Minute glitt die Schublade lautlos auf. Pan beugte sich darüber und starrte auf den Inhalt. Zum ersten Mal bedauerte sie es, ihre Taschenlampe nicht eingesteckt zu haben. Der Schrank enthielt eine beträchtliche Anzahl von Akten in Hängeordnern. Jen zog eine heraus und schlug sie auf, aber in der Dunkelheit war es unmöglich, etwas zu lesen. Der Grund dafür war, dass keinerlei natürliches Licht in die Schwesternstation drang, da sie hinter der Biegung im Flur lag. Jen legte ihre Hand um Pans Kopf und zog sie näher heran.

»Ich möchte damit noch mal zur Station gehen«, flüsterte sie. »Vielleicht funktioniert es mit dem Nachtlicht.«

Pan wollte so schnell wie möglich wieder verschwinden. Der ursprüngliche Plan war gewesen, das Innere des Gebäudes zu erkunden, nicht in Akten herumzuschnüffeln, aber sie musste sich eingestehen, dass auch sie neugierig war, was sie enthalten mochten. Außerdem war es denkbar, dass sie aus einer Akte mehr erfahren würden als durch die Erforschung des Gebäudes. Aber je länger sie sich hier aufhielten, desto größer war das Risiko, entdeckt zu werden.

Jen ging wieder zurück und Pan folgte ihr. Als sie die Station erreicht hatten, hielt Jen die Akte vor das schwache rote Licht an der Wand. Die Dokumente, etwa zehn oder fünfzehn zusammengetackerte Blätter, enthielten offenbar Informationen zu einer der Schülerinnen. Es gab ein Foto von einem Mädchen im Sommerkleid. Sie hielt den Kopf leicht geneigt und sah den Fotografen an. Sie lächelte und hielt eine Eistüte in der rechten Hand. Unter dem Foto war fettgedruckt ihr Name zu lesen – Janine Abbott – und ein Geburtsdatum. Unter diesen Angaben standen eng gedruckte Sätze. Pan konnte nur ein paar Worte erkennen. »Singapur« und irgendein Kürzel. Lautete es »AIS«? Jen blätterte die restlichen Seiten durch, aber es waren keine weiteren Fotos enthalten und die restlichen Notizen konnte man in dem schwachen Licht nicht lesen.

»Es muss eine von unseren Schülerinnen sein«, flüsterte Jen. »Und die Schublade ist vollgestopft mit solchen Akten. Es muss für jeden von uns eine da sein.«

»Krankenakten?«, flüsterte Pan.

»Vergiss es«, erwiderte Jen. »Das sind doch keine Krankenakten. Das sieht mir eher nach Schülerakten aus.« Sie schnalzte ärgerlich mit der Zunge. »Hätte ich doch bloß eine Taschenlampe. Ich würde ja so gerne meine eigene Akte lesen.«

Auch Pan hätte nur zu gerne nachgesehen, welche Informationen die Akademie über sie besaß, aber sie hatte keine Ahnung, wo sie eine Lichtquelle hernehmen sollten. Sie hatten keine Streichhölzer und sie konnten definitiv nicht das Risiko eingehen, das Hauptlicht einzuschalten.

Jen steckte die Papiere zurück in den braunen Umschlag und verschloss ihn.

»Ich nehme eine mit«, sagte sie. »Stecke sie in meine

Jacke. Wir können sie später lesen. Es wäre super, wenn wir unsere eigenen finden würden, aber irgendeine Akte ist besser als nichts. Zumindest wissen wir dann, was für Informationen sie über uns haben.«

»Nehmen wir diese hier?«

»Nein. Wenn die fehlt, sehen sie das sofort. Ich nehme eine aus der Mitte. Dann verschließe ich den Schrank wieder. Wenn wir Glück haben, wird es Monate dauern, bis sie merken, dass sie nicht mehr da ist.«

»Und in der Zwischenzeit können wir den Schüler ausfindig machen, zu dem die Akte gehört, und die Informationen überprüfen.«

»Komm, das machen wir«, sagte Jen. »Und dann sehen wir mal, was wir sonst noch finden können, und verschwinden so schnell wie möglich von hier.«

Es dauerte nicht lang, die Akte zurückzuhängen und auf gut Glück eine andere auszuwählen. Jen nahm eine von weit hinten in der zweiten Schublade und steckte sie sich in die Jacke. Dann machte sie sich daran, den Aktenschrank wieder zu verschließen. Es dauerte ein bisschen länger als das Öffnen. Doch nach einigen Minuten hörte Pan, wie das Schloss einrastete. Jen zog an der obersten Schublade, um zu überprüfen, dass sie sich nicht mehr bewegte. Sie stand auf, steckte die Dietriche wieder ein und sah sich um. Direkt hinter dem Schreibtisch befand sich eine Tür: Jen deutete darauf und breitete fragend die Hände aus. Pan schüttelte den Kopf. Sie war oft durch diese Tür gegangen. Dahinter befand sich ein kurzer Flur und der Konferenzraum, in dem sie die Experimente mit Dr. Morgan durchführte und wo das Beratungsgespräch der Gruppe mit Dr. Macredie stattgefunden hatte. Es war eine Sackgasse ohne weitere Türen. Pan drehte den Daumen nach links, in Richtung des Flurs, der am Schreibtisch der Schwester vorbeiführte. Jen zuckte mit den Achseln und ging voran. Ihre Schritte waren vollkommen lautlos.

Zehn Meter hinter der Schwesternstation teilte sich der Flur. Sie sahen nach links und rechts, versicherten sich, dass unter keiner Tür ein verräterischer Lichtstreifen hindurchfiel. Aber die Dunkelheit war ungebrochen. Pan versuchte, sich von ihrer Intuition leiten zu lassen. Dr. Morgan musste sich irgendwo in diesem Gebäude aufhalten und es war unwahrscheinlich, dass er sich im Konferenzraum befand. Das hieß, dass er sich höchstwahrscheinlich in einem der Räume aufhielt, die von diesem Korridor abgingen. Aber in welchem Raum? *Es ist, als müsste ich einen verlorenen Gegenstand wiederfinden,* dachte Pan. *Heiß oder kalt?*

Aber es funktionierte nicht. Wieder einmal musste sie verärgert feststellen, dass ihre Fähigkeiten sich nicht so einfach steuern ließen. Sie entschieden sich für den Flur zu ihrer Linken. Die Mädchen gingen an drei Türen vorbei, dann endete der Flur. Jen wandte sich um und näherte sich einer Tür, hielt ihr Ohr daran. Dann probierte sie den Türgriff. Abgeschlossen. Sie fischte erneut die Dietriche aus ihrer Tasche und hielt sie Pan hin. *Wahrscheinlich Dr. Morgans Schlafzimmer,* dachte Pan. *Würde zu unserer Glückssträhne passen.* Aber sie nickte nur.

Jen brauchte nur zehn bis fünfzehn Sekunden, bevor sich die Tür mit einem Klicken öffnete. Selbst im sehr gedämpften Licht fiel Pan der zufriedene Ausdruck auf dem Gesicht ihrer Freundin auf. Jen war vielleicht ein bisschen eingerostet, aber ihre Fähigkeiten kehrten zurück. Sie steckte das Werkzeug wieder ein und drehte den Türgriff erneut. Pan hielt die Luft an und hoffte, die Scharniere würden nicht quietschen. Taten sie nicht. Die Tür öffnete sich lautlos und Jen schlüpfte hindurch. Pan folgte ihr.

Die Mädchen konnten im Inneren des Raums nur wenig erkennen. Es fühlte sich nach einem großen, fast leeren Raum an, in dessen Mitte etwas Klobiges stand. Sie hatten keine große Wahl. Diesen Raum mussten sie in erster Linie mit dem Tastsinn erkunden. Jen wandte sich nach rechts und Pan machte ein paar vorsichtige Schritte.

Das Objekt in der Mitte des Raums erwies sich als Operationstisch. Pan konnte gerade so die kreisförmigen Umrisse der Lampen ausmachen, die von der Decke hingen, und den Tisch erkannte sie aus zahllosen Fernsehserien in der Vergangenheit wieder. Sie fuhr mit der Hand über die Oberfläche des Tischs. Sie fühlte sich kühl an und ihr drang ein ganz spezieller Geruch in die Nase. Desinfektionsmittel. Der saubere, sterile Geruch von Krankenhäusern, der den allgegenwärtigen Geruch nach Krankheit überdeckte. Einer Sache war sie sich jedenfalls sicher: Es war nicht der Raum, den sie in ihrer Vision gesehen hatte.

Pan zuckte zusammen, als Jen ihr auf die Schulter tippte.

Jen beugte sich zu ihr und flüsterte: »Ich kenne mich ja nicht so aus, aber die Technik in diesem Raum wirkt auf mich hochmodern. Ein Gerät neben dem anderen und, soweit ich das sagen kann, liegt auf keinem von ihnen Staub. Wen operieren die hier drin, Pandora? Dieser Raum wirft mehr Fragen auf, als er Antworten liefert. Genug gesehen?«

Pan nickte. Sie wurde zunehmend nervös. Und ihre Expedition hatte ja jetzt schon Ergebnisse geliefert. Ein Aktenschrank voller Informationen, eine Schülerakte, ein einsatzbereiter Operationssaal. Und irgendwo in diesem Gebäude ein Arzt, der jederzeit auftauchen konnte. Vielleicht wartete er draußen in der dunkelsten Ecke eines ohnehin schon dunklen Flurs. Pan überlief ein Schauer.

»Wir sollten von hier verschwinden«, flüsterte sie.

»Einen Raum noch, Pandora«, erwiderte Jen. »Einen noch, dann gehen wir.«

»Warum? Haben wir noch nicht genug, um weiterzumachen?«

Jen kicherte, ein merkwürdiges Geräusch in dem hallenden Raum. »Warum? Mann, Pandora. Warum nicht? Komm schon.«

Pan blieb nichts anderes übrig, als ihr zu folgen. Diesmal wandte sich Jen vor der Tür nach links und ging zum anderen Ende des Flurs. Erneut befanden sie sich auf unbekanntem Terrain. Dieses Ende war wie ein Spiegel des gegenüberliegenden, das sie bereits untersucht hatten, nur war diese Seite kürzer. Drei Türen zu ihrer Linken und davor eine Wand. Aber während diese Wand auf der gegenüberliegenden Seite durchgehend war, enthielt diese hier eine Tür. Jen ging direkt darauf zu, ihre Hand suchte bereits in der Tasche nach den Dietrichen. Trotzdem probierte sie den Griff noch aus, aber die Tür war verschlossen.

Pan tippte ihr auf die Schulter.

»Ist es wahrscheinlich, dass das hier Dr. Morgans Schlafzimmer ist?«

»Warum?«

»Ich weiß nicht. Vielleicht, weil es so ein spezieller Raum ist. Er passt nicht zu den anderen Räumen auf diesem Flur.«

»Würde er sein Schlafzimmer denn abschließen? Das glaube ich nicht. Außerdem, Pandora, habe ich mir ein bisschen gerechnet, ausgehend von den Außenwänden des Gebäudes und der Entfernung, die wir zurückgelegt haben. Ich habe unsere Schritte gezählt. Wenn ich mich nicht irre, dürfte es diese Tür überhaupt nicht geben. Wir stehen vor der Außenwand des Gebäudes.«

»Dann ist es vielleicht nur ein Besenraum.«

»Vielleicht.« Jen grinste. »Es gibt nur eine Möglichkeit, das in Erfahrung zu bringen.« Sie beugte sich über das Schloss und diesmal schwieg Pan. Diese Tür hatte etwas Beunruhigendes an sich, aber Jen hatte recht – es wäre gut zu wissen, was sich dahinter befand. *Wir sollten einfach zusehen, dass wir von hier verschwinden,* dachte sie. Aber die Neugier siegte.

Wie sich herausstellte, war dieses Schloss schwerer zu knacken als die anderen. Jen lag schon seit fünf Minuten auf den Knien und ihre Körpersprache verriet deutlich ihre Frustration. Pan sah sich immer wieder um und musterte den dunklen Flur. Veränderten sich die Schatten jedes Mal, wenn sie sich wieder nach vorn wandte, als würde jemand sich anschleichen? Sie stellte sich vor, dass sich eine Gestalt immer, wenn sie dem Flur den Rücken zuwandte, ein paar Schritte weiter vorwärtsschob und in dem Moment erstarrte, in dem sie sich wieder umsah. Sie schüttelte den Kopf, um ihre Ängste zu verscheuchen.

Jen stand auf.

»Eins sage ich dir, Pandora. Das hier ist kein Besenschrank. Kein Mensch würde so ein kompliziertes Schloss einbauen, um ein paar Schrubber und einen Eimer zu sichern.«

»Kriegst du es nicht auf?«

»Klar krieg ich es auf. Es ist einfach ein Bastard, das ist alles. Das dauert. Noch ein paar Minuten.« Sie ging wieder auf die Knie und legte ihr Ohr auf das Holz neben dem Schloss. Mit der linken Hand bewegte sie das Werkzeug im Schlüsselloch, während Pan mit dem Fuß auf dem kalten Boden tappte und sich immer wieder umsah. Ein paar Minuten später richtete sich Jen auf.

»Geschafft«, sagte sie.

Sie steckte die Dietriche wieder ein und drehte den Griff. Diesmal leistete er keinen Widerstand und die Tür ging auf. Einen Moment lang starrten die Mädchen in eine schwarze Öffnung, aber dann war der Durchgang plötzlich in so helles Licht getaucht, dass sie sich instinktiv die Hand über die Augen legten, um nicht geblendet zu werden. Pans Herzschlag beschleunigte sich und es fühlte sich an, als würde etwas gegen ihre Rippen stoßen. Sie wandte sich zur Flucht, aber dann passten sich ihre Augen an die Helligkeit an und sie sah, was hinter der Tür lag. Auch Jen war einige Schritte zurückgewichen. Die Mädchen standen wie erstarrt.

»Was zur Hölle?«, fragte Jen.

12.

»Das ist ein Aufzug«, sagte Pan.

»Oh, Dankeschön, Pandora«, sagte Jen. »Ich sehe, dass es ein Aufzug ist. Aber wo führt er hin?«

Eine Glasscheibe trennte sie vom Inneren des Aufzugs. An der Rückwand befand sich eine Reihe von Tasten.

»Los, wir gehen«, sagte Pan. »Das gefällt mir nicht.«

»Komm schon«, antwortete Jen. »Jetzt mach dir nicht in die Hose. Ein Aufzug, meine Fresse.« Sie legte ihr Gesicht auf die Glasscheibe. »Wenn es eine Aufwärtstaste gäbe, würde ich ganz ausflippen«, sagte sie. »Aber sieh mal da.«

Pan trat neben sie und spähte durch das Glas. Vier Tasten mit den Zahlen eins bis vier. Der Felsen, auf dem sich das Spital befand, musste vier unterirdische Stockwerke haben. Das Spital stand also ganz oben auf… ja, auf was bloß? Mindestens vier Räume mussten in dem Felsen versteckt liegen. Möglicherweise waren es ganze Stockwerke, jedes mit mehreren Räumen. Was befand sich bloß da unten?

»Was meinst du?«, fragte Jen. »Gleich ganz nach unten, oder möchtest du dir erst mal das zweite Untergeschoss ansehen?«

»Bist du verrückt?«, fragte Pan. »Wir haben keine Ahnung, was da unten ist. Abgesehen von Dr. Morgan.«

»Ja, ich bin verrückt«, sagte Jen. »Wir wissen absolut nicht, was da unten ist, und wir werden es auch nicht erfahren, wenn wir es jetzt nicht wagen. Meinst du etwa, es würde was bringen, wenn wir morgen früh einfach zu Dr. Morgan laufen und ihn fragen? ›Hey, Doc. Gestern Nacht haben wir hier ein bisschen herumgeschnüffelt und dabei ihren Aufzug in die Hölle gefunden. Geben Sie uns mal eine Führung?‹«

»Die erwischen uns garantiert. Sie bringen uns um.«

»Ach bitte. Sei nicht so paranoid. Man lebt nur einmal.«

»Sag das Cara.«

»Pass auf. Du kannst ja gehen, wenn du willst. Vielleicht ist das sogar besser. Dann hat wenigstens eine von uns diese Informationen, falls sie mich erwischen.«

»Rede keinen Quatsch. Ich lass dich hier nicht im Stich.«

»Da fühle ich mich ja direkt sicherer.«

In diesem Moment entdeckte Pan das Bedienfeld auf der rechten Seite der Glastür. In das Glas war ein Viereck eingeritzt und in dessen Innerem der Umriss einer Hand. Etwas anderes gab es nicht. Keinen Griff. Keinen Aufzugknopf. Keine Anweisungen.

»Aber wie sollen wir reinkommen, Jen?« Pan deutete auf das Viereck. »Sieht aus wie eine Art Fingerabdrucksensor.«

»Du hast dir zu viele Agentenserien angesehen. Wie sollte die Akademie denn an so eine Technologie kommen?«

»Wer weiß, auf was für einem Technikniveau die Akademie ist?«

»Ich probier's einfach mal.« Jen hob die Hand und spreizte die Finger.

»Warte«, zischte Pan. »Bist du verrückt, Jen? Wenn es sich hier um einen Fingerabdrucksensor handelt, dann geht ein Alarm los, weil du keinen Zutritt hast. Wir müssen hier raus. Wir haben die Information, wir haben die Akte. Wir sollten kein weiteres Risiko eingehen.«

Jen grinste. »Was meinst du, wie wir auf dem Rückweg am Bewegungsmelder vorbeikommen?«, fragte sie.

»Ich habe mich darauf verlassen, dass du einen Plan hast.«

Jens Grinsen wurde noch breiter. »Du solltest dich nie auf etwas verlassen, Pandora. Und es stimmt, ich hatte einen Plan. Der lautete: Wir stürmen aus der Tür der Station, lösen den Alarm aus und rennen so schnell wir können. Du weißt schon? So wie letztes Mal.«

»Ach, großartig.«

»Für mich ist das okay. Also ist es auch egal, wenn ich den Alarm gleich hier auslöse, oder?« Jen wartete gar nicht erst auf eine Antwort, sondern drückte ihre Handfläche auf den Umriss in der Glastür. Eine Sekunde oder zwei passierte nichts. Dann blinkte ein rotes Licht über dem Schaltbrett des Aufzugs, das anzeigte, dass sich dieser zum Erdgeschoss bewegte. Zwei Sekunden später zerriss das durchdringende Kreischen einer Sirene die Stille. Jen zog die Hand weg. »Du hattest recht, ich hatte unrecht«, sagte sie. »Zurück zu meinem ursprünglichen Plan: Rennen so schnell wir können.«

~~~

Das Licht ging an, als die Mädchen losrannten, eine flackernde Abfolge von Neonröhren, die sich zunächst in dem Flur einschalteten, in dem sie sich befanden, dann in den davon abzweigenden Korridoren. Sie stürmten an der
~~~

Schwesternstation vorbei und betraten das Krankenzimmer. Auch dieses war hell beleuchtet. Jen überholte Pan und war als Erste an der Glastür. Sie lachte, als sie den Riegel löste und die Tür zur Seite schob.

»Was zur Hölle ist denn so lustig, Jen?«, keuchte Pan.

Jen wandte sich in der Tür um und packte Pans Hand. »Alles«, sagte sie.

Und dann plärrte ein weiterer Alarm los, jener, der vom Bewegungsmelder ausgelöst wurde. Jen lachte noch lauter. »O Mann, das ist super. Danke, dass du mich mitgenommen hast. Es ist so aufregend, um nichts in der Welt hätte ich mir das entgehen lassen wollen.«

Sie benötigten nur fünfzehn Sekunden bis zur Treppe, die hinunter aufs Akademiegelände führte, und wieder übernahm Jen die Führung.

Pan war sich des Abgrunds zu ihrer Linken nur allzu deutlich bewusst, auch der Tatsache, dass die Stufen mit bloßen Füßen noch gefährlicher waren. Ihre Stiefel prallten gegen ihre Brust und dadurch war es noch schwerer zu erkennen, wohin sie ihre Füße setzte, aber sie hatten nicht genügend Zeit, um anzuhalten und die Schuhe anzuziehen. Sie rannte so schnell sie konnte und das Heulen der beiden Sirenen wurde leiser, je tiefer sie nach unten kamen.

Schon als sie die unterste Stufe erreichten, war ihnen klar, dass sie verfolgt wurden. In das Sirenengeheul hatten sich aufgeregte Stimmen gemischt. Von irgendwo da oben leuchteten Taschenlampen auf, ihre Lichtkegel fielen kreuz und quer über das Gelände. *Diesmal also keine Fackeln,* dachte Pan. *Wir sind eine so ernsthafte Gefahr, dass sie sogar offenlegen, dass sie über High-Tech-Taschenlampen verfügen.*

Die Strahlen waren sehr hell und gebündelt; es waren mindestens zehn.

»Komm mir nach, Pandora«, zischte Jen und wandte sich nach rechts. Pan gehorchte, ohne nachzufragen. Sich von der Felskante zu entfernen, hinein ins offene Gelände, wäre so, als beträten sie eine lichtdurchflutete Bühne. Sie hätten keine Chance, unentdeckt zu bleiben. Aber Jen hielt sich im Schatten der Felswand, wo sie zumindest vorerst nicht gesehen werden konnten. Nicht bevor die Verfolger sie einholten.

Pans Füße schmerzten bereits. Die größeren Felsbrocken, die sie mit so viel zeitlichem Aufwand im Rahmen des Programms für körperliche Arbeit weggeräumt hatten, waren nicht das Problem. Es waren die kleinen Steine, die in ihre Fußsohlen stachen. Sie verfluchte ihre Dummheit: Warum hatte sie nicht darauf bestanden, dass sie beide die Schuhe anzogen, bevor sie versuchten, den Aufzug zu aktivieren, nur für den Fall, dass sie um ihr Leben rennen mussten? Sie biss die Zähne zusammen und setzte einen Fuß vor den anderen, aber beide Mädchen waren deutlich langsamer geworden. Ihre Verfolger konnten sich ungehindert bewegen. Pan warf einen Blick über die Schulter und sah einen Lichtstrahl von einem Ort ausgehen, der ungefähr bei der untersten Treppenstufe liegen musste. Sie zwang ihre Beine dazu, ihren Rhythmus zu halten.

Sie hatte keine Ahnung, wo Jen hinwollte, bis sie den dunklen Umriss des Steinhügels vor sich aufragen sah. Die Gedenkstätte für Cara und Nate. Jen versteckte sich dahinter, Pan folgte ihr wenige Sekunden später. Der Hügel würde sie schützen … zumindest einen Moment lang. Wenn ihre

Verfolger die Umgebung durchsucht und nichts gefunden hatten, blieb nur ein Ort, an dem sich die Eindringlinge verstecken konnten. Jen hatte ihnen eine kurze Atempause verschafft, mehr nicht.

»Zieh die Stiefel an, Pandora«, befahl Jen. Sie befreite sich aus der Schlinge ihrer eigenen Schnürsenkel um den Hals. Pan setzte sich auf den Boden und schlüpfte in die Stiefel. Ihre Fußsohlen waren empfindlich und glitschig. Blut. Sie zuckte zusammen und der Schmerz katapultierte ihren Adrenalinspiegel in die Höhe.

»Und was jetzt, Jen?«, fragte sie, während sie die Schuhe zuschnürte. »Wir können ja nicht für immer hierbleiben. Was sollen wir machen, einfach aus der Deckung kommen?«

»Genau das«, erwiderte Jen. Sie zog die Akte aus ihrer Jacke und legte sie auf den Boden. Dann nahm sie einen der größeren Felsbrocken vom Hügel und legte ihn neben die Akte. Jen griff in ihre Tasche und zog das Einbruchwerkzeug heraus, steckte es tief in die kleine Höhle, die sie an der Seite des Hügels geschaffen hatte. Die Akte packte sie dazu, dann legte sie den Stein wieder an seinen ursprünglichen Platz zurück. In der Dunkelheit war nicht zu erkennen, ob sie die Sachen ausreichend versteckt hatte, aber besser ging es nicht.

»Wir gehen direkt auf den Suchtrupp zu«, fuhr sie fort.

»Dann wissen sie, dass wir das waren, im Spital.«

»Schon, aber sie können es nicht beweisen. Es ist nicht unwahrscheinlich, dass ein paar Freunde von Cara und Nate das Mahnmal besuchen, wenn sie nicht schlafen können. Wir waren traurig, wir sind hergekommen, um ihnen Ehre zu erweisen, und dann haben wir den ganzen Aufruhr bemerkt.«

»Das funktioniert sicher nicht. Wir landen in der Scheiße.«

»Wir stecken schon in der Scheiße, Pandora. Genau hier und jetzt. Aber das heißt nicht, dass wir nicht vielleicht doch mitten hindurchwaten können.« Sie trat hinter dem Hügel vor und stellte sich auf die Rennbahn.

»Hey!«, rief sie. »Was ist denn los?«

Pan hatte keine Wahl. Sie folgte ihr.

Das Zickzackmuster der Lichtkegel erstarrte eine Sekunde lang, dann richteten sich alle Strahlen auf die Mädchen, die sich die Hände über die Augen hielten, um sie vor dem blendenden Licht zu schützen.

»Bleibt da stehen! Keine Bewegung!«, ertönte eine Stimme aus der Dunkelheit.

»Was ist denn los?«, wiederholte Jen, aber sie erhielt keine Antwort. Die Lichtstrahlen trafen sich dort, wo die beiden Mädchen standen, bildeten um sie herum einen zunehmend heller werdenden Lichtfleck. Es waren sechs oder sieben Personen. *Wie viele Leute waren denn im Spital?*, fragte sich Pan. *Wir haben niemanden gesehen, aber jetzt ist ein halbes Dutzend Leute hier. Wie viele Geheimnisse die Akademie wohl hat? Wie weit werden sie gehen, um diese Geheimnisse zu schützen?*

»Nehmt die Hände an den Kopf«, bellte eine Stimme. »Jetzt!«

»Verpiss dich«, sagte Jen. »Was ist denn mit dem Wörtchen ›bitte‹ passiert? Leg doch selbst deine Hände an deinen Kopf, wenn du willst, aber ich mache überhaupt nichts.«

Die Gruppe umzingelte die Mädchen, das Licht ihrer Lampen immer noch direkt in ihre Augen gerichtet. Daher konnte Pan auch nur mehrere dunkle Umrisse ausmachen.

Einen Moment lang war es still, dann trat eine der Gestalten vor und packte Jen am Arm. Ohne auch nur eine Sekunde zu zögern, neigte sie sich dem Mann entgegen, drehte sich um sich selbst und wandte ihre Hüfte seinem Bauch zu. Sein eigener Schwung ließ ihn stolpern und dann flog er durch die Luft und landete auf dem Rücken. Er grunzte laut, als ihm der harte Boden die Luft aus den Lungen presste. Dann stöhnte er und lag still. Jen hob die Hände.

»Keiner berührt mich ohne meine Erlaubnis«, sagte sie. »Das ist eine einfache Tatsache und ich demonstriere sie gerne noch einmal, falls es einer von euch austesten möchte. Freiwillige?«

Keine Antwort.

»Was ist denn mit euch los?«, fuhr Jen fort. »Können zwei Mädchen nicht einfach mal nachts spazieren gehen, ohne gleich von irgendwelchen Idioten belästigt zu werden? Ich dachte, den ganzen Mist aus der alten Welt hätten wir hinter uns.«

Eine dunkle Gestalt durchbrach den Kreis und trat ins Licht. Noch bevor Pan ihn erkannte, hörte sie das charakteristische Schniefen. Gwynne stemmte die Hände in die Hüften und betrachtete den Mann, der jetzt unsicher auf die Knie kam.

»Unklug.« Es klang, als würde er mit sich selbst reden. Dann richtete er seinen Blick auf Jen. »Komm mit, Jennifer«, sagte er. »Du auch, Pandora. Bitte.«

Jen lächelte.

»Hey, Gwynne«, sagte sie. »Wie geht's so? Und sehen Sie mal, weil Sie so nett gefragt haben, folge ich Ihnen doch gerne. Vielleicht können Sie mir erklären, was hier los ist und wie es kommt, dass zwei unschuldige Schülerinnen mitten in der Nacht überfallen werden.«

Gwynne schniefte, aber er antwortete nicht. Er wandte sich ab und ging in die Dunkelheit davon. Die Mädchen folgten ihm.

13.

Spaziergang.« Gwynne warf einen Blick auf die Uhr. »Nach Mitternacht.« Er schniefte. »Warum?«

Die Mädchen saßen zusammen in der Hütte, die Miss Kingston für ihr »Fitness-und-Survival«-Programm nutzte. Gwynne hatte drei Klappstühle von einem Stapel in der Ecke gezerrt und sich vor die beiden gesetzt. Seine Miene war streng.

»Warum nicht?«, fragte Jen. »Wir konnten nicht schlafen. Sind zum Denkmal gegangen.« Sie schniefte und Pan unterdrückte das Lachen. Eins musste sie Jen lassen – das Mädchen hatte Nerven.

Gwynne betrachtete sie einen Moment lang starr. »Einbruch im Spital«, sagte er »Wisst etwas darüber?«

»Warum sollte jemand in Spital einbrechen?«, fragte Jen zurück. »Was gibt es denn da zu holen?«

»Medikamente«, sagte Gwynne.

»Fehlen welche?«

Gwynne antwortete nicht. Er wandte sich an Pan.

»Ein Problem, Pandora?«

»Ich doch nicht«, sagte Pan. Sie hatte beschlossen, sich an Jen ein Beispiel zu nehmen. »Ich bin eine gute Schülerin. Ich mache keinen Ärger.«

Gwynne schniefte. »Du bist ein Problem. Vorsichtig. Ihr beide.«

»Können wir jetzt gehen?«, fragte Jen. Sie gähnte. »Es ist ziemlich spät und morgen haben wir ja Schule, wie Sie wissen.«

»Macht eure Taschen leer«, sagte er.

»Soll das ein Witz sein?«, fragte Jen. »Warum?«

»Wenn ihr nichts zu verbergen habt …« Gwynne zuckte mit den Achseln. Pan warf Jen einen kurzen Blick zu und stand auf. Jen tat es ihr nach. Sorgfältig, ganz bedacht, stülpten beide ihre Taschen nach außen. Keine enthielt auch nur das Geringste. Gwynne sah die beiden Mädchen vielsagend an, aber er hatte wohl schon damit gerechnet, dass eine Durchsuchung nichts ergeben würde.

»Eure Uhren?«, fragte er. »Wo?«

»Haben wir ausgezogen«, sagte Jen, ohne zu zögern. »Bevor wir zum Hügel gegangen sind. Ist es ein Problem für die Akademie, wenn wir keine Uhr tragen?«

Gwynne zuckte mit den Achseln.

»Geht«, sagte er. Die Mädchen standen auf und wandten sich zur Tür. Pan konzentrierte sich darauf, nicht zu humpeln. Nicht, dass Gwynne auf die Idee kam, sich ihre Füße anzusehen.

Gwynne hielt sie noch einmal an, bevor sie draußen waren. »Seid vorsichtig«, sagte er. Seine Stimme war sanft, beinahe nachdenklich. »Seid sehr vorsichtig.«

Jen schenkte ihm ein Lächeln. »Immer, Mr. Gwynne«, sagte sie. »Immer.«

~~~
~~~

Der Weg zurück zum Schlafsaal verlief ohne weitere Vorkommnisse. Im Spital waren die Lichter wieder ausgegangen und Dunkelheit umfing die beiden Mädchen. Soweit sie es beurteilen konnten, waren sie auf dem Akademiegelände allein, die Suche war abgebrochen. *Sie wissen, dass sie diejenigen gefunden haben, die sie gesucht haben,* dachte Pan. Sie gingen schweigend weiter, bis sie den Sanitärtrakt erreichten.

»Wir müssen reden, Pandora«, sagte Jen. »Wir treffen uns morgen um halb acht beim Steinhügel. Während körperlicher Betätigung. Die Rennbahn ist doch ein guter Ort, wenn man sich damit beschäftigen will, diese verdammten Steine wegzuräumen.«

»Okay«, sagte Pan. Sie gähnte. Der Schlafmangel in Verbindung mit dem Wegfall des Abendessens hatten zur Folge, dass sie körperlich und geistig am Ende ihrer Kräfte war. Sie betraten den Schlafsaal ganz leise; schließlich hatten sie schon in der Nacht zuvor alle aus dem Schlaf gerissen. Pan schlich zu ihrem Bett am hinteren Ende des Saals. Als sie unter die Decke schlüpfte, hoffte sie, heute Nacht von Albträumen verschont zu bleiben.

Etwas Hartes lag auf ihrem Kopfkissen. Sie tastete danach, als es in der Dunkelheit unter die Decke rutschte. Ihre Faust schloss sich um einen Brocken Brot. Hartes Brot aus der Kantine, aber Brot. Dankbar biss sie hinein, zerrte mit den Zähnen ganze Fetzen ab. Erst als sie alles aufgegessen hatte, überlegte sie, wo es hergekommen war. Jen wahrscheinlich. Jen wusste, dass sie das Abendessen verpassen würde, und hatte ihr wohl etwas übrig gelassen. Aber noch während sie den Gedanken zu Ende dachte, wusste Pan, dass es nicht stimmte. Jen hatte ihr nichts hingelegt. Es war Wei-Lin gewesen. Sie wusste es im Grunde ihres Herzens.

Es dauerte nicht lang, bis Pan einschlief, aber in den letzten Minuten des Wachzustands überlegte sie, was ihre Entdeckungen im Spital bedeuteten. Doch ihr allerletzter Gedanke galt Wei-Lin, die ihr gegenüber schlief, und dem, was sie ihr schuldig war – eine Schuld, die nur am Rande mit einem harten Brocken Brot zu tun hatte.

~~~

Die Temperatur stieg eindeutig an, eine neue Jahreszeit setzte sich allmählich durch. Pan schlang ihr Frühstück hinunter, ein Frühstück, bei dem Wei-Lin demonstrativ nicht nachfragte, wo Pan und Jen am Abend zuvor gesteckt hatten. Pan wusste nicht, ob sie besorgt sein sollte, weil niemand um eine Erklärung bat, oder erleichtert. Jedenfalls stellte sie fest, dass praktisch niemand aus ihrem Team ihr in die Augen sah. Sie wusste, dass sie sich ihnen anvertrauen konnte, aber das würde sie in Gefahr bringen. Also schwieg sie und aß ihren sandigen Porridge.

Nachdem sie ihre Schüssel ausgewaschen hatte, brach sie auf zur Rennbahn. Sie joggte, aber die Luft war feucht und sie schwitzte schon nach einem Kilometer heftig. Als sie ankam, waren nur wenige Schüler bei der Arbeit. Jen stand allein vor dem Mahnmal. Pan trat zu ihr.

»Soll ich dir etwas Merkwürdiges verraten, Pandora?«, fragte Jen. »Meine Dietriche und die Akte sind verschwunden. Jemand hat das Versteck entdeckt.«

Pan zuckte mit den Achseln. »Überrascht mich nicht«,
~~~

sagte sie. »Wir sind hinter dem Hügel vorgekommen; Gwynne hat uns durchsucht und nichts gefunden. Da kann man sich leicht denken, wo wir etwas versteckt haben.«

»Ja, schon. Aber das ist jetzt echt schade. Nicht die Dietriche, ich kann mir wieder neue machen. Aber die Akte. Die wäre nützlich gewesen.«

Pan wischte sich den Schweiß von der Stirn und sah in den Himmel. Er war wolkenlos, egal, wohin sie schaute, nur klares Blau, und kleine Vögel kreisten hoch oben. Die Luft war frisch und lau. Es fühlte sich an wie ein Neuanfang. Sie senkte den Blick und versuchte, aus Jens Miene zu lesen.

»Glaubst du mir jetzt, Jen?«

Jetzt zuckte Jen mit den Achseln. »Soll heißen?«

»Dass die Akademie uns gefangen hält, dass die Welt, wie wir sie kennen, sich draußen ohne uns weiterdreht. Dass die ganze Geschichte mit dem Virus eine Lüge ist, die sie uns in die Erinnerung implantiert haben?«

Jen setzte sich auf einen Felsbrocken am Rand des Grabhügels und fuhr sich mit der Hand durch die Haare. Sie seufzte. »Um ehrlich zu sein, ich weiß nicht, was ich glauben soll. Dass die Akademie Geheimnisse hat, die sie vor uns verbirgt, dass wir nicht die ganze Geschichte kennen? Klar. Ich habe gestern Nacht im Spital genug gesehen, um mich davon überzeugen zu lassen. Aber alles andere …« Sie breitete entschuldigend die Arme aus. »Hey, es ist einfach ein bisschen zu abgedreht, weißt du? Ich meine, ich erinnere mich an das Virus und an die Leute, die so furchtbar gestorben sind. Du erinnerst dich auch. Wir alle. Es ist viel verlangt, wenn ich jetzt glauben soll, dass alles, woran ich mich erinnere, irgendein künstlich hergestellter Mist ist.«

Sie sah Pan in die Augen. »Aber ich bin für alles offen. Mehr kann ich nicht dazu sagen.«

Pan beobachtete die anderen Schüler, die sich ächzend mit den Steinen abmühten, und verspürte kein schlechtes Gewissen. Wenn überhaupt, dann taten ihr die Kinder leid – und es waren noch Kinder –, die so getäuscht wurden und dafür so schwer arbeiteten. Und wer konnte schon sagen, welchen Schaden diese falschen Erinnerungen bei ihnen angerichtet hatten? Wenn sich hier jemand schuldig fühlten musste, dann wer auch immer der Leiter der Akademie war, nicht sie.

»Es gibt nur eine Möglichkeit, das zu klären«, sagte sie schließlich. »Nur eine Möglichkeit, dich zu überzeugen. Wir müssen von hier abhauen und selber nachsehen.«

»Ja«, sagte Jen. »Ich weiß.«

»Und du kommst mit mir mit?«

Jen grinste. »Du kannst mich nicht davon abhalten, Pandora.« Sie breitete die Arme aus, als wolle sie das ganze Akademiegelände umschließen. »Diese alltägliche Mühle. Diese beschissenen Unterrichtsstunden, der Alltag. Ich hasse Alltag, das war schon immer so. Und ich habe Probleme mit Autoritäten.« Sie lachte. »Das habe ich jetzt so oft gehört, dass ich mittlerweile bereit bin, das zu glauben. Also, ja. Die Akademie will nicht, dass ich abhaue, also muss ich abhauen. Verdammt, ja, Pandora. Ich verschwinde von hier.«

»Du hast gesagt, du hättest einen Plan.«

»Ich habe auch gesagt, dass er dir nicht gefallen wird.«

»Sag schon.«

Jen schraubte den Deckel von ihrer Wasserflasche und nahm einen ausgiebigen Schluck. Sie bot die Flasche Pan an, aber die schüttelte den Kopf. Jen legte die Flasche vor ihre Füße, verschränkte die Finger und starrte in den Himmel.

»Auf welche Weise kann man hier rauskommen, Pandora?«, fragte sie. »Nenn mir die Möglichkeiten. Wie du die Sache siehst.«

Pan dachte darüber nach. Zwar war sie fest der Meinung, dass es keine andere Lösung gab als die Flucht, aber über die praktische Umsetzung hatte sie noch nicht viel nachgedacht. Jetzt zwang Jen sie dazu, genau das zu tun. Sie redete, um ihren Gedanken Form zu verleihen.

»Wir könnten noch einmal die Mauer überwinden. Ich habe das zweimal geschafft, einmal mit dir und einmal mit Nate. Dann könnten wir ein Boot stehlen und aufs Meer rausfahren, irgendwo wieder an Land gehen und nachsehen, was los ist.«

Jen sagte nichts, hielt ihre Finger einfach weiter verschränkt. Pan sah sich um und musterte die sie umgebende Landschaft. »Oder wir könnten diese Berge überqueren«, sagte sie. »Auch das haben wir schon mal geschafft. Gut, wir waren nicht ganz auf der anderen Seite, aber als wir Caras Leiche gefunden haben, haben wir gesehen, dass es möglich ist, zumindest einen Teil der Strecke hochzuklettern.«

Jen sagte noch immer nichts.

Pan zerbrach sich den Kopf, aber etwas anderes fiel ihr nicht ein. »Was meinst du?«, fragte sie schließlich.

Jen ließ sich mit ihrer Antwort Zeit, als wäge sie Pans Gedanken sorgfältig ab.

»Ich glaube«, sagte sie, »dass es nicht funktionieren wird, noch einmal die Mauer zu überqueren – oder zu unterqueren. Seit gestern Nacht hat die Akademie uns im Blick. Ich stelle mir vor, dass sie mehr Wachpersonal aufstellen, nicht nur am Spital, sondern überall. Besonders an der Mauer.« Sie warf Pan einen Blick zu. »Du hast ja alles dafür getan, sie davon zu überzeugen, dass du ein Problem bist. Haben wir inzwischen vermutlich beide. Wenn es stimmt, was du denkst, dass die Armbanduhren dazu da sind, uns zu überwachen, dann wissen sie jetzt, dass du sie durchschaut hast. Dasselbe gilt für den Chip in deinem Rücken. Du warst im Spital, aber ich vermute mal, die Trackingsysteme – wenn es sie gibt – haben behauptet, du hast unter deiner Decke gelegen. Natürlich werden sie dich im Auge behalten. Und die Mauer. Es wird nicht funktionieren. Jetzt nicht.«

»Und was ist mit den Bergen?«, fragte Pan.

Jen seufzte. »Das ist unmöglich. Die Überquerung des Gipfels wäre auch für wesentlich bessere Bergsteiger, als wir es sind, ein Problem. Selbst wenn wir es schaffen würden – niemand garantiert uns, dass wir dahinter nicht vor noch mehr Bergen stehen. Nichts zu essen. Und wir würden da oben erfrieren, garantiert.«

»Also wie dann?«

Jen sah Pan in die Augen, ohne zu blinzeln.

»Wir können nicht über Land fliehen, also gibt es nur eine Möglichkeit.«

»Ja?«

»Wir fliegen, Pandora.«

~~~

Der Tag verging wie immer. Auf Körperliche Betätigung folgten die Unterrichtsstunden im Klassenraum. Diesmal
~~~

ging es um Nutztierhaltung. Pan saß gedankenverloren da, ohne vom Stoff etwas mitzubekommen. Auch das Abendessen war eine einsame Angelegenheit. Kaum jemand richtete das Wort an sie. Wei-Lin plauderte mit Sam und Karl und versuchte, Sanjit in das Gespräch mit einzubeziehen, aber er steuerte nur gelegentlich eine Bemerkung bei. Pan und Jen verzehrten ihre Mahlzeit schweigend. In Fitness und Survival ging Gwynne mit ihnen verschiedene Kampftechniken ohne Waffen durch. Er erwähnte die Vernehmung der beiden Mädchen nicht. Stattdessen konzentrierte er sich vollkommen auf die Möglichkeiten, einen Gegner über bestimmte Druckpunkte außer Gefecht zu setzen, wobei auch unschöne Methoden wie etwa Augen auskratzen zur Sprache kamen. Pan überstand die Stunde mit einigen Blessuren, aber aufrecht. In der persönlichen Förderstunde machte auch Dr. Morgan keine Anspielung auf die Geschehnisse der vergangenen Nacht, sondern wiederholte einfach nur den Bechertest. Er machte sich Notizen in sein Buch, obwohl Pan sich wenig Mühe gab und sich nicht darum kümmerte, ob sie sich irrte oder nicht. Eine weitere einsame Mahlzeit folgte und dann hatten sie Freizeit. Sie kehrte zum Schlafsaal zurück und fasste sich ein Herz.

Es war Zeit, Abbitte zu leisten.

~~~

Pan fand Wei-Lin in der Nähe der Mauer. Sie übte Bogenschießen; vier oder fünf Pfeile hatte sie noch im Köcher. Als Pan näher kam, blieb sie stehen und beobachtete Wei-Lin. Diese hatte sich selbst eine Zielscheibe gebastelt – einen
~~~

Heuballen, der an einen Stein gelehnt war. Ein kleiner Kreis war ins Zentrum des Ballens gezeichnet, ein Pfeil steckte dicht daneben. Wei-Lin zog einen weiteren Pfeil aus dem Köcher, legte ihn ein und hob den Bogen. Selbst Pan, die keine Ahnung von Bogenschießen hatte, konnte erkennen, dass Wei-Lins Technik flüssig und eindrucksvoll war. Sie spannte den Bogen mühelos in einer fließenden Bewegung und ließ los. Der Pfeil flog und traf genau die Mitte. Ohne zu zögern, nahm Wei-Lin einen weiteren Pfeil aus dem Köcher. Pan sah zu, bis Wei-Lin alle Pfeile verschossen hatte, und wartete, bis das Mädchen losging, um sie wieder aus der Zielscheibe zu ziehen.

»Wei-Lin«, rief Pan. »Kann ich mit dir reden?«

Wei-Lin sah zu ihr auf, zog die Pfeile aus dem Strohballen und ging zurück zu ihrer Markierung. Sie nahm einen Pfeil und legte ihn ein.

»Klar, Pan«, sagte sie. »Worüber möchtest du denn reden?«

»Ich bin hier, weil ich mich bei dir entschuldigen möchte.«

»Wofür?« Wei-Lin hob den Bogen, spannte ihn und ließ los. Der Pfeil traf den äußeren Rand des Heuballens und sie schnalzte unzufrieden mit der Zunge.

»Bitte«, sagte Pan. »Kannst du später weiter üben?«

Wei-Lin entnahm dem Köcher einen weiteren Pfeil, aber während sie ihn einlegte, schien sie in sich zusammenzusinken. Sie ließ den Bogen vor ihre Füße fallen und wandte sich Pan zu, die Hände in die Hüften gestemmt.

»Ich bin sauer auf dich, Pandora«, sagte sie.

»Bitte nenn mich nicht Pandora«, bat Pan. »Du hast mich immer Pan genannt. Und ich weiß, dass du sauer bist. Du hast allen Grund, sauer zu sein. Deswegen möchte ich mit dir reden. Vielleicht kann ich das zwischen uns nicht einfach so wiedergutmachen, aber ich weiß, dass du eine Erklärung für mein Verhalten verdienst. Dafür, dass ich dich außen vor gelassen habe.«

Wei-Lins Miene entspannte sich und sie senkte den Blick zu Boden. Es war, als hätten Pans Worte ihr den Wind aus den Segeln genommen. Sie hob eine Hand von den Hüften zu ihrem Gesicht und wischte sich über die Augen. Plötzlich sah sie klein und müde aus. Pan wollte sie am liebsten in den Arm nehmen, aber sie hatte nicht das Recht dazu, deswegen stand sie da und wartete. Wei-Lin setzte sich auf den steinigen Boden und überkreuzte die Beine. Sie sah zu Pan auf.

»Also dann, rede«, sagte sie.

Und das tat Pan. Sie erzählte ihr alles, was seit der Rückkehr der Gruppe von der Insel geschehen war – dort hatte sie zum letzten Mal offen mit ihr gesprochen. So viel war geschehen und Pan schämte sich dafür, dass sie sich nicht einmal die Mühe gemacht hatte, irgendetwas davon zu erzählen. Sie hatte ihre Gründe, ja. Aber keiner dieser Gründe reichte aus. Sie erzählte Wei-Lin von ihrem Gefühl, dass Nate gar nicht gestorben war, auch wenn sie es mit eigenen Augen gesehen hatten, dass die Akademie ihre Erinnerungen künstlich erzeugt hatte, dass das Virus vielleicht gar nicht existierte. Sie erzählte von ihrem Ausflug unter der Mauer hindurch mit Jen und was sie auf der anderen Seite entdeckt hatten. Sie erzählte vom Spital und dem geheimnisvollen Aufzug. Sie erwähnte auch ihren Verdacht, dass die Akademie ihre Bewegungen mit Hilfe der Armbanduhren überwachte. Sie schloss mit der Idee der Flucht.

Wei-Lin unterbrach sie nicht, und als Pan fertig war, saß

sie etwa eine Minute lang schweigend da. Pan fühlte sich mit dem Schweigen unwohl und es war eine Erleichterung, als Wei-Lin endlich redete.

»Man hat uns vorgewarnt, dass du etwas in der Art erzählen würdest«, sagte sie.

»Was meinst du damit? Wer hat das gesagt?«

Wei Lin sah seufzend in den Himmel, als erwarte sie von dort Hilfe. Einen Moment lang dachte Pan, sie würde gar nicht antworten.

»Mitglieder des Schülervertretung«, sagte sie schließlich. »Sie haben mit uns geredet. Nichts Offizielles natürlich. Es waren einfach Unterhaltungen mit verschiedenen Anführern aus der Schülerschaft. Nicht nur mit unserem Team. Mit allen.«

»Und was haben sie gesagt?«

Wei-Lin sah Pan in die Augen. »Die Wahrheit?«

»Natürlich.«

»Sie sagen, du hast Wahnvorstellungen, Pan. Dass du emotional instabil bist. Der Tod von Nate, zusätzlich zu dem, was dir passiert ist – was uns allen passiert ist –, als das Virus zugeschlagen hat. Der tragische Tod von Cara. All das würde ausreichen, um den klarsten Verstand zu verwirren, aber deiner war von Anfang an nicht klar.«

Pan wunderte sich darüber, dass es sie überraschte. Es war eine clevere Strategie der Akademie, auf die Bedrohung zu reagieren. Wem würden die Schüler glauben? Ihren eigenen Erinnerungen oder den verwirrten Theorien eines traumatisierten Opfers? Es ergab durchaus Sinn. Dennoch fühlte sich Pan verbittert und geschlagen. Kein Wunder, dass keiner aus dem Team ihr in die Augen sehen wollte.

»Und was erzählen sie über Jen?«, fragte sie schließlich.

Wei-Lin hob den Pfeil auf, spielte damit, strich die Federn zurecht. »Dass Jen einfach nur eine aufmüpfige Person ist, die mit Autoritäten nicht zurechtkommt. Dass sie sich nicht mit dir zusammengetan hat, weil sie deinen wahnsinnigen Theorien glaubt, sondern weil ihr das die Gelegenheit bietet zu tun, was sie will. Allen ist klar, dass Jen immer Action braucht, und das hier gibt ihr die Möglichkeit, sich auszuleben.«

»Ich verstehe.« Pan kamen die Tränen und sie schloss die Augen, um sie zurückzuhalten. Sie würde nicht weinen. Sie würde nicht klein beigeben. Aber in ihrer ganzen Zeit in der Akademie hatte sie sich noch nie so sehr gewünscht, einfach ihren Gefühlen nachzugeben, allem freien Lauf zu lassen. Es dauerte ein paar Minuten, bis sie sicher sein konnte, dass ihre Stimme nicht versagen würde.

»Und was ist mit dir, Wei-Lin? Was denkst du?«

Wei-Lin streichelte noch immer die Federn des Pfeils, wieder und wieder. Sie neigte den Kopf, sah aber nicht auf.

»Ich weiß, woran ich mich erinnere, Pan. Ich weiß, was ich gesehen habe. Es ergibt keinen Sinn zu denken, dass das alles nicht passiert ist. Es ist grausam.«

»Grausam?«

»Ich habe gesehen, wie meine Mutter und meine Schwester gestorben sind. Ich habe dir erzählt, dass ich nicht viele Erinnerungen an die Tage vor meiner Rettung habe, und zum Teil stimmt das auch. Zum Teil. An manches erinnere ich mich schon und vielleicht habe ich diese Erinnerungen einfach verdrängt, weil es die einzige Möglichkeit ist, es auszuhalten. Alles andere tut so weh.« Sie legte den Pfeil ab, wählte einen anderen und fing mit der Prozedur von vorne an. »Meine Schwester ist zuerst gestorben. Sie war sechs Jahre alt. Ich hielt sie im Arm, während sie hustete und hustete und Blut versprühte. So viel Blut. Es war schwer zu begreifen, dass ein so winziger Körper so viel Blut enthalten konnte.« Sie schauderte, atmete tief ein und versuchte sich zu fassen. »Dann hat sie aufgehört zu atmen und ich war froh darüber. Froh. Weil es bedeutete, dass sie nicht mehr litt. Mum hat versucht, mir ihre Leiche aus dem Arm zu nehmen, aber ich habe mich geweigert. Ich habe sie einfach festgehalten, bis sie kalt war. Dann war Mum dran. Sie ...«

Diesmal sah Wei-Lin Pan in die Augen. In ihrem Blick lag so tiefes Leid, dass Pan beinahe zurückzuckte. Leid und Zorn. Ja, auch Zorn war dabei.

»Jetzt sagst du, meine Schwester lebt noch. Und meine Mutter auch. Verstehst du denn nicht, dass es grausam ist, mir Hoffnung zu machen? Ich möchte dir glauben, Pan. Natürlich möchte ich das. Ich möchte meine Familie wiederhaben und ich würde alles tun, um glauben zu können, dass es möglich ist. Aber es ist nicht möglich. Sie sind tot und egal, wie sehr ich es mir wünsche, es wird nichts daran ändern. Du hast einfach nur dafür gesorgt, dass es wieder wehtut. Der Schmerz ist nie weggewesen, natürlich nicht, aber ich habe gerade gelernt, damit umzugehen. Wie wir alle. Du reißt die Wunden unseres ganzen Elends wieder auf und alle werden dich dafür hassen.«

»Hasst du mich denn, Wei-Lin?«

Wei-Lin wandte ihren Blick zurück auf den Pfeil und sie fing wieder an, die Federn glattzustreichen. Das Schweigen zog sich in die Länge.

»Nein«, sagte sie schließlich. »Ich hasse dich nicht, Pan. Aber ich kauf dir deine Geschichte nicht ab. Das kann ich einfach nicht. Tut mir leid.«

»Nein«, sagte Pan. Sie wollte ihre Hand auf Wei-Lins Schulter legen, aber verkniff es sich. »Mir tut es leid, Wei-Lin. Das Letzte, was ich vorhatte, war, dir wehzutun. Oder irgendjemandem.«

»Hast du dir überlegt, warum die Akademie das alles tun sollte – angenommen, deine Verschwörungstheorie würde zutreffen? Was haben sie davon?«

Pan stand auf. »Natürlich habe ich darüber nachgedacht. Und ich habe keine Antwort darauf. Noch nicht. Aber ich finde es heraus. Wirst du jemandem erzählen, dass ich fliehen will?«

»Nein«, sagte Wei-Lin. »Ich glaube, es ist am besten, du fliehst. Damit du mit eigenen Augen siehst, dass du dich irrst. Dann kannst du das alles vielleicht hinter dir lassen.«

Pan ging davon, aber nach ein paar Schritten wandte sie sich um.

»Wie geht es Sanjit?«, fragte sie.

»Warum fragst du?«

»Im Ernst jetzt, Wei-Lin? Ich mache mir Sorgen um ihn. Sein Ausbruch im Gespräch mit Dr. Macredie, als er sich die Schuld an dem gegeben hat, was Nate passiert ist. Wie er gesagt hat, er mache immer allen Schwierigkeiten.« Pan hob die Hände. »Ich weiß, du hast versucht, ihn zum Sprechen zu bringen, damals in der Kantine, und ich frage mich einfach … ich möchte nicht, dass er verletzt wird, und es macht mir Sorgen, dass er sich vor uns allen so verschließt.«

Wei-Lin stand auf und schlang sich den Köcher um die Schulter.

»Wie Cara?«, fragte sie.

»Genau.«

»Weißt du was, Pandora?« Wei Lin stemmte die Hände in die Hüften. »Du redest und redest, aber das ist auch schon alles. Du machst dir Sorgen um Sanjit, aber du hast nie ernsthaft versucht, mit ihm zu reden. Vielleicht bist du einfach so beschäftigt mit deinen ganzen … Hirngespinsten, dass du für niemanden von uns mehr Zeit hast, außer für Jen. Es reicht nicht zu sagen, dass wir dich interessieren. Du musst es schon zeigen.«

Pan senkte den Kopf. Wei-Lins Worte schmerzten, aber sie hatte recht. *Ich war keine gute Freundin, für keinen von ihnen,* dachte sie. *Ich habe sie alle im Stich gelassen, so wie ich Cara im Stich gelassen habe.* Sie hatte sich nur noch darum gekümmert, die Geheimnisse der Akademie zu lüften. Für die Gefühle von anderen war da kein Platz mehr gewesen. *Ich möchte die Wahrheit aufdecken, um sie zu befreien, aber das reicht nicht aus. Wir alle leiden im Hier und Jetzt und sie finden, ich mache es schlimmer, nicht besser.*

Sie spürte Wei-Lins Hand auf der Schulter.

»Tut mir leid, Pan«, sagte sie. »Das war jetzt nicht nötig. Mach dir keine Gedanken um Sanjit. Ich kümmere mich um ihn. Karl macht das auch, wenn sie im Schlafsaal sind. Er redet ja nicht viel, dieser Kerl, aber ich glaube, er ist stark genug, das durchzustehen.«

»Hat er dir irgendwas über seine Vergangenheit erzählt?«

Wei-Lin lachte. »Wenn er das getan hätte, würde ich es dir nicht weitererzählen, Pan. Nimm's nicht persönlich, aber wenn er mir jemals etwas anvertraut, muss es unter uns bleiben. Jedenfalls glaube ich, ich habe ihn davon überzeugt, dass er an der Sache mit Nate keine Schuld trägt. Was alles andere angeht …« Sie zuckte mit den Achseln. »Er ist ein Buch mit sieben Siegeln und ich werde ihn nicht zwingen, sich zu öffnen.«

Pan nickte. »In einer Sache hast du unrecht, Wei-Lin«, sagte sie. »Es war nötig, mir das zu sagen. Ich war selbstsüchtig und nur mit mir selbst beschäftigt. Ich werde versuchen, das in Zukunft besser zu machen, aber ich muss einfach wissen, was sich da draußen in der Welt abspielt. Vermutlich bin ich zu nichts zu gebrauchen, solange ich das nicht geschafft habe.«

»Dann geh. Finde es heraus, ein für alle Mal. Und mach dir um den Rest von uns keine Sorgen. Wir sind Überlebenskünstler, das weißt du doch. Darin sind wir gut.« Wei-Lin beugte sich vor und küsste Pan auf die Wange. »Pass auf dich auf, Pan.«

Pan ging grob in Richtung Schlafsaal davon. Der Kuss brannte auf ihrer Haut. Ja, sie würde aus der Akademie herauskommen. Sie würde einen Beweis finden. Sie würde die Behörden über die Existenz dieses freudlosen Gefängnisses unterrichten. Pan stellte sich genüsslich vor, wie Regierungstruppen über die Mauer stürmen, die Mitarbeiter festnehmen, die Schüler befreien und sie zu ihren Familien zurückbringen würden. Sie stellte sich die internationalen Schlagzeilen und Fernsehberichte vor. Es würde Gerichtsverhandlungen geben. Es würde Gerechtigkeit geben. Es würde Antworten geben. Und sie würde rehabilitiert werden.

Doch trotz alledem spukte ganz hinten in ihrem Bewusstsein noch ein anderer Gedanke herum. Was würde sie tun, wenn sie in der Welt da draußen nichts anderes fand als den Tod und die verwesenden Überreste von Milliarden Leichen?

Was dann?

14.

Na gut, dann denken sie eben, du bist reif für die Klapse und ich bin einfach von Natur aus aufsässig. Na und?«

Jen und Pan saßen vor dem Schlafsaal und sahen in die Sterne, die kalt und hart am Himmel funkelten. Die letzte Stunde war so verlaufen, wie vorauszusehen war – kaum jemand außerhalb der Gruppe redete mit ihnen oder nahm ihre Anwesenheit auch nur zur Kenntnis. Jen schien das lustig zu finden, aber jeder Zurückweisung stach wie ein kleiner Dolchstoß in Pans Herz.

»Bist du dir sicher, dass wir nur hier rauskommen, wenn wir fliegen, Jen?«

»Mir fällt nichts anderes ein. Hast du noch irgendeine Idee?«

»Nein«, gab Pan zu. »Aber dein Plan ist völlig verrückt.«

Jen lachte. »Weiß ich. Aber wir beide sind ja auch verrückt. Das sollen doch alle glauben, wenn es nach der Akademie geht? Hey, komm schon. Wir gehen eine Runde und reden.«

»Wohin möchtest du gehen?«

»Zum Spital.«

»O Mann, Jen. Das ist keine gute Idee.«

Jen lachte wieder. Pan hatte ihre Freundin noch nie in so

blendender Laune erlebt. Bis zu ihrer Rückkehr von der Insel hatte sie Jen bewusst noch nie lachen gehört. Jetzt lachte sie eigentlich nur noch. Vielleicht war an der Geschichte, die die Akademie über sie verbreitete, doch etwas Wahres dran. Jen amüsierte sich, weil sie etwas hatte, wogegen sie sich auflehnen konnte. Vielleicht war sie wirklich nur dann glücklich, wenn sie allein gegen den Rest der Welt antrat. Andererseits – vielleicht hatten sie ja auch recht, was Pan betraf. Vielleicht hatte sie wirklich den Verstand verloren.

Jen rappelte sich auf und wischte sich den Hosenboden sauber.

»Sei kein Feigling, Pandora. Ich schlage auch nicht vor, dass wir versuchen sollen, ins Innere des Gebäudes zu kommen. Es ist nur so: Ich habe da eine Theorie, die ich überprüfen möchte. Komm mit.«

»Damit provozieren wir nur Ärger.«

»Ach, na und? Ich gehe dorthin, wo ich will, verdammt noch mal. Wenn es ihnen nicht gefällt, dann können sie mich mal.« Mit diesen Worten ging sie los. Pan folgte ihr seufzend.

»Erklär mir deinen Plan mit dem Fliegen noch mal von vorn«, bat sie, als sie Jen eingeholt hatte. »Erklär mir, warum das eine geeignete Idee sein soll – vor allem für jemanden mit Höhenangst.«

»Das ist doch ganz einfach. Ich bin gut in Metallarbeit. Ich habe die Dietriche gemacht. Und sie haben funktioniert. Also, ich bastle einfach einen Rahmen für einen Hängegleiter, eine Art Drachen. Dann besorgen wir uns Stoff, mit dem wir die Rahmen bespannen können … und das ist alles. Wir fliegen; wir segeln wie Vögel über die Mauer und hier raus.«

»Und du meinst nicht, dass dieser Plan irgendwelche Haken hat?«

»Deine Höhenangst. Tja, tut mir leid, aber wenn du es ernst meinst, dann musst du damit fertigwerden. Beiß die Zähne zusammen, Pandora. Oder finde dich damit ab, dass du hierbleibst und komplett durchdrehst. Deine Entscheidung.«

»Und wie halten wir die Drachen geheim? Vor allem jetzt, wo die Akademie uns auf Schritt und Tritt überwacht?«

»Überlass das mir.«

»Okay, aber woher kriegen wir Auftrieb? Wir brauchen doch einen Startplatz.«

»Genau. Das wäre das Spital. Wir gehen hoch in den Garten, nehmen Anlauf und springen über die Kante. Alles gebongt.«

»Das soll ein Witz sein, oder? Oder hast du eine heimliche Todessehnsucht? Bist du schon mal mit so einem Drachen geflogen?«

»Klar. Ist ganz einfach. Wenn ich das kann, kannst du es auch. Du lernst doch schnell, oder Pandora?«

»Aber ich habe keine Möglichkeit zum Üben.«

Jen lachte wieder. »Na, dann wäre es besser, du machst gleich beim ersten Mal keine Fehler. Das ist doch ein guter Anreiz, oder?«

Pan tappte etwa eine Minute schweigend neben Jen her. Ihre Fußsohlen schmerzten noch immer, aber wenigstens humpelte sie nicht mehr. Dass die Akademie einen Schwerpunkt auf körperliche Fitness legte, hatte sie in jeder Hinsicht stärker gemacht – das betraf auch ihre Füße.

»Und wie weit kann so ein Drachen segeln, bevor er wieder landet?«

»Wenn wir tagsüber losfliegen würden, könnten wir die Aufwinde nutzen. Nachts ist es anders. Aber es weht eigentlich immer ein Lüftchen vom Meer her. Ich habe das überprüft. Es müsste uns genug Auftrieb verschaffen, damit wir über die Mauer fliegen und im Meer landen können. Wir schwimmen zurück zum Dorf und klauen ein Boot.«

»Ganz einfach, ja?«

»Nicht allzu schwierig.«

»Aber was, wenn wir vom Garten auf dem Dach der Welt einfach runterfallen? Oder gegen die Felswand knallen? Oder im Meer ertrinken? Was, wenn wir es nicht schaffen, ein Boot zu klauen?«

Jen blieb stehen und wandte sich Pan zu. Sie stemmte die Hände in die Hüften.

»Was wenn, was wenn … mach dich locker, Pandora, ja? Klar, natürlich kann etwas schiefgehen. Wenn du nicht bereit bist, das Risiko einzugehen, dann bleib hier und setz dich in den Unterricht. Etwas über Nutztierhaltung zu erfahren ist doch echt spannend. Vielleicht ist das ja der Adrenalinschub, den du dir nicht entgehen lassen willst.«

Pan ging weiter, ohne auf Jens Sarkasmus einzugehen.

»Wann würden es loslegen?«

Jen folgte ihr. »In ein paar Wochen, würde ich sagen. Dann hätte ich Zeit, die Drachen anzufertigen. Länger würde ich nicht warten. Der Nachtwind könnte sich vielleicht legen; wenn das Wetter umschlägt, haben wir unsere Chance womöglich verpasst.«

»Okay«, sagte Pan. »Dann machen wir es so. Das hier ist sowieso ein langsamer Tod. Da können wir es auch schnell hinter uns bringen.«

»Braves Mädchen«, sagte Jen. »Hey, sieh mal da.«

Pan folgte ihrem Blick. Sie standen dicht vor der Treppe zum Spital, aber immer noch im Schutz der Felswand. Vor der Treppe flackerte ein Licht. Die Mädchen beobachteten es etwa zehn Minuten lang, aber es bewegte sich nicht weiter, tanzte nur leicht im lauen Wind.

»Das macht Sinn«, sagte Jen. »Sie haben einen Wachtposten aufgestellt.«

»Das heißt, wir haben keine Chance rauszufinden, wohin der Aufzug führt.«

»Du meinst, ein einziger Wachtposten kann mich aufhalten? Na komm schon, Pandora. Wir konzentrieren uns auf unsere Flucht und lassen das arme Schwein die ganze Nacht da oben stehen und auf jemanden warten, der nicht aufkreuzt. Die Vorstellung gefällt mir.«

Sie machten kehrt und gingen wieder in Richtung Schlafsaal. In zehn Minuten würde das Licht gelöscht. Pan gähnte fast ununterbrochen. Erst als sie beinahe das Sanitätsgebäude erreicht hatten, kam ihr ein Gedanke.

»Wenn die Treppe zum Spital jetzt bewacht ist, Jen, wie kriegen wir dann unsere Drachen da hoch?«

Jen legte einen Arm um Pans Hals.

»Ganz einfach«, sagte sie. »Wir müssen an der Felswand hochklettern.«

~~~

Pans Gruppe war beim Frühstück für die erste Schicht eingeteilt, aber jede Hoffnung, dass das Essen für die erste Gruppe besser sein könnte, war schnell zerschlagen.
~~~

»Wieder Porridge.« Jen knallte ihre Schüssel auf den Tisch und schob sich auf die Bank. »Mein Lieblingsessen. Mit etwas Zucker und Sahne natürlich.« Sie rührte den grauen Schlamm in ihrer Schüssel um und hob einen Löffel voll zum Mund. Sie schluckte mit Mühe, verzog die Lippen und sah sich nach dem Rest der Gruppe um.

»Sicher, dass das nicht das Zeug ist, mit dem Gebäude verputzt werden? Essen wir hier gerade industriell gefertigten Wandfüller?«

»Das wäre ja schön«, sagte Karl. »Würde immer noch besser schmecken als das hier.« Er seufzte. »Das Erste, was ich mache, wenn ich hier rauskomme, ist, mir einen Pizzaofen zu suchen und etwas, das man darin backen kann. Wer wäre für Salami-Schinken-Pizza mit Extra-Mozzarella?«

Alle stöhnten.

»Oder wir grillen«, fuhr Karl fort. »Koteletts, Würstchen, Zwiebeln …«

»Kannst du dafür sorgen, dass er die Klappe hält, Sam?«, fragte Wei-Lin.

Sam küsste Karl auf den Mund. »Das funktioniert normalerweise«, sagte sie.

»Könntet ihr beide euch ein Zimmer nehmen?«, fragte Jen.

»Wir haben was Besseres als ein Zimmer.« Karl zwinkerte Pan zu. Sie lächelte.

»Okay«, sagte Jen. »Das reicht. Mir wird schon ganz übel. Wei-Lin, kennst du ein Mädchen namens Abbott? Wie war der Vorname noch mal, Pandora?«

»Janice«, sagte Pan. »Nein, Janine. So hieß sie.«

»Genau. Janine Abbott.«

Wei-Lin sah auf und runzelte konzentriert die Stirn.

»Nein«, sagte sie. »Ich glaube nicht. Aber hier sind Hunderte von Schülern, die ich nicht wirklich kenne. Frag herum. Irgendjemand wird sie schon kennen.«

»Ich glaube, sie ist in meinem Webkunstkurs«, sagte Sam.

»Webkunst?«, fragte Jen in einem Tonfall, der Sam erröten ließ.

»Weben ist eine sehr wichtige Fertigkeit«, sagte sie. »Was glaubst du denn, wie in Zukunft deine Kleider gemacht werden, Jen?«

Jen lachte. »Da draußen sind hundert Millionen Läden und null Kunden«, sagte sie. »Ich würde mal sagen, ich muss mir keine Jacke stricken, um zu überleben.«

»Ja, aber wir müssen an zukünftige Generationen denken. Mein Lehrer hat gesagt, es ist unser Verantwortung, diese Fertigkeiten weiterzugeben, an unsere Kinder ...« Sie warf Karl einen kurzen Blick zu, dann sah sie weg. »Damit sie es auch noch weitergeben können. Es geht darum, ein Vermächtnis zu hinterlassen.«

Jen kratzte die letzten Porridge-Reste aus ihrer Schüssel.

»Hey, Sam«, sagte sie. »Da würde ich mir keine Sorgen machen. In ein paar hundert Jahren haben wir uns wieder ein paar Dritte-Welt-Länder aufgebaut. Dann haben wir wieder dunkelhäutige Kinder, die für zwei Dollar am Tag sechzehn Stunden arbeiten, während wir anderen in großen Häusern wohnen und uns Sorgen darüber machen, ob unsere Kleidung der diesjährigen Mode entspricht.«

Sam runzelte die Stirn.

»Wir werden die Fehler der Vergangenheit nicht wiederholen«, sagte sie. »Unsere neue Welt wird auf Fairness und Gleichheit basieren.«

»Klar«, sagte Jen. »Und ich warte immer noch auf die Zahnfee. Komm schon, Sam. Du weißt es doch besser. Es ist die Natur des Menschen. Im Grunde unseres Herzens sind wir alle Fieslinge; ein paar von uns haben das eben nicht so tief vergraben wie andere. Die Geschichte wird sich wiederholen. Das tut sie immer.«

»Ich weigere mich, das zu glauben«, sagte Sam.

»Ich auch«, kam ihr Karl zu Hilfe.

»Blablabla«, sagte Jen. »Egal, das ist ja alles ganz lustig, aber könntest du uns diese kleine Abbott zeigen? Ist sie hier in der Kantine?«

Sam sah sich im Saal um. »Ich sehe sie nicht«, erklärte sie. »Komm doch nach der persönlichen Förderstunde zur Baracke 21, dann stelle ich sie dir vor.«

»Ich kann es kaum erwarten«, sagte Jen. »Vielleicht kannst du mir während der Stunde heute einen Mantel weben.«

Sam sagte nichts. Sie wandte sich Karl zu und die beiden unterhielten sich flüsternd. Jen sah Pan an, hob die Augenbrauen und lächelte. Pan konnte nicht anders – sie musste das Lächeln erwidern.

~~~

»Und was sollen wir zu dieser Janine Abbott sagen?«, fragte Pan.

Jen hob einen großen Stein auf und schleppte ihn an den Rand der Laufbahn. Pan hätte ihn vermutlich kaum tragen können, aber Jen hatte keine Probleme damit. Sie
~~~

schmiss ihn achtlos neben den Weg und kam dann zurück, um einen weiteren zu holen. Sie wischte sich Schweiß von der Stirn.

»Wer weiß, Pandora? Aber wenn wir sie finden würden, würde das allein schon etwas beweisen, oder? Dass die Akademie Akten über uns führt – schon über die Zeit, bevor wir gerettet wurden. Dass es da einen Grad der Organisation gibt, der verdächtig ist.« Sie bückte sich nach dem nächsten Stein. »Ich meine, im Ernst – diese Geschichte, die sie uns erzählt haben, dass sie Leute gerettet haben, wo sie sie eben fanden. Ein Lebender unter all den Leichen auf der Straße. Ein Signal auf einer Wärmebildkamera. Wieso haben sie also Akten über uns? Und Fotos? Das stinkt zum Himmel.«

»Ja, aber was sollen wir ihr sagen?«

»Wir könnten damit anfangen: ›Hey, hattest du ein Foto von dir im Sommerkleid und mit einem Eis in der Hand bei dir, als das Virus zugeschlagen hat?‹ Mann, ich weiß nicht. Wir haben ein Indiz. Dem folgen wir jetzt einfach, und dann sehen wir, was passiert.«

Pan sah sich um und wählte dann einen Stein, der nicht so aussah, als würde sie sich daran einen Muskel zerren. Sie beugte ordentlich die Knie, hob ihn auf und trug ihn in den Seitenbereich der Rennbahn. Jen wählte einen Stein von der Größe eines Handkoffers.

»Es ist ein Plan«, sagte Pan. »Und wir haben nichts zu verlieren.« Sie ließ den Stein fallen und wischte sich die Hand an der Hose ab. »Außer natürlich«, fuhr sie fort, »die Schülervertretung hat ihr bereits einen Besuch abgestattet. In diesem Fall rennt sie wahrscheinlich meilenweit, sobald sie uns entdeckt.«

Jen grinste.

»Keine Sorge, Pandora«, sagte sie. »Mir läuft keiner davon.«

~~~

Pan versuchte, der Unterrichtsstunde in politischer Philosophie aufmerksam zu folgen. Professor Goldberg dozierte sehr engagiert über Karl Marx und Friedrich Engels, aber die Klasse schien seine Begeisterung nicht zu teilen und die stickige Luft brummte von all den unterdrückten Geräuschen der Ungeduld. Pan war die Bedeutung dessen, was der Professor sagte, durchaus bewusst: Wenn sie tatsächlich daran glaubte, dass eine neue Weltordnung entstehen musste, dann war es wichtig zu wissen, wie die Menschheit in der Vergangenheit vorgegangen war.

»Wie«, fragte der Professor, »erhalten wir die Freiheit des Individuums, schaffen die richtigen persönlichen Anreize, die einen Fortschritt von Technik und tatsächlich auch Kunst vorantreiben, während wir gleichzeitig das wichtige menschliche Prinzip achten: ›Ein jeder nach seinen Fähigkeiten und jedem nach seinen Bedürfnissen‹?« Lächelnd wedelte er mit der Hand durch die Luft. Niemand antwortete, aber ein Schüler weit vorne furzte laut.

»Dann denkt mal darüber nach …«, fuhr Professor Goldberg fort. Er war offensichtlich vollkommen zufrieden damit, dass der Einzige, der sich wirklich für seinen Gedankengang interessierte, er selbst war, dass sein Publikum nur aus einer Person bestand.

Pan dachte über die Schwierigkeiten des Drachenfliegens
~~~

nach. Soweit sie es verstanden hatte, war es so, als hinge man unter einem riesigen Kinderdrachen. Der einzige Unterschied war, dass ihn nichts am Boden festhielt. Würde sie sich das wirklich trauen? *Und es ist ja noch nicht mal so, als wäre der Drachen erprobt und getestet,* dachte sie. *Jen bastelt einen Drachen Marke Eigenbau zusammen. Es kann genauso gut sein, dass das Ding sofort in sich zusammenfällt.*

Und dann war da noch der Aufstieg an der Felswand. Diese Vorstellung war mindestens genauso erschreckend wie der Gedanke, sich einfach in den Abgrund zu stürzen. Zumindest würden sie nachts klettern, sodass sie nicht in die Tiefe sehen konnte. Aber eine steile Felswand im Dunkeln hochklettern, ohne Ausrüstung … Pans Magen krampfte sich bei dem Gedanken zusammen. Jens Worte fielen ihr wieder ein. Tu es oder dreh durch. Bleib hier und lausche dem Professor. Rücke Steine zur Seite. Spiel Ratespiele mit Dr. Morgan. Dreh endlose Runden auf der Laufbahn. Iss Porridge, dusche mit kaltem Wasser und ergib dich den Träumen, die nachts kommen, ohne jemals zu erfahren, ob die Welt, in der du einmal gelebt hast, noch existiert. *So darf es nicht kommen,* dachte sie. *Ich werde es durchziehen.*

»Die Klasse ist entlassen«, sagte der Professor, aber es dauerte ein paar Augenblicke, bis die Schüler verstanden, dass sie befreit waren. Dann stürzte alles in Richtung Tür. Pan stand auf und schloss sich der Meute an.

»Ein Wörtchen in Ihre Ohrmuschel, Miss Stone?«, fragte der Professor, als sie an seinem Schreibtisch vorbeikam. Pan blieb stehen. Sie war überrascht, dass er ihren Namen kannte. Andererseits hatte sie in letzter Zeit immer wieder von sich reden gemacht. Und sie glaubte immer noch, dass es der Professor gewesen war, der sie verhört hatte, als sie nach dem Elektroschock im Dorf ihr Bewusstsein wiedererlangt hatte. Der Professor hatte ihr Fragen gestellt, die sie wie unter Zwang ehrlich beantworten musste. Ja, jeder kannte ihren Namen.

Professor Goldberg wartete, bis die letzten Schüler den Raum verlassen hatten, dann richtete er seinen Blick auf Pan. Er blieb hinter dem Schreibtisch sitzen und strich sich über den Bart.

»Fandest du meinen kleinen Vortrag interessant?«

»Ich denke, ich verstehe, warum das Thema so wichtig ist«, antwortete Pan.

Der Professor nickte. »Ich glaube«, sagte er, »du warst die einzige Schülerin, die überhaupt irgendetwas von dem gehört hat, was ich gesagt habe. Es überrascht dich wahrscheinlich, dass es mir aufgefallen ist. Offenbar wird hier allgemein davon ausgegangen, dass der Professor nicht bemerkt, was sich außerhalb seines eigenen Kopfes abspielt, aber dem ist nicht so. Ich bin aufmerksam. Ich könnte vermutlich sogar in Dezibel recht gut einschätzen, wie laut diese grandiose Flatulenz war, die uns zu unserer Freude dargeboten wurden.« Der Professor verzog das Gesicht. »Uns und unseren Nasen, fürchte ich.«

Pan spürte, dass sie beinahe gelächelt hätte, aber sie schaffte es, eine gleichgültige Miene aufzusetzen. Sie traute dem Professor nicht. Aber genau genommen traute sie keinem der Mitarbeiter der Akademie. Also wartete sie ab.

»Als Lehrer habe ich eine Sache gelernt«, fuhr er fort. »Man kann Schüler nicht dazu zwingen zu lernen. Man kann ihnen ein Geschenk anbieten und manche entscheiden sich dafür, es anzunehmen. Die meisten nicht. Ich glaube, dass du Geschenke dieser Art zu schätzen weißt, und das reicht mir in meiner Rolle als Erzieher aus. Ich glaube, ich habe dich zum Nachdenken angeregt. Das bereitet mir große Freude. Sie sehen also, Miss Pandora, wir haben Geschenke ausgetauscht.«

»Ist das alles, Professor?«, fragte Pan.

»Es ist dir vielleicht jetzt noch nicht klar«, fuhr der Professor fort, ohne auf ihre Frage einzugehen, »aber wenn du da draußen eine neue Welt aufbaust, sind einige dieser Gedanken vielleicht von Nutzen. Während andere jagen, sammeln, Feldfrüchte anbauen, kannst du überlegen, wie die Menschen eigentlich zusammenleben können, wie Gesellschaften funktionieren. Auch wenn ich dann schon lange tot bin, ist es schön zu wissen, dass ich auf diese Weise weiterlebe und etwas Gutes leiste, nur weil ich dir ein paar Ideen in den Kopf gesetzt habe. Ideen sind unser Antrieb. Ideen erheben uns über das restliche Tierreich.«

Er sah sie an, neigte den Kopf zur Seite. Pan wusste nicht, was er von ihr erwartete, aber dann spürte sie plötzlich den Impuls, ihm die Wahrheit zu sagen. Sie vermutete, dass er es bereits wusste, und so sah sie wenig Sinn darin, es zu verbergen. Sie war die ganzen Wortgefechte, das Hin und Her müde.

»Ich glaube nicht, dass die alte Welt wirklich nicht mehr existiert«, sagte sie. »Das wissen Sie, oder?«

Der Professor lächelte.

»Ja, sie sind mir bekannt, deine … Theorien.«

»Und?«

Goldberg stand auf und verzog dabei leicht das Gesicht.

Er sammelte seine Zettel und ein großes Notizbuch ein, klemmte sich alles unter den Arm und sah Pan noch einmal an.

»Es ist genau das, worüber ich gerade geredet habe. Du hast Ideen. Du denkst selbstständig. Wenn ich diesen Ausdruck nicht so verabscheuen würde, dann würde ich sagen, das ist ein Beispiel dafür, dass du über den Tellerrand schaust. Solche Fähigkeiten werden in der Zukunft von ungeheurem Wert sein.«

»Sie haben nicht gesagt, ob meine ›Theorien‹ zutreffen.«

Der Professor ging in Richtung Tür und redete jetzt, ohne sich umzudrehen. »Auf eine Sache kannst du jedenfalls vertrauen, Pandora. Wenn du hier weggehst, dann auf jeden Fall mit dem Ziel, eine neue Welt aufzubauen. Ich freue mich, dass du Teil dieser Welt sein wirst. Es lässt mich für die Zukunft der Menschheit hoffen.«

15.

Miss Kingston ließ sie eine große Runde über das Schulgelände laufen. Sie erklärte, die Laufbahn sei zwar ausreichend gewesen, um ein allgemeines Fitnesslevel aufzubauen, aber in den nächsten Stunden gehe es um Ausdauer. Pan freute sich, auch wenn ihre Fußsohlen noch immer schmerzten und die Aussicht auf einen Zehnkilometer-Lauf sie etwas beunruhigten. Doch dafür waren Schmerzschwellen da, sagte sie sich. Um sie zu überwinden. Nur um sicherzugehen, füllte sie sich die Hosentaschen mit Steinen. Jen beobachtete sie dabei und lächelte.

»Gerade noch Schwächling, jetzt Wonder Woman«, sagte sie. »Ich fühle mich geehrt, dass ich Zeugin dieser Entwicklung sein darf. Die sollten einen Film über dich drehen, Pandora.«

»Du kannst mich mal, Jen«, sagte Pan, aber auch sie lächelte dabei.

Sie war selbst überrascht, als sie an zweiter Stelle durchs Ziel kam, nur fünfzig Meter hinter der Siegerin. Jen, natürlich. Miss Kingston nahm sie nach der Stunde beiseite.

»Sie haben sich gut gemacht, Miss Stone«, sagte sie. »Aber es gibt noch viel zu tun. Insbesondere sollten wir an Ihrer Oberkörper-Muskulatur arbeiten. Kommen Sie morgen zu mir, ich stelle Ihnen ein persönliches Trainingsprogramm zusammen.«

Um halb fünf erklomm Pan die Treppe zum Spital: Ihre persönliche Förderstunde mit Dr. Morgan stand an. Sie musste sich an der Eingangstür eintragen und der riesige Junge aus der Schülervertretung, den sie schon kannte, stand Wache. Pan kritzelte ihren Namen auf einen Zettel und der Junge trug die Uhrzeit ein. Pan nahm an, dass er den Namen abhaken und erneut die Uhrzeit eintragen würde, wenn sie das Spital wieder verließ. Offensichtlich hatte man hier oben festgestellt, dass zum Schutz der geheimen Machenschaften erhöhte Wachsamkeit gefordert war.

Doch diesmal brach Pan die Stunde vorzeitig ab – sie gab vor, Kopfschmerzen zu haben und sich nicht konzentrieren zu können. Und tatsächlich musterte der Junge sie, als sie durch die Eingangstür ging, und notierte etwas auf seinem Clipboard. Niemand konnte ins Spital gelangen, ohne Alarm auszulösen – vor allem, weil die Treppe jetzt rund um die Uhr bewacht wurde. Aber das spielte keine Rolle. Pan hatte nicht vor, sich noch sehr viel länger in der Akademie aufzuhalten.

Jen erwartete sie vor Baracke 21, wie ausgemacht. Es war zwanzig nach sechs. Sie waren früh dran, für den Fall, dass Sams Lehrerin auf die Idee kam, die Klasse früher zu entlassen. Das war offensichtlich nicht der Fall.

Jen ballte die Hand zur Faust und deutete mit dem Daumen auf das Fenster der Hütte.

»Weben«, sagte sie. »Meinst du, wenn man sich geschickt anstellt, darf man in ›Blumengestecke für Fortgeschrittene‹ aufsteigen?«

»Du solltest nicht so sarkastisch sein.«

Jen grinste. »Ach, die schöne neue Welt«, sagte sie. »Wir bezwingen die Wildnis mit Mut, Entschlusskraft und Origami.«

»Jen …«

»Keine Sorge. Alles gut. Genau genommen …«

Die Tür der Baracke ging auf und eine Gruppe von Schülern strömte heraus. Die meisten davon waren zu Pans leichter Enttäuschung Mädchen, obwohl auch ein paar Jungs dabei waren. Einer davon war Karl. Er und Sam kamen gleichzeitig zur Tür, in ein ernsthaftes Gespräch vertieft, als Jen ihnen in den Weg trat.

»Hey, Leute«, sagte sie. »Anregendes Webstündchen?«

Sam hob die Augenbrauen und setzte zu einer Antwort an, aber dann machte sie den Mund zu und schwieg.

»Du hast doch gesagt, du könntest uns Janine Abbott zeigen«, fuhr Jen fort.

»Ach ja.« Sam sah sich um. »Da ist sie.« Sie zeigte auf eine Schülergruppe, die in Richtung Kantine aufbrach. »Hey, Janine!«, rief sie.

Eines der Mädchen hielt an und drehte sich um. Sie war klein mit langen dunklen Haaren. Wahrscheinlich nicht älter als dreizehn Jahre. Vierzehn höchstens.

Jen zog ihre Hosen hoch und lächelte. »Hi, Janine«, sagte sie. »Können wir kurz mit dir reden?«

Das Mädchen sagte nichts und lächelte auch nicht. Sie warf ihren Freunden ängstliche Blicke zu. Jen lächelte noch breiter, aber das schien Janine nicht zu beruhigen. *Jen wirkt einschüchternd,* dachte Pan. *Sogar wenn sie versucht, freundlich zu sein. Besonders, wenn sie versucht, freundlich zu sein.*

Sie gingen zu dem Mädchen hinüber, das jetzt den Blick auf seine Stiefel senkte.

»Hi, ich bin Jen. Und das ist meine Freundin Pandora.«

Janine sah von einer zur anderen. »Pandora Stone?«

»Keine Sorge«, sagte Jen. »Sie ist nicht so verrückt, wie alle behaupten, oder Pandora?«

»Nicht ganz«, sagte Pan.

»Wir dachten, du könntest uns vielleicht ein paar Fragen beantworten«, fuhr Jen fort.

Janine senkte wieder den Blick. »Um was geht es denn?«

»Was bedeutet AIS?«, fragte Pan. »Oder vielleicht war es auch ALS.«

Janine trat von einem Fuß auf den anderen. »Das ist die Australian International School«, sagte sie. »In Singapur. Da bin ich zur Schule gegangen, bevor ... ihr wisst schon.«

»Okay«, sagte Jen. »Das macht Sinn.«

»Kann ich jetzt gehen?«, fragte Janine.

»Ist schon okay«, sagte Pan. »Im Ernst. Wir zwingen dich nicht zu irgendwas, aber wir haben gedacht, du könntest uns weiterhelfen. Du kriegst keinen Ärger.«

Janine sagte nichts, aber Pans Worte schienen sie nicht wirklich zu beruhigen.

»Das klingt jetzt vielleicht komisch«, fuhr Jen fort, »aber wir würden dich gern etwas zu einem Kleid fragen, das du mal getragen hast. Ein Sommerkleid. Kurz. Nicht ganz knielang. Ich weiß nicht, welche Farbe es hat, aber es waren überall kleine Blümchen drauf.«

»Es war blau«, sagte Janine. Jetzt lag der Hauch eines Lächelns in ihrem Gesicht. Die Erinnerung tröstete sie. »Das habe ich in Sydney bekommen. Ich habe es ganz oft getragen.«

»Erinnerst du dich an ein Foto, auf dem du das Kleid getragen hast?«, fragte Pan. »Du hattest ein Eis in der Hand.«

Janines Lächeln erlosch.

»Woher weißt du von diesem Foto?«, fragte sie.

Pan und Jen sahen einander an. Sie hatten nicht besprochen, wie sie diese Frage beantworten sollten. Woher konnten sie denn von diesem Foto wissen?

»Bitte«, sagte Pan. »Wenn du dich nicht daran erinnerst, musst du dir darüber nicht den Kopf zerbrechen, oder? Wenn doch, verspreche ich dir, dass ich es dir erkläre.«

»Mein Dad hat es gemacht. In Sydney, kurz nachdem ich es gekauft hatte. Er ist mit mir in den Zoo gegangen.« Sie lächelte wieder. »Ich war zehn und Dad hat immer etwas mit mir unternommen, wenn ich das Wochenende bei ihm verbracht habe. Dad war auch derjenige, der mir Geld für das Kleid gegeben hat.«

»Noch eine Frage«, sagte Jen. »Hast du das Kleid getragen, als du gerettet worden bist? Du weißt schon, nach dem Virus.«

Janine runzelte die Stirn und einen Moment lang lag Schmerz in ihren Augen. Dann schüttelte sie fast unmerklich den Kopf, als wische sie unwillkommene Erinnerungen weg.

»Ich hatte das Kleid schon seit zwei Jahren nicht mehr an«, saget sie. »Es war mir viel zu klein. Ich glaube, meine Mutter hat es dem Roten Kreuz gespendet.«

»Hattest du dieses Foto bei dir, als du gerettet wurdest?«

»Hast du nicht gesagt, es wäre nur noch eine Frage?«

»Bitte!«

»Nein, natürlich hatte ich das Foto nicht dabei. Ich hatte es beinahe vergessen, bis du es erwähnt hast.« Janine stemmte die Hände in die Hüften. »Also, warum hast du davon angefangen?«

»Wir haben das Foto in einer Akte gesehen«, sagte Pan. Ihr fiel kein Grund ein, Janine zu belügen. »Im Spital.« Die Akademie wusste, dass sie hinter dem Einbruch steckte. Es hatte wenig Sinn, das zu verschleiern.

»Im Spital?«, fragte Janine. »Warum sollten die im Spital dieses Foto haben?«

»Tja«, sagte Jen. »Das ist die Frage aller Fragen.«

~~~

Wei-Lin stellte ihnen den neuen Jungen beim Abendessen vor. Er saß kerzengerade auf seinem Stuhl, sein Blick flackerte in alle Richtungen und er schaufelte sein Essen so schnell in den Mund, wie er nur konnte. Pan erinnerte sich an ihren eigenen ersten Abend: Sie hatte das Essen kaum angerührt. Dieser Junge hier war definitiv aus einem ganz anderen Holz geschnitzt.

»Das ist Eric«, sagte Wei-Lin. »Das neueste Mitglied unserer Gruppe.« Sie stellte alle nacheinander vor und der Junge hob jeweils grüßend die Hand. Pan hatte ihn im Spital schon gesehen, aber jetzt wirkte er irgendwie anders. Seine Haare waren immer noch leuchtend rot, seine Hautfarbe etwas gesünder. Und er bewegte sich. Er war lebendig.

Pan dachte an das Gespräch, das sie von ihrem Versteck unter dem Bett aus mitgehört hatte. *Warum jetzt?*, dachte Pan. *Aus welchem Grund haben sie ihn jetzt geweckt und ihm erlaubt, zu uns in die Akademie zu kommen?* Sie kam immer
~~~

mehr zu der Überzeugung, dass medizinische Erwägungen für die Zeitspanne, die Schüler im Spital verbrachten, keine Bedeutung hatten. Da waren ganz andere Faktoren im Spiel.

»Wenn es für euch okay ist«, sagte Wei-Lin, »dann mache ich die Einführung für Eric allein mit ihm. Ich glaube, er braucht ... Zeit, bis er seine neue Situation ganz verstanden hat. Aber Sanjit, ich wäre froh, wenn du Eric den Schlafsaal zeigen und ihm die Sache mit den Duschen erklären würdest. Du kennst dich ja aus.«

Sanjit nickte. »Hast du irgendeine besondere Begabung, Eric?«, fragte er. Dann wurde er rot. »Tut mir leid, Wei-Lin. Wahrscheinlich wolltest du das selbst mit ihm besprechen.«

Wei-Lin lächelte. »Kein Problem, Sanjit.« Sie wandte sich an den Neuen. »Hier in der Akademie wird Wert darauf gelegt, dass wir unsere persönlichen Begabungen weiterentwickeln. Bist du in irgendwas besonders gut?«

Eric hörte auf zu kauen und grinste.

»Ich?«, sagte er. »Oh ja. Zwei Sachen kann ich richtig gut.«

»Ja?«, hakte Wei-Lin nach.

»Sachen in die Luft jagen.« Eric füllte seinen Löffel wieder mit Eintopf, führte ihn an den Mund und hielt inne. »Darin bin ich sozusagen Experte.«

Schweigen.

»Und das andere?«, fragte Sanjit.

Eric grinste. »Sachen anzünden.« Er steckte den Löffel in den Mund. »Ich bin Pyromane. Ein ziemlich guter, wenn man dem Staatsanwalt in meinem letzten Verfahren glauben will.«

Niemand sagte etwas. Wei-Lin spielte mit einem Bröckchen Brot. Sie wusste offenbar nicht, wie sie auf diese Information reagieren sollte.

Jen kam ihr zu Hilfe. »Das ist ja super, Eric«, sagte sie. »Genau das, was wir in der Akademie noch gebraucht haben. Einen unzurechnungsfähigen Irren.«

Eric grinste.

»Hey, Sam«, fuhr Jen fort und deutete mit dem Löffel über den Tisch. »Ich denke darüber nach, mich in diesem Kurs einzuschreiben, den du besuchst. Du weißt schon. Die Geschichte mit dem Weben.«

Sam legte den Löffel und musterte Jen streng.

»Okay, Jen«, sagte sie. »Und?«

Jen breitete die Arme aus. »Was und?«

»Ich warte auf die Pointe.«

»Ich meine es ernst«, sagte Jen. »Ja, okay, ich habe dich vielleicht ein bisschen damit verarscht …«

»Ein bisschen?«, wiederholte Sam.

»… aber ich habe darüber nachgedacht. Darüber, dass wir unser Wissen an zukünftige Generationen weitergeben müssen. Und du hast recht. Ich meine, ich habe zum Beispiel keine Ahnung, wie das mit dem Strom funktioniert. Du drückst einfach auf einen Schalter und schon ist er da … na ja, schon war er da, genau genommen.« Jen wischte mit dem Brotrest ihre Schüssel aus. »Und das gilt für fast alles in der alten Welt. Essen? Geh doch zum Imbiss. Klamotten? Geh doch ins Einkaufszentrum. Information? Hol sie dir online. Aber jetzt ist das alles nicht mehr da und ich stelle fest, dass ich es immer für selbstverständlich gehalten habe. Keine Ahnung, wie das alles funktioniert hat. Ich hätte nicht den leisesten Schimmer, wo man das wieder herkriegen sollte. Also, ja, ich meine es ernst. Ich glaube, es wäre cool, etwas mit den eigenen Händen herzustellen.«

Sam entspannte sich ein bisschen, aber sie blieb misstrauisch.

»Ich dachte, du machst Kampfkunst«, sagte sie.

»Schon, aber das heißt ja nicht, dass ich nicht auch mal etwas anderes ausprobieren kann«, antwortete Jen. »Ich meine, ich bin auch in Metallarbeit. Warum sollte ich nicht die Zeit finden, auch mal zu weben? Ich nehme an, da lernt ihr noch ein paar andere Sachen, oder?«

»Zum Beispiel?«

»Keine Ahnung.« Jen strich sich übers Kinn. »Ihr lernt doch bestimmt auch nähen, oder? Weben, schön und gut, aber der Stoff muss dann ja erst noch zu Kleidung verarbeitet werden.«

»Ja!« Jetzt mischte sich Karl aufgeregt ein. »Wir haben Nähmaschinen. Keine elektrischen natürlich. Aber Miss Potter – das ist unsere Lehrerin – na ja, die hat ein paar alte Maschinen, die mit einem Fußpedal funktionieren. Und sie bringt uns bei, wie man sie bedient.«

Pan konnte sehen, dass Jen beinahe losplatzte und sie war bestimmt die Einzige, die einschätzen konnte, wie schwer es Jen fiel, sich zusammenzureißen. Aber sie schaffte es.

»Faszinierend«, sagte Jen.

Pan hüstelte und wandte das Gesicht von der Tischrunde ab.

»Und ich nehme an, es gibt auch jede Menge Stoff zum Üben?«

Sam übernahm von Karl.

»Ich weiß nicht, ob es jede Menge ist, aber es sind Stoffballen da, mit denen wir üben können.«

»Verschiedene Arten Stoff?«, fragte Jen.

»Klar«, sagte Karl. »Ich habe mir den Lagerraum angesehen. Da ist eine ganze Menge Stoff drin Jeansstoff, Baumwolle, Polyester.«

»Klingt großartig«, sagte Jen. »Morgen sehe ich mir das mal an. Miss Potter, ja?«

»Genau.«

»Super. Wenn der Kurs nicht gut ist, bitte ich Eric, die Baracke in die Luft zu sprengen. Oder anzuzünden.«

Eric lächelte und hob zustimmend die Hand.

~~~

Direkt nach dem Abendessen gesellte sich Pan zu Jen. »Du willst Stoff aus dem Lager von Miss Potter stehlen? Für den Drachen?«

Jen verzog den Mund.

»Man könnte es stehlen nennen, aber ich nenne es lieber ausborgen.« Sie grinste. »Im Ausborgen bin ich wirklich gut, Pandora. Das ist auch der ursprüngliche Grund dafür, dass ich im Jugendknast gelandet bin. Ich sag dir eins: Kann ja sein, dass ich eine fragwürdige Vergangenheit habe, aber gegen unseren neuen Freund Eric bin ich eine blutige Anfängerin.«

»Ja.« Pan seufzte. »Hoffen wir mal, dass er uns nicht alle in die Luft jagt, bevor wir hier rauskommen.«

~~~

Die nächste Woche verstrich ereignislos. Pan konzentrierte sich auf ihr Fitnessprogramm und versuchte, nicht ans Drachenfliegen zu denken. Sie hätte es begrüßt, wenn Jen ihr die Technik erklärt, ihr wenigstens grob vermittelt hätte, wie man es schaffte, sich in der Luft zu halten und zu steuern, aber sobald sie sich vorstellte, dass sie von der Felswand springen musste, bekam sie so große Angst, dass sie gar nicht fragen konnte. Jen würde es ihr schon rechtzeitig sagen.

Aber die Zeit verging und Pan vermutete allmählich, dass Jen den Zeitpunkt für die Flucht verschoben hatte. Sie würde doch wohl nicht wirklich davon ausgehen, dass Pan von einem Moment auf den anderen bereit war, oder? In gewisser Weise war es auch eine Erleichterung, dass ein Tag nach dem anderen verstrich und Jen nicht mehr über die Flucht redete. Es bedeutete wohl, dass der Tag der Wahrheit noch nicht unmittelbar bevorstand.

In der Zwischenzeit trainierte sie unter Anleitung von Miss Kingston die Muskulatur ihres Oberkörpers. Im Langstreckenlauf wurden ihre Zeiten immer besser und sie konnte selbst beobachten und spüren, wie gut sich die Muskeln ihrer Schenkel und Schultern entwickelten. Natürlich konnte sie noch lange nicht mit Jens durchtrainierten Körper mithalten, aber damit konnte sie leben.

An den neuen Jungen heranzukommen, erwies sich als schwierig. Er war unnatürlich guter Dinge, als belaste ihn die Nachricht vom Tod der Welt da draußen kein bisschen. *Oder als überrasche es ihn nicht,* dachte Pan. Wenn sie Wei-Lin fragte, schüttelte diese nur den Kopf und erklärte, er habe emotionalen und psychischen Schaden genommen, dass er im Laufe der Zeit vielleicht normaler reagieren würde. Pan mied Eric wann immer möglich. Etwas an ihm machte sie nervös.

Während der langen Nächte dachte sie manchmal an Nate. Immer wieder fing ihr Herz an zu rasen, wenn sie daran dachte, wie er sie angesehen hatte, an das Lächeln, das auf seinen Lippen gespielt hatte, seine kleinen Ticks. Vielleicht, ganz vielleicht, hatte er sie verraten, aber diese Erinnerungen waren zu schmerzhaft und sie blendete sie schnell aus.

Vertrau mir.

Der neue Junge mochte nicht sein, was er schien, aber sich als Pyromanen auszugeben, erschien ein bisschen krass. Vielleicht hatte die Akademie ihn in ihre Gruppe geschickt, um diese weiter zu destabilisieren. *Ich muss von hier verschwinden. Und zwar bald,* dachte sie.

So vergingen die Tage und die täglich gleichen Abläufe boten einen gewissen Trost. Pan hatte nur noch selten Albträume, nur ab und zu tauchte das Bild des Polizisten mit dem Goldzahn auf. Ihre Überzeugung, dass es sich bei dem, was ihr auf den ersten Blick wie ein Traum erschienen war, um ihre echte Erinnerung handelte, wuchs immer mehr. Wenn sie aus der Akademie entkam, würde sie ein für alle Mal eine Antwort auf diese Frage finden.

Dann, eines Nachts, erwachte Pan, weil sich eine Hand auf ihren Arm legte. Sie war blitzartig bei klarem Bewusstsein, denn sie hatte zuvor nur vor sich hingedämmert. In der Dunkelheit machte sie Jens Gesicht aus.

»Es ist so weit«, flüsterte Jen.

»Was denn?«, krächzte Pan.

Selbst in der Dunkelheit konnte sie Jens weiße Zähne erkennen, als diese lachte.

»Wir fliegen, Pandora.«

16.

Pan war überrascht von der Temperatur. Sie hatte mit Kälte gerechnet, aber die Nacht war lau und feucht und die Jacke, die sie trug, erschien ihr viel zu warm. Die Mädchen standen vor dem Sanitärgebäude, Pan war aus dem Bett gekrochen, ohne wirklich nachzudenken. Erst jetzt wurde ihr richtig klar, was Jens Worte bedeuteten.

»Was meinst du damit, wir fliegen?«, fragte sie. »Wir sind noch nicht so weit.«

»Irrtum, Pandora«, sagte Jen. »Wir sind absolut so weit. Ich habe den Rahmen für den Drachen. Ich habe den Stoff vorbereitet. Die Nacht ist warm und vom Meer her weht ein ordentlicher Wind. Bessere Bedingungen als diese bekommen wir nicht. Wir sind so weit.«

»Aber ich habe keine Ahnung, wie man so ein Ding fliegt«, protestierte Pan. »Du hast überhaupt nicht mit mir geübt. Du hast mir nicht einmal gesagt, was ich tun muss. Das ist verrückt, Jen. Ich mache das nicht.«

»Mann, krieg dich wieder ein, ja? Kein Grund zur Panik. Du hast nicht geübt, weil das gar nicht nötig ist. Ich habe alles durchgeplant.«

Pan warf einen Blick in den Nachthimmel. Der Mond war zu einem Viertel voll und von einem leichten Wolkenschleier überzogen, sodass die Sterne nur schwach funkelten. Der Duschtrakt und die Umrisse der Schlafsäle waren zu sehen, aber die Dunkelheit bot ihnen keine Deckung. Sie schlang die Arme um ihren Körper. Trotz der Wärme fröstelte sie plötzlich.

»Erklär mir das, Jen, oder ich gehe sofort wieder ins Bett.«

»Es war nie geplant, dass du alleine fliegst. Bist du wahnsinnig? Das ist hochgefährlich. Nein. Mir war immer klar, dass wir einen Tandemflug machen würden.«

»Tandem?«

»Genau. Du bist an mir festgeschnallt. Ich bin diejenige, die steuert. Du kannst einfach nur den Flug genießen. Ein Drachen, zwei Leute. Komm schon, Pandora. Es ist nicht schwierig. In früheren Zeiten haben Leute für so ein Erlebnis Geld bezahlt. Sie haben sich dabei gefilmt und so weiter. Um es mit ihren Freunden zu teilen.«

»Aber du hast gesagt, ich müsste fliegen.«

»Hey, das hast du einfach nur angenommen. Ich musste ganz sicher sein, dass du genug Mumm hast, den Versuch zu wagen. Ganz offensichtlich hast du den Mumm. Das hat mir gereicht.« Sie versetzte Pan einen Klaps auf den Rücken. »Denk doch mal nach. Warum sollte ich zwei Drachen bauen, wenn einer ausreicht? Warum sollte ich das Risiko eingehen, dass du dich umbringst? So habe ich alles unter Kontrolle, wie ich es am liebsten mag. Vertrau mir, ich weiß, was ich tue.«

Pan war hin- und hergerissen. Natürlich war sie erleichtert, dass sie sich nicht allein von der Felswand stürzen und ihr Leben einem Fetzen Stoff anvertrauen musste. Nein, mehr als erleichtert. Der Gedanke hatte sie in Panik versetzt. Der Aufschlag auf dem harten Fels. Würde man die Schmerzen noch spüren? Oder würde zwischen Flug und Tod so wenig Zeit vergehen, dass man das Ende seines Lebens gar nicht wahrnahm?

»Ich bin an dir festgeschnallt?«, fragte sie schließlich.

»Genau. Du liegst auf meinem Rücken. Ist doch super für dich, Pandora. Wenn etwas schiefläuft, dann dämpft mein Körper deinen Sturz. Andererseits, wenn wir vom Spital da oben runterfallen, wird dir das nicht viel nützen.« Jen lachte. »Ich mache nur Witze. Es wird nichts schiefgehen. Heute Nacht geht es los. Wir verschwinden von hier. Bist du so weit?«

Pan schauderte. »Nein«

»Dumm gelaufen«, sagte Jen. »Ich verschwinde nämlich, und zwar jetzt gleich. Deine Entscheidung.«

»Wo ist denn dieser Drachen?«

»Zerlegt«, sagte Jen. »Hier, ich zeige ihn dir.« Sie schwang einen Rucksack von der Schulter und öffnete ihn. Es war schwer, etwas in der Dunkelheit zu erkennen, aber Pan sah, dass Jen etwas ausrollte. »Der Stoff«, erklärte Jen. »Hey, Pandora. Ich sage dir, Miss Potter hat Wagenladungen von Material in ihrem Raum liegen. Die verschiedensten Stoffe. Jede Menge Rollen. Ich habe den perfekten Stoff gefunden, beinahe Fallschirmqualität. Man fragt sich, woher die so was haben, wo sie noch nicht mal ein Stückchen Hähnchenfleisch für uns auftreiben können. Na ja.«

»Und das hast du zurechtgeschnitten?«

»Geklaut, geschnitten, genäht. Ich bin eine Frau mit vielseitigen Begabungen.«

»Und der Rahmen?«

»Ah ja.« Jen stellte den Rucksack auf den Boden und trat zum Sanitärgebäude. Sie kletterte auf einen großen Stein, streckte die Hand aus und tastete ein, zwei Sekunden auf dem Dach herum.

»Den habe ich hier versteckt«, sagte sie. »Da hast du ihn.« Sie streckte die Hände aus und Pan trat näher. Es waren mehrere Metallstangen, insgesamt sieben oder acht, alle mit Gurten umwickelt und zusammengeschnallt.

»Das war schwieriger«, gestand Jen. »Es ist gar nicht so einfach, mit geklautem Metall aus der Werkstatt zu marschieren. Dafür habe ich mehrere Tage gebraucht.«

»Und wie hast du es geschafft?«

»Jedes einzelne Stück in mein Hosenbein gesteckt.« Jen kicherte. »Es war ein bisschen schwierig, damit normal zu gehen, aber ich habe es geschafft. Also, was meinst du, Pandora? Auf ins Abenteuer?«

Pan wollte vor allem eins: schnell zur Toilette gehen. Aber es war wohl nicht der richtige Moment, um darüber zu reden.

»Warum verschieben wir es nicht auf morgen? Damit ich mich an den Gedanken gewöhnen kann.«

»Und warum nicht heute?«

Pan trat von einem Fuß auf den anderen. Sie war anders als Jen, wurde ihr in diesem Moment klar. Jen ließ sich vom Gedanken an den Tod kein bisschen schrecken. Genau genommen schien sie nur richtig lebendig zu sein, wenn Gefahr drohte. Pan brauchte den Adrenalinschub nicht. Die Fahrt zur Insel, ihre Abenteuer auf der anderen Seite der Mauer, ihr knappes Entkommen aus dem Spital … es war genügend Aufregung für ein ganzes Leben. Aber andererseits … wie sollte es weitergehen, wenn sie sich jetzt drückte? *Ich kriege das hin,* dachte sie.

»Wie kriegen wir den ganzen Kram die Felswand hoch?«, fragte sie. »Das ist doch bestimmt schwer.«

»Wir schaffen gar nichts hoch. Nur ich. Und so schwer ist es nicht. Ich habe den Rucksack, und die Stangen binde ich zusammen und hänge sie mir über die Schulter.«

»Und wenn sie uns sehen?«

Jen stemmte eine Hand in die Hüfte, sagte aber nichts. Vielmehr musterte sie Pan mit strenger Miene.

»Okay«, sagte Pan. Ihre Stimme war kaum mehr als ein Flüstern.

Jen lachte. »Dann los.«

Pan packte Jens Arm. »Eine Minute.«

Jen grunzte verächtlich.

»Versprochen«, fuhr Pan fort. »Nur eine Minute. Da ist etwas, was ich noch erledigen muss.«

Pan wartete nicht auf eine Antwort. Sie öffnete die Tür zum Schlafsaal und ging leise zu ihrem Bett. Einige Mädchen bewegten sich im Schlaf, aber niemand wachte auf.

Wei-Lin zuckte im Schlaf zusammen, die Haare fielen ihr ins Gesicht. Pan setzte sich auf die Bettkante und sah auf ihre Freundin hinunter. *Ich darf nicht einfach so verschwinden,* dachte sie. *Nicht ohne ihr Lebewohl zu sagen.* Wie hoch war die Wahrscheinlichkeit, dass sie sich jemals wiedersehen würden? Bestenfalls sehr gering. Aber jetzt, wo sie hier war, wusste Pan nicht, was sie tun sollte. Sie wecken? Wozu, was sollte sie sagen? Ihr einen Brief schreiben? Es gab zu viel, was sie sagen wollte, und gleichzeitig war alles nicht genug. Am Ende strich sie Wei-Lin einfach nur die Haare aus dem Gesicht und beugte sich hinunter über ihr Ohr. Wei-Lin hatte ihre Ohrstöpsel drin, was die ganze Sache noch absurder machte.

»Es tut mir leid, Wei-Lin«, flüsterte Pan.

Wei-Lin ächzte und wandte sich auf die andere Seite. Pan stand auf und ging zu ihrem Nachttisch. Sie zog die Schublade auf und nahm den Notizzettel heraus. Jenen, den sie von Nate bekommen hatte. Sie nahm ihn mit an Wei-Lins Bett und faltete ihn auseinander, legte ihn auf den kahlen Nachttisch.

»Vertrau mir«, sagte sie.

Pan ging, ohne sich noch einmal umzusehen. Jen marschierte vor dem Schlafsaal auf und ab.

»Los, gehen wir«, sagte Pan.

~~~

Sie wanderten langsam in Richtung Spital, achteten aufmerksam darauf, ob jemand auf dem Gelände patrouillierte. Sie sahen niemanden. In der Ferne flackerte eine einzelne Flamme, wie ein Glühwürmchen in endlosen Weite der Nacht. Der Wächter stand oben an der Treppe. Pan wollte Jen fragen, wie sie in den Garten auf dem Dach der Welt kommen sollten, ohne ihn zu alarmieren, aber sie fürchtete sich zu sehr vor ihrer eigenen Stimme. Außerdem war sie zu sehr damit beschäftigt, sich im Geist auszumalen, was alles schiefgehen konnte. Wenn ein Wächter sie bemerkte, war das am Ende vielleicht sogar ein Glück für sie. Wenn sie die Wahl hatte, ob sie die Nacht noch einmal in jener Zelle
~~~

verbringen wollte oder in den Tod stürzte ... Nachdem sie sich etwa zehn Minuten lang ihrer Angst gewidmet hatte, konzentrierte sich Pan darauf, ihren Kopf so leer wie möglich zu machen.

Sie wusste, dass sie sich dem Fuß der Felswand näherten, als der Lichtpunkt über ihnen verschwand. Der Felsüberhang verbarg ihn. Jen wandte sich nach links, ging um den Fels herum, und Pan wurde klar, dass Jen an der Ecke hochklettern wollte, die möglichst weit von der Treppe entfernt lag. Keines der Mädchen redete ein Wort. Pan konnte nur ihren eigenen Atem hören, ausatmen, einatmen.

Endlich hielt Jen an und legte beide Handflächen gegen die Felswand. Pan trat zu ihr.

»Okay«, flüsterte Jen. »Hör gut zu, Pandora. Das ist jetzt der schwierigste Teil für jemanden mit Höhenangst, also pass gut auf. Ich habe mir diese Wand in den letzten Tagen genau angesehen und ich kann dir versichern, dass es ein leichter Anstieg ist, sogar nachts. Glaubst du mir?«

»Nein«, flüsterte Pan zurück.

»Egal. Es ist die Wahrheit. Du musst dir einfach nur Zeit nehmen. Und immer weiter nach oben klettern. Du erinnerst dich doch daran, wie wir auf der Suche nach Cara den Berg hochgeklettert sind. Das hast du problemlos geschafft, oder? Das hier ist tausendmal einfacher.«

»Damals hatten wir Seile«, stellte Pan fest.

»Ja, und wir haben sie nicht ein einziges Mal gebraucht, oder?«

»Nein.«

»Nein. Also, so läuft das ab: Du greifst mit der Hand, egal welcher. Wie es sich für dich besser anfühlt. Du findest einen Halt – einen Felsvorsprung, eine Spalte in der Wand. Irgendwas, wo du dich gut festhalten kannst. Kannst du mir so weit folgen?«

»Klar.«

»Erst wenn du ganz sicher bist, dass dein Griff hält, suchst du nach einem Halt für einen Fuß. Dasselbe Spiel. Ein Sims ist am besten, aber ein kleiner Vorsprung reicht auch. Er muss nur dein Gewicht tragen. Dann bewegst du die andere Hand, dann den anderen Fuß. Langsam, Pandora, ganz langsam. Wenn du zwei Hände und zwei Füße gesichert hast, drückst du dich hoch und suchst weiter oben einen Halt für die erste Hand. Du sicherst dich ab, dann bewegst du deinen Fuß, deine Hand und den anderen Fuß. Du hast jederzeit drei Punkte gesichert, bevor du einen loslässt. Alles klar?«

»Das wird eine Ewigkeit dauern.«

»Wird es nicht. Und außerdem haben wir Zeit. Ich gehe vor, ja? Du bleibst mir auf den Fersen. Wenn ich zu schnell bin, warte ich auf dich. Wir können das schaffen.«

»Warum gehst du vor? Als wir den Berg hochgeklettert sind, hat Nate darauf bestanden, dass ich vorgehe. Dafür hat es doch bestimmt einen Grund gegeben.«

»Gab es. Und genauso gibt es jetzt einen Grund, warum ich vorgehe.«

»Und der wäre?«

»Wenn du fällst, ziehst du mich nicht mit runter. Ich vermute, Nate fand es romantisch, in deinen Armen in den Tod zu stürzen, Pandora. Komisch, aber mir geht es nicht so. Hey, ich mag dich schon. Versteh mich nicht falsch. Aber wir sind nun mal nicht Romeo und Julia.«

Pan sah an der Felswand hoch, aber es war nicht hell genug, um Einzelheiten zu erkennen. Das Mondlicht überzog die Wand mit Schattenmustern und ihr wurde klar, dass sie sich auf ihren Tastsinn verlassen musste. Jen hängte sich das Stangenbündel um die Schulter und krallte ihre Finger in einen engen Felsspalt. Pan sah, wie sie überprüfte, ob er halten würde. Dann hob sie das rechte Bein und trat auf einen winzigen Vorsprung in der Felswand. Noch einmal verschob sie ihr Gewicht leicht, um sicherzugehen, dass der Fels hielt. Er tat es. Nach zwei Minuten war Jen schon ein paar Meter hoch. Pan holte tief Luft und trat an die Felswand heran.

Denke immer nur an die einzelne Bewegung, dachte sie. *Immer eine nach der anderen. Denk nicht an die ganze Strecke, die vor dir liegt. Vor allem denk nicht an den Abgrund unter dir.* Sie fing an zu klettern.

Anfangs war es relativ einfach. Sie folgte Jens Anweisungen genau und fand zu ihrer Erleichterung jede Menge Haltmöglichkeiten für Füße und Hände. Nur einmal drohte sie abzurutschen. Unter ihrem rechten Fuß brach ein Stück Felsen ab, als sie ihr Gewicht darauf verlagerte. Sie hörte die Steinbrocken fallen, sie schlugen klappernd gegen die Felswand, und Pan erstarrte. Das Geräusch wirkte unnatürlich laut und sie rechnete fest damit, dass es jeden, der sich in Hörweite befand, alarmierte. Aber der Moment verging und nichts geschah. *Das war dein Fehler,* dachte sie. *Du hast den Halt nicht richtig getestet. Das darf nicht noch einmal passieren.* Sie bewegte sich übertrieben vorsichtig. Nach einer Weile war ihr gar nicht mehr bewusst, dass sich Jen über ihr befand. Vielleicht war Jen schon oben angekommen und erwartete sie. Pan rief sich in Erinnerung, dass es nur eine wichtige Sache gab: die Felswand an ihrem Körper, die nächste Bewegung nach oben.

Irgendwann versuchte Pan sich auszurechnen, wie weit sie schon gekommen war. Sie war unzählige Male die Stufen zum Spital hinaufgestiegen und hatte eine intuitive Vorstellung von der Höhe der Felswand. Aber es war schwierig, ihre Erfahrung beim Hochsteigen der Stufen mit ihrem jetzigen Vorwärtskriechen an der Felswand ins Verhältnis zu setzen. Vielleicht war sie beinahe oben, vielleicht war sie erst zehn Meter weit gekommen. Aber in dem Moment, als ihr dieser Gedanke in den Kopf schoss, erstarrte sie. Ihre einzige Chance bestand darin, alles auszublenden. Aber jetzt, wo die Überlegung da war, konnte sie diese nicht mehr ignorieren. Pan versuchte, ihre rechte Hand von einer Spalte im Fels wegzubewegen, sich nach oben zu strecken, aber ihre Muskeln weigerten sich. Sie holte tief Luft und versuchte es noch einmal, aber ihre Finger krallten sich noch immer verzweifelt an ihren sicheren Halt. Ihr rechtes Bein zitterte und sie fühlte, wie sie sich in ihr Panik rührte. Pan wandte alle Willenskraft auf, um ihr Bein stillzuhalten, aber das Zittern wurde noch stärker. Sie würde abstürzen. Das wusste sie. Es war nur eine Frage der Zeit, bis ihr Körper aufgeben würde. Sie presste ihr Gesicht an den Fels und kniff die Augen zu. Tränen drängten durch ihre Wimpern.

Pan dachte an die Gelegenheiten, bei denen sie sich ihren Instinkten überlassen hatte. Der Kampf mit Jen. Der Flug mit dem Falken. Sie hatte sich in einem leeren Raum befunden, ohne jeden bewussten Gedanken. Wie konnte sie diese Kraft für sich nutzen? Jetzt fing auch ihr linkes Bein an zu zittern. Oder bildete sie sich das ein? Ihre Finger waren taub, alles Blut war aus ihnen gewichen, so verzweifelt krallte sie sich fest. Panik nagte an ihr. Bald würde sie sie ganz verschlingen. Sie wollte nach Jen rufen, aber selbst dazu würde ihre Willenskraft wohl nicht ausreichen. Sie saß an der Felswand fest, konnte weder vor noch zurück.

Pan versuchte, ihren Kopf leerzumachen, aber zu stark wirbelte die Furcht durch ihre Gedanken. Wie aus weiter Ferne nahm sie eine Bewegung über sich wahr, aber das führte nur dazu, dass sie sich noch verzweifelter festkrallte. Sie konnte nicht einmal die Augen öffnen.

»Pandora«, flüsterte Jen. »Kletter immer weiter. Du schaffst das.«

Pan war von Panik erfüllt. Ihr rechter Arm zitterte. Sie versuchte zu sprechen, aber alles, was sie zustande brachte, war ein schwaches Winseln. Die Sekunden verstrichen eine nach der anderen und jede nahm einen kleinen Teil ihrer Kraft mit. Sie spürte, wie sie sich der Verzweiflung ergab.

Später fragte sich Pan, ob dieses Gefühl der Aufgabe der Schlüssel zu dem war, was danach geschah. Vielleicht brauchte ihre Gabe einen emotionalen Ausnahmezustand, um zu funktionieren; wie bei diesen Berichten von Menschen, die plötzlich die übernatürliche Kraft aufbringen, ein Auto hochzuheben, weil sie ein eingeklemmtes Kind befreien wollen. Oder Menschen im Angesicht des Todes, die plötzlich die Ruhe finden, ihr Schicksal zu akzeptieren. Was immer es war, Pans Kopf leerte sich und Ruhe breitete sich in ihr aus. Keine Lähmung, sondern der Frieden, der damit einhergeht, dass man sich den Dingen fügt. Sie befand sich an einem Ort, an dem Angst keine Rolle mehr spielte. Das Zittern in ihren Gliedern endete und sie schlug die Augen auf. Ihr Atem wurde langsamer. Ihr Körper war nicht länger ein nur mangelhaft funktionierender Teil ihres Verstandes, sondern stand neben ihr, steuerte sein eigenes Schicksal und unterwarf sich seinen eigenen Gesetzen. Sie löste ihre rechte Hand aus dem Spalt im Fels und drückte sich mit dem linken Fuß nach oben, fand wieder Halt und klammerte sich fest. Sie gewährte ihren Fingern und Händen die Freiheit, sich selbst ihren Weg zu suchen. Ihr Geist trieb schwerelos auf einem See der Gewissheit. *Ich kann das schaffen,* dachte sie.

Pan kletterte über die obere Felskante und ließ sich auf den steinigen Boden des Gartens auf dem Dach der Welt fallen. Sie hatte keine Vorstellung davon, wie viel Zeit vergangen war, seit sie ihren Anstieg begonnen hatte, aber es spielte keine Rolle. Sie fühlte sich gut. Nein, sie fühlte sich fantastisch, lebendiger, als sie sich jemals gefühlt hatte. Sie musste sich zusammennehmen, um nicht laut zu lachen. Jen hockte sich neben sie und hielt ihren Mund an Pans Ohr.

»Wie geht es dir, Pandora?«, flüsterte sie.

Pans Schultern zuckten und Jen legte ihren Arm um sie. *Sie denkt, ich habe Angst,* dachte Pan und diesen Gedanken fand sie erst recht erheiternd. Es war schwer zu erklären und gefährlich, schließlich stand ein paar hundert Meter weiter ein Wächter und hielt Ausschau nach Eindringlingen. Aber Pan konnte sich von einem neuen Gedanken nicht mehr freimachen. *Wir sind so hoch auf die Felswand geklettert, haben mit jeder Bewegung den Tod riskiert. Und wofür? Dafür, dass wir uns wieder hinunterstürzen können.* Sie musste sich auf die Unterlippe beißen, um nicht herauszuplatzen.

Nach etwa einer Minute tätschelte Jen Pans Rücken und streckte die Hand aus. Pan ergriff sie und zog sich auf die Füße. Jen schlich auf die dunkle, hoch aufragende Silhouette des Spitals zu und Pan folgte ihr. Sie redeten kein Wort. *Wir schaffen es, dass der Wachtposten uns nicht bemerkt,* dachte Pan. *Wir können den Drachen zusammenbauen. Das ist der einfache Teil.* Die Schatten hinter dem Gebäude würden ihnen Deckung bieten. Die Mädchen setzten ihre Füße vorsichtig, um nicht auf lose Steine zu treten, die über den Boden verstreut waren. Ein- oder zweimal warf Pan einen Blick in Richtung Wachtposten. Aus der Position der Fackel zu schließen, musste er auf der obersten Stufe stehen und die Nacht war so dunkel, dass er nicht weit sehen konnte. Dennoch mussten sie davon ausgehen, dass er seinen Posten verlassen würde, um einem Geräusch auf den Grund zu gehen, deswegen ließen sie sich Zeit.

Als Jen die Wand des Spitals erreichte, hockte sie sich hin und setzte den Rucksack ab, lehnte ihn gegen die Wand des Gebäudes. Dann löste sie das Bündel Rohre von der Schulter und legte es neben den Rucksack. Sie gab Pan einen Wink.

»Du kannst im Moment nichts tun, Pandora«, flüsterte sie. »Behalte den Wachtposten im Auge, während ich das alles zusammenbaue.«

Pan nickte und trat beiseite. Sie hielt sich links von Jen, damit sie sehen konnte, was ihre Freundin da tat, und um gleichzeitig jede Bewegung des Wachtposten am anderen Ende des Gartens zu überwachen. Jen löste die Gurte, die die Rohre zusammenhielten, und nahm ein Teil nach dem anderen heraus. Das dritte Stück erzeugte ein leichtes Scheppern, als es den Boden berührte, und die beiden Mädchen erstarrten. Pan schob sich weiter vor und reckte den Hals, um die Fackel sehen zu können, die jetzt halb hinter der Wand des Spitals verborgen war. Die Flamme flackerte, aber sie bewegte sich nicht von der Stelle. Pan hielt den Daumen hoch.

Es dauerte mindestens eine Stunde, den Rahmen des Drachens zusammenzubauen, in erster Linie deswegen, weil jede Bewegung mit äußerster Vorsicht ausgeführt werden musste. Jen benutzte eine Reihe von Klammern, die mit Flügelmuttern befestigt waren, um die einzelnen Stücke zu sichern. Das erste Stück, das sie fertigstellte, war ein einfaches Dreieck. Jen legte es flach auf den Boden. Dann fügte sie zwei lange Stangen kreuzförmig zusammen. Von einem Ende gingen zwei Streben aus, die aber nicht am Kreuz befestigt waren. Als Jen zufrieden war, zog sie den Stoff aus dem Rucksack und legte ihn links vom Rahmen auf den Boden.

»Jetzt brauche ich Hilfe, Pandora«, flüsterte sie. »Siehst du die Kanäle an der oberen Stoffkante? Wir schieben die Rahmenstangen durch. Dadurch spannt sich der Stoff. Du nimmst diese Stange«, sie zeigte auf eine der abgewinkelten Streben, »heb sie vorsichtig an und ich stecke sie in den Kanal. Dann muss du die Stange einfach nur durchschieben.

Es dauerte weitere zwanzig Minuten, bis das geschafft war, aber schließlich konnte Pan den Grundaufbau des Drachens erkennen. Er war pfeilförmig, und Pan dachte kurz darüber nach, wie viel Mühe der Entwurf und die Herstellung gekostet haben musste. Wenn es funktionierte, würde sie Jen sagen, wie sehr sie ihr Können bewunderte. Wenn der Drachen nicht funktionierte, würde nicht viel Zeit bleiben, überhaupt etwas zu sagen.

Schließlich lag der Grundrahmen auf dem Boden, der Stoff spannte sich zwischen den beiden Stangen. Jen schraubte die Stangen an das Kreuz und hob das Dreieck hoch. Sie befestigte es an der Hauptstange, dort wo die beiden gekreuzten Teile sich trafen, aber Pan beobachtete, dass sie die Schraube nicht fest anzog, sondern ihr ein bisschen Spiel entlang der Hauptachse des Drachens gewährte.

Jen trat einen Schritt zurück und betrachtete ihr Werk. Sie wirkte zufrieden. Als Nächstes griff sie nach den Gurten, welche die Teile des Rahmens zusammengehalten hatten.

»Stell dich hinter mich, Pandora, und zieh diese Gurte um deinen Rücken herum. Reiche mir die Enden und ich schnalle uns zusammen. Wenn wir fliegen, hältst du dich gut am Rahmen fest – halt deine Hände außerhalb von meinen, ja? –, aber versuche, dich nicht viel zu bewegen. Achte darauf, dass dein Körper sich immer meinen Bewegungen anpasst. Als würden wir zusammen auf einem Motorrad sitzen. Lehn dich mit mir mit, versuche nicht, irgendwas auszugleichen, indem du dich in die andere Richtung lehnst.«

Pan nickte. Der Moment war gekommen, erkannte sie. Entweder würden sie in den nächsten fünfzehn Minuten aus der Akademie entkommen oder sie würden sterben. Sie nahm die Gurtenden und zog sie hinter ihrem Rücken durch. Jen nahm sie wieder in Empfang und zurrte sie fest. Zusammengeschnallt war es ein bisschen schwierig, sich vorwärtszubewegen, aber sie schafften es. *Wie in einem Dreibeinlauf,* dachte Pan und musste schon wieder ein Lachen unterdrücken.

»Wird der Wachtposten uns nicht sehen?«, flüsterte sie in Jens Ohr.

Jen wandte den Kopf. »Vielleicht. Aber dann sind wir schon weg.«

Pan legte ihre Hände auf den dreieckigen Rahmen, ein paar Zentimeter rechts und links neben Jens Hände.

»Bist du so weit?«, flüsterte Jen.

»Ziehen wir es durch«, sagte Pan.

Sie waren gerade einmal zehn Meter von der Felskante entfernt, als Jen losrannte. Jetzt passte sich Pan Jens Schritten besser an als beim langsamen Gehen. Sie waren perfekt synchronisiert. Die Kante erschien unter ihnen, bevor Pan nachdenken konnte. Sie spürte einen Moment lang lähmende Panik, dann waren sie drüber hinweg und da war nur noch der Wind in ihren Haaren und der unsichtbare Abgrund unter ihnen.

Und dann stürzten sie.

17.

Das Gefühl, sich im freien Fall zu befinden, hielt nur ein, zwei Sekunden an, aber Pan kam es wie eine Ewigkeit vor. Ihr Magen hüpfte, als die Schwerkraft einsetzte, und eine absurde Erinnerung kam ihr in den Sinn: ein Aufzug, dessen Abwärtsfahrt so schnell war, dass sie das Gefühl hatte, ihr Magen sei ein, zwei Stockwerke weiter oben zurückgeblieben. Ihre Finger umklammerten den Rahmen und sie zwang sich, die Augen offen zu halten. Falls sie jetzt sterben sollte, würde sie ihrem Schicksal in vollem Bewusstsein begegnen. Sie würde nicht die Augen zukneifen wie ein Kind, das sich vor der Dunkelheit und den darin möglicherweise verborgenen Ungeheuern fürchtete. Und in diesen wenigen Sekunden spürte sie erneut diese merkwürdige Euphorie, die sie schon an der Felswand übermannt hatte: ein herrliches Freiheitsgefühl. Diesmal lachte sie wirklich.

Und dann stellte sie fest, dass sie gar nicht mehr fielen. Sie warf einen Blick nach oben und der Stoff des Drachen lag straff aufgebläht in der Luft. Sie spähte über Jens Kopf hinweg. Es war unmöglich, ihre Position in der Dunkelheit abzuschätzen, aber sie spürte, dass sie nicht mehr an Höhe verloren, vielleicht sogar wieder aufstiegen. Jen neigte sich nach rechts und Pan passte sich der Bewegung an.

Sie flogen wirklich. Es raubte ihr beinahe den Atem. Rechts von ihr waren die Umrisse der Berge zu erkennen, die das Akademiegelände an einer Seite einrahmten. Vor ihnen lagen die Mauer, das Dorf, das Meer. Pan riskierte einen Blick über die Schulter, um abzuschätzen, wie weit sie sich vom Spital entfernt hatten. Der dunkle Umriss des Gebäudes war im fahlen Licht von Mond und Sternen gerade so zu erkennen. Sie suchte nach dem Fackelschein des Wachtpostens und konnte ihn nicht entdecken. Entweder waren sie schon zu weit weg oder der Wächter hatte sie gehört und war in diesem Moment dabei, Alarm zu schlagen.

Jen wandte den Kopf.

»Konzentrier dich, Pandora«, rief sie. Die Luft rauschte so laut, dass sie schwer zu verstehen war. »Ich fliege jetzt Kurven und versuche, mit dem Aufwind höher zu kommen. Halte deinen Körper einfach eng an meinen, ja?«

Sie und Jen segelten wie Falken, sie glitten auf der Luft dahin, ließen sich vom Wind mitreißen. Ein Teil von ihr verstand Jens Strategie. Sie versuchten, so hoch wie möglich zu kommen. Wenn sie ausreichend an Höhe gewannen, konnten sie über die Mauer bis hinunter zum Meer gleiten, der Sinkflug würde in eine sanfte Landung übergehen. Es war sinnvoll, die Mauer und das Dorf so hoch wie nur möglich zu überfliegen. Die Wachtürme waren ständig besetzt und es war durchaus möglich, dass jemand im Dorf sie gegen den helleren Nachthimmel entdecken würde. Aber niemand würde erwarten, dass sie direkt ins Dorf hineinflogen. Andererseits würde wahrscheinlich überhaupt niemand irgendeine Art von Flieger erwarten.

Jen zog an dem dreieckigen Rahmen und der Drachen flog einen engen Bogen. Pan glich die Bewegung ihres Körpers der von Jen so gut an, wie nur möglich. Es war schwierig, eine Entfernung einzuschätzen, aber sie konnte den Wind unter sich spüren und wusste, dass sie höher stiegen, wenn auch langsam. Die Luft wurde von Minute zu Minute kälter. Die Landschaft unter ihnen drehte sich und eine Weile versuchte Pan, nicht nach unten zu sehen. Davon wurde ihr übel. Lieber beobachtete sie, wie die Sterne gemächlich ihre Bahnen vor dem schwarzen Himmel zogen.

Jen steuerte auf die Mauer zu, die als durchgehende Linie in der Landschaft unter ihnen zu sehen war. Dreißig Sekunden lang hielten sie die Höhe, aber dann brach der Luftstrom in ihren Gesichter schlagartig ab und der Drachen schien einfach stehen zu bleiben. Pan spürte, wie die Schwerkraft an ihr zerrte, obwohl der Stoff des Drachen die Luft hielt und ihr Sinkflug einigermaßen sanft verlief. Mauer und Wachtürme waren nah. Sie konnte die winzigen Lichtpunkte in den sechs Türmen erkennen. Es war schwer vorstellbar, dass irgendein Mensch da unten auf seinem einsamen Posten auf die Idee kam, nach oben zu sehen, aber Pan betete trotzdem, dass keiner den Blick vom öden, leblosen Gelände der Akademie abwenden und in den Himmel sehen würde. Was würden diejenigen denken, wenn plötzlich ein schwarzer, stiller Schatten den Mond verdunkelte? Würden sie auf die Idee kommen, es der Person, der zuständigen Stelle – welche auch immer das sein mochte – zu melden?

Sie sah nach oben. Einen Moment lang verstand sie nicht richtig, was sie da sah. Es war schwer zu begreifen, hauptsächlich, weil sie es nicht wahrhaben wollte. Ein Teil des

Rahmens war sichtbar. Nur ein paar Zentimeter blankes Metall nahe der Spitze des Drachens, dort, wo die Streben auf den Hauptrahmen trafen. Der Wind trieb ihr Tränen in die Augen. Sie blinzelte sie weg und konzentrierte sich.

Ein, zwei Stiche der Naht waren aufgegangen. Pan presste sich enger an Jens Körper und schrie: »Jen. Ich glaube, wir haben ein Problem. Schau nach oben.«

Das tat Jen. Und fluchte.

»Ist schon okay«, schrie sie.

Pan fragte sich, wie das okay sein konnte. Die gesamte Stoffkuppel über ihnen konnte jeden Moment aufreißen. Was würde dann passieren? Wenn eine Seite sich löste, würde sie nichts mehr in der Luft halten. Der Drache würde keinen Auftrieb mehr haben.

Jen lachte. Pan konnte nicht sagen, ob eine gewisse Hysterie in ihrem Gelächter lag.

»Schneidern ist nicht so meine Stärke, Pandora«, rief sie. »Genau genommen war das mein erster Versuch. Aber ich habe meinen gesunden Menschenverstand benutzt. Und Unmengen von Nähgarn. Ich habe diese Säume fünffach genäht. Die halten schon.«

Die Mauer zog unter ihnen vorbei und das Dorf tauchte auf. Es waren keine Lichter zu sehen. *Wohl wenig überraschend,* dachte Pan, *es musste ungefähr vier oder fünf Uhr morgens sein.*

Mitten in Pans Gedanken drang das Geräusch von zerreißendem Stoff. Sie sah nach oben. Jetzt war auf einem halben Meter Länge die glänzende Metallstrebe zu erkennen, und während sie noch hinsah, gaben wieder ein paar Zentimeter nach. Der Stoff bespannte den Rahmen nicht mehr vollständig; vielmehr flatterte ein Zipfel im Sinkflug. Der Drachen taumelte, als er an Auftrieb einbüßte, und Jen musste sich steil nach rechts legen, um ihn im Gleichgewicht zu halten. Sie verloren in erschreckendem Tempo an Höhe und Pan spürte, wie Jens Muskeln sich anspannten, als sie sich bemühte, wenigstens einen winzigen Rest von Kontrolle aufrechtzuhalten und gegen die Schwerkraft und die Instabilität des Drachen anzukämpfen.

Es schien, als würden sie schneller sinken, als sie vorwärtskamen. Die Mauer würden sie noch überfliegen, wenn nicht der ganze Drachen auseinanderfiel. Aber sie würden vielleicht nicht über das Dorf hinauskommen. Jen kämpfte verbissen.

Sie würden abstürzen. Es war nur noch nicht klar, an welcher Stelle das geschehen würde.

Das nächste Geräusch von zerreißendem Stoff war laut und endgültig. Beinahe im selben Moment torkelte der Drachen nach links und Pan unterdrückte einen Schrei, der ihr in der Kehle saß. Sie sah wieder nach oben und wünschte im nächsten Moment, sie hätte das nicht getan. Beinahe die ganze linke Seite des Saums war aufgerissen und das Flattern des Stoffs zeigte an, dass der Auftrieb, den sie vielleicht gerade noch gehabt hatten, jetzt gegen null ging. Das Einzige, was an ihrem Drachen noch intakt war, war der Rahmen selbst.

Diesmal schloss Pan doch die Augen. Ihre einzige Chance war, das Meer zu erreichen. *Nein. Ich will nicht so sterben*, dachte sie. *Mach die Augen auf, Pandora Stone*. Ruhe überkam sie und sie sah nach unten, dann über Jens Kopf. Der Boden raste auf sie zu. Sie überflogen einen Dachgiebel, so dicht, dass Pan das Gefühl hatte, sie könnte den Schornstein mit der Hand berühren. *So darf es nicht enden,* dachte sie. *Nicht bevor ich die Antworten kenne. Sobald ich die Antworten kenne, kann ich mit allem fertigwerden. Aber nicht so.*

In den letzten Minuten war ihr Flug völlig außer Kontrolle geraten. Jen konnte nicht mehr tun, als dafür zu sorgen, dass die Spirale sie nicht ganz aus der Horizontalen beförderte, aber sie kämpfte bis zum Schluss mit aller Kraft. Wieder überflogen sie ein Haus, dann einige Holzplanken. Pan machte sich auf den Aufprall gefasst. War es besser, die Muskeln anzuspannen, oder war es sicherer, sich so locker wie möglich zu machen? Ihr Körper war steif vor Angst und sie konnte nichts dagegen tun. Undeutlich nahm sie wahr, dass sie mit den Zähnen knirschte – der Druck war in ihrem ganzen Kopf zu spüren.

Und dann schlugen sie auf.

Später hatte Pan keine Ahnung, was mit dem Drachen passiert war. Sie nahm wahr, dass sie auf die Wasseroberfläche prallte, und da war ein kurzer Überraschungsmoment – das Wasser fühlte sich so hart an. Jen hatte die Gurte, die sie beide verbanden, wohl gelöst, aber sie konnte sich an nichts erinnern. Sie hatte noch nicht einmal die Zeit gehabt, tief einzuatmen, und beinahe im selben Moment spürte sie, wie ihre Lungen nach Luft rangen. In ihren Ohren rauschte es und Lichtblitze zuckten in ihren Augen.

Dann durchstieß ihr Kopf die Wasseroberfläche und sie füllte ihre Lungen mit Luft; allerdings wurde sie im nächsten Moment von einer Welle überspült, atmete Wasser ein, hustete und spuckte und spürte, wie das Meer sie wieder überspülte. Diesmal entspannte sie ihre Muskeln, trat leicht mit den Beinen und kam wieder nach oben. Pan spuckte Wasser, atmete ein paarmal tief ein und legte sich dann auf den Rücken, ließ sich auf den Wellen treiben. Sterne sprenkelten den Himmel und Pan betrachtete sie, während sich ihr Herzschlag beruhigte. Abgesehen vom Plätschern der Wellen war es ganz still.

Als eine Hand sie packte, schrak sie wieder zusammen und trat unwillkürlich mit den Beinen aus.

»Wir haben jetzt keine Zeit, mit Gummientchen zu spielen, Pandora.« Jens Stimme war tief und entspannt. »Es kann nicht mehr lang dauern, bis es dämmert, und wir müssen noch ein Boot klauen.«

Pan drehte sich auf die Seite, aber Jens Gesicht war in der Dunkelheit nur verschwommen zu sehen.

»Ich wusste nicht, ob du nicht tot bist«, flüsterte sie.

»Sieht nicht so aus. Vielleicht können wir das später ausdiskutieren und zu irgendeinem Ergebnis kommen. Sieh mal nach links.«

Es war schwer zu erkennen, weil die Wellen ihre Sicht behinderten, aber zwischen zwei Wellenkämmen sah Pan die funkelnden Lichter der Wachttürme wie fremdartige, ferne Sonnen. Sie waren unfassbar weit entfernt. Pan wurde ganz mulmig.

»Hast du gedacht, wir knallen mitten ins Dorf, Pandora?«, flüsterte Jen. »Ich auch. Aber es sieht so aus, als wären wir höher gewesen, als wir dachten, als dieser beschissene Drachen den Geist aufgegeben hat. Wir haben Glück gehabt, aber jetzt müssen wir in die Gänge kommen. Wenn die Sonne aufgeht, hätte ich gerne schon einen gewissen Abstand zwischen uns und der Akademie.«

Pan versuchte, sich auf ihre Atmung zu konzentrieren, aber es schien nichts zu nützen.

»Ich kann nicht schnell schwimmen«, sagte sie.

»Weiß ich. Ich schwimme vor. Halt auf die Mitte zwischen diesen Lichtern zu und du kannst die Mole gar nicht verpassen. Ich halte nach dir Ausschau.«

Pan wollte protestieren. Der Gedanke, hier allein in der Dunkelheit des Meeres zurückzubleiben, erschreckte sie. Aber Jens Plan ergab Sinn. Vielleicht konnte sie ein Boot auftreiben und es bereitmachen, bis Pan ankam. Jede noch so geringe Zeitersparnis konnte den Unterschied zwischen Flucht und Gefangenschaft bedeuten. *Wenn wir diesmal erwischt werden,* dachte Pan, *bekommen wir keine zweite Chance mehr.*

»Dann geh«, flüsterte sie. »Aber sei vorsichtig.«

»Immer«, antwortete Jen. Und dann schwamm sie los.

Pan beobachtete Jens kräftigen Freistil, wie das Wasser spritzte, wenn sie mit den Beinen trat, und dann blieb sie allein in der Nacht zurück. Selbst die Geräusche, die Jen beim Schwimmen erzeugte, wurden vom Meer und der Dunkelheit verschlungen.

Pan schwamm langsam los. Ihr war sehr bewusst, dass unter ihr eine geheimnisvolle Tiefe lauerte, vor ihr eine gewaltige Strecke lag – und gleichzeitig die Aussicht, Antworten auf ihre Fragen zu finden. Den irrwitzigen Flug, der fast in einer Katastrophe geendet hatte, hatte sie schon vergessen.

Beinahe.

18.

Die Zeit hatte jede Bedeutung verloren. Pan kämpfte sich vorwärts. Sie widerstand der Versuchung, ihren Rhythmus dadurch zu brechen, dass sie beschleunigte. *Gleichmäßig,* dachte sie. *Atmen, Arme, Beine. Gleichmäßig. Denk an nichts anderes.*

Die Lichter schienen nicht näher zu kommen, auch wenn ihre Logik ihr sagte, dass das nicht sein konnte. Von Zeit zu Zeit, wenn eine höhere Welle kam, verlor sie diese wegweisenden Leuchtsignale minutenlang ganz und gar aus dem Blick, und sie kämpfte gegen die Panik an, die ihr zuflüsterte, sie sei von der Route abgekommen, sie habe gewendet und schwimme jetzt ins Nichts hinaus, bis die Erschöpfung sie übermannen und die See sie verschlingen würde. Dann aber funkelten die Lichter wieder und sie korrigierte ihren Kurs ein bisschen. *Atmen, Arme, Beine. Gleichmäßig. Denke nur an den Rhythmus deiner Bewegungen.*

Als das Dorf endlich in Sicht kam, nahte bereits die Dämmerung. Dunkle Silhouetten tauchten um sie herum auf und es dauerte einen Moment lang, bis sie verstanden hatte, dass es schaukelnde Boote waren. Pan hielt an, trat Wasser und lauschte. Hier waren mehr Geräusche: das Quietschen der Taue, wenn die See die Boote gegen die Anleger drückte, aber sie konnte nichts hören, was auf menschliche Aktivitäten hindeutete, keine Stimmen, die durch die Dunkelheit drangen. Wo war Jen? Pan wollte nicht weiterschwimmen, um sich nicht zwischen den schaukelnden Booten zu verirren. Rufen konnte sie auch nicht. Es gab nur eins: warten.

Finger umklammerten ihr Handgelenk und sie zuckte wieder zusammen. *Jen bewegt sich im Wasser genauso lautlos wie an Land,* dachte Pan. *Ich habe sie überhaupt nicht gehört.* Sie spürte einen Mund an ihrem Ohr.

»Keinen Laut«, flüsterte Jen. »Komm mir nach. Nicht plätschern.«

Pan zwang ihren Körper zu gehorchen, auch wenn ihre Knochen vor Erschöpfung bleischwer waren. Es lag weniger am Schlafmangel – das Adrenalin, das sie in den vergangenen Stunden ausgestoßen hatte, hielt diesen unter Kontrolle –, sondern daran, dass eine Anstrengung auf die andere gefolgt war. Die Kletterpartie an der Felswand unter dem Spital, der Horror des Tandemflugs, die gewaltsame Landung und jetzt das lange, mühsame Schwimmen in Richtung Küste. Pan wusste, dass sie bald am Ende ihrer Kräfte sein würde, aber sie hatte keine Wahl. Sie zwang sich dazu, weiter das Wasser zu durchpflügen, etwa einen Meter hinter Jen, die sich brustschwimmend mühelos und schnell weiterbewegte.

Die Mädchen schlängelten sich zwischen den Bootsrümpfen hindurch, die im Hafen vertäut waren. Pan schaffte es, sich an den Booten festzuhalten und sich daran weiterzuschieben; nur wenn die Boote sehr klein waren, widerstand sie dem Drang, sich an ihnen abzustoßen, weil sie fürchtete, sie allzu sehr in Bewegung zu versetzen. Sie hatte keine

Ahnung, wohin sie unterwegs waren, hoffte aber, dass sie ihr Ziel bald erreichen würden.

Endlich hielt Jen neben einem dunkel verkleideten Boot an. An seinem Bug war in geschwungenen Buchstaben ein Name eingraviert: *Abenteurer.* Jen hob die Arme, packte den Bootsrand, schwang sich hoch über die Brüstung. Das Boot neigte sich gefährlich und die gespannten Seile knarrten. Jens Hand tauchte über der Reling auf und Pan packte sie. Sie zog sich nach oben aufs Deck. Jen fing sie ab, sodass sie ganz lautlos auf dem Deck landete. Das Boot schlingerte heftig und Pan war dankbar für die Dunkelheit, die seine Bewegung vor eventuellen Beobachtern an Land verbarg.

Als Pan sich aufgerichtet hatte, stand Jen schon auf der anderen Seite des Boots. Pan konnte den stumpfen Glanz des Messers in ihrer Hand erkennen. Sie duckte sich. Ein sägendes Geräusch ertönte und sie spürte, dass sich das Boot um ein paar Grad drehte. Jen kam zu ihr zurück, reichte ihr ein kurzes Paddel und deutete auf die Seite, die den Mädchen am nächsten war. Pan nickte und kroch übers Deck, achtete darauf, mit dem Ruder nirgendwo hängen zu bleiben. Sie senkte das Ruder, bis sie den Widerstand des Wassers spürte. Dann packte sie das Ende mit der linken Hand und benutzte die Rechte zum Paddeln. Das Boot bog nach rechts ab. Sie wollte das Dorf möglichst schnell hinter sich lassen, aber gleichzeitig durften sie nicht riskieren, irgendjemanden auf den Diebstahl aufmerksam zu machen.

Nach wenigen Minuten konnte Pan erkennen, dass ihr Boot sich von den anderen entfernt hatte, auch wenn sie sich noch nicht im offenen Meer befanden. Sie sah sich um. Die flackernden Lichter der Wachtürme wirkten irgendwie unheimlich, als beobachteten böse Blicke ihre Flucht. Ein Schauer überlief Pan.

Als sie die dicht besetzte Mole hinter sich gelassen hatte, kam Jen zu ihr.

»Jetzt schneller paddeln, Pandora«, flüsterte sie. »Ich gebe uns noch zehn Minuten, dann hissen wir das Segel. Es sollte noch eine Weile dunkel bleiben, aber ich möchte vermeiden, dass jemand das Segel gegen den Himmel entdeckt.« Sie verschwand wieder auf der anderen Seite.

Pan bot all ihre Kraft auf und paddelte so kräftig, wie sie nur konnte. Sie sah wieder nach hinten: da war nur Himmel. Die kantigen Umrisse der vertäuten Boote waren nicht mehr sichtbar und der Himmel hatte sich ganz zart orange verfärbt. Sie strengte sich noch mehr an, ihr Atem kam in flachen Stößen.

Endlich kauerte Jen neben ihr.

»Okay, Pandora«, sagte sie, nicht mehr im Flüsterton, aber immer noch leise. »Ich glaube, der Abstand reicht jetzt. Wie gut kennst du dich mit Segelbooten aus?«

Pan hob das Paddel aus dem Wasser und legte es aufs Deck. Sie dehnte sich, um ihre Muskeln zu lockern.

»Segelboote? Damit kenne ich mich überhaupt nicht aus.« Sie keuchte so sehr, dass sie kaum sprechen konnte.

»Keine Ahnung, wie man ein Segel hisst?«

»Keinen Schimmer.«

»Schade.«

»Willst du mir damit sagen, Jen, dass du eine Segeljacht gestohlen hast und überhaupt nicht weißt, wie man damit umgeht?«

Jen schmunzelte. »So könnte man es zusammenfassen.«

»Warum klaust du etwas, was du nicht bedienen kannst?«

»Ich lerne sehr schnell, Pandora«, antwortete Jen. »Hilf mir mal mit dem Segel. Es kann nicht so schwierig sein, es zu hissen und damit zu steuern. Wir müssen einfach Abstand zur Akademie gewinnen, bevor die dort aufwachen und das Dorf tut, was auch immer das Dorf so tut.«

Sie verschwand in der Dunkelheit und Pan stöhnte, rappelte sich auf die Füße und folgte ihr. Ihre Kleidung klebte ihr unangenehm am Körper und sie zitterte. Nur gut, dass es nicht mehr Winter war. Etwa einen Monat früher wäre sie an Unterkühlung gestorben. Jen hatte das Segel entdeckt und versuchte, es vorne im Boot zu entfalten.

»Das wird nicht funktionieren«, sagte Pan.

»Komm schon, jetzt nimm dich mal zusammen, Pandora«, sagte Jen. »Das kann doch nicht so schwer sein.«

»Doch, kann es. Keine von uns ist jemals gesegelt.«

»Hey. Wir müssen einfach nur dieses Stückchen Stoff am Mast befestigten und dann macht der Wind seine Arbeit. Sieh mal, es hat an einem Rand solche Ösen. Die müssen doch bestimmt an diesen Draht, oder?«

»Und dann?«

»Keine Ahnung«, sagte Jen.

»Warum hast du kein Boot mit Motor gestohlen?«

»Hab ich doch. Das hier hat einen Motor.«

»Mit Zündschlüssel?«

»Nein.« Jen hob das Segeltuch hoch und musterte es mit gerunzelter Stirn. »Aber das ist kein Problem. Ich brauche keinen Zündschlüssel, wenn ich einen Motor anlassen will.« Sie grinste und Pan sah ihre Zähne blitzen. »Eins sag ich dir, Pandora. Im Jugendknast lernt man fürs Leben.«

»Warum schlagen wir uns dann mit dem Segel herum?«

Jen ließ das Stoffbündel vor ihre Füße fallen.

»Na ja, halte mich gerne für blöd, aber ich schätze, wenn wir jetzt einen Motor anwerfen, wird jeder im Dorf auf uns aufmerksam, oder? Ich wollte uns gerne weiter raus manövrieren, bevor wir das tun.«

Pan rieb sich übers Gesicht und strich sich Haarsträhnen aus den Augen. Sie sah hoch in den Himmel. Der orangefarbene Schimmer war jetzt sehr deutlich zu erkennen. Hinter der Bergkette nahte die Dämmerung.

»Na ja, halte du mich gerne für blöd«, sagte Pan, »aber in etwa einer halben Stunde wird jeder, der zufällig runter zum Hafen spaziert, zwei Mädchen sehen, die sich mit einem Segel herumschlagen. Auch das wäre ein ziemlich eindeutiges Signal, dass etwas nicht stimmt.«

Jen betrachtete das Segel vor ihren Füßen und kratzte sich am Kopf.

»Du hast recht«, gab sie zu. »Ich habe nicht die geringste Ahnung, was ich mit diesem Ding anstellen soll. Gib mir zwei Minuten. Vielleicht hört ja niemand was. Oder vielleicht hört jemand was und denkt, Fischer Joe fängt heute mal früh an zu arbeiten. Vielleicht haben wir ja Glück, Pandora.«

Sie ging in Richtung Heck. Pan faltete das Segel zusammen, so gut sie konnte. Wahrscheinlich gab es irgendwo einen speziellen Platz dafür, an dem man es ordentlich verstauen konnte, aber sie hatte keine Ahnung, wo. *Vielleicht haben wir ja Glück*. Leider konnte Pan nicht daran glauben: Nach diesem Flug mit dem Drachen hatten sie beide vermutlich das ganze Glück verbraucht, das normalerweise für ein ganzes Leben ausreichen musste.

Vom Heck her erklang ein kurzes Husten, dann erwachte der Motor knatternd zum Leben. Nach dem sanften Plätschern der Wellen gegen den Bootsrumpf war das Geräusch entsetzlich laut und Pan zuckte zusammen. Kaum vorstellbar, dass niemand sie hörte. Aber wenigstens bewegten sie sich. Sie lauschte auf Alarmrufe vom Kai oder vom Dorf selbst, aber der Motorenlärm ertränkte jedes andere Geräusch. Nach wenigen Augenblicken war auch das letzte Boot außer Sichtweite.

~~~

Die Dämmerung färbte den Horizont blutrot.

Jen stand am Steuer; sie hatte den Motor auf die höchste Stufe geschaltet, versuchte, so viel Abstand wie möglich von der Akademie zu gewinnen. Zweifellos würde ihnen jemand folgen. Ihre Abwesenheit konnte höchstens noch eine Stunde unbemerkt bleiben. Dann würde die Suche losgehen. Sehr wahrscheinlich zunächst auf dem Gelände der Akademie, dann im Dorf. Sobald jemand das fehlende Boot bemerkte, würden sie als Hauptverdächtige gelten. Im besten Fall verschafften sie sich ein paar Stunden Vorsprung – wenn sie weit genug weg waren, außerhalb des direkten Sichtfelds, würden ihre Verfolger unmöglich sagen können, wohin in der Weite des Ozeans sie verschwunden waren.

Pan und Jen hatten sich kurz abgesprochen und waren sich einig, dass sie eine Weile im Schutz der Küste entlangfahren mussten. Wenn sie gradlinig aus der Bucht hinausfuhren, waren sie vom Dorf aus eine ganze Weile zu sehen, und sobald man sie entdeckte, war das Spiel aus. Also hatte
~~~

Jen nach rechts gesteuert, sodass sie vom Bergmassiv rechts der Akademie verborgen wurden. Als die Sonne aufstieg, steuerten sie näher an die Küste.

»Wenn wir sehen, dass jemand kommt«, hatte Jen gemeint, »können wir uns vielleicht ein Versteck suchen. Irgendeinen Fluss oder eine Bucht.«

Aber sie sahen niemanden. Und an der Küste gab es keinerlei Hinweis auf Besiedlung oder irgendeine Anlegestelle. Das Land war felsig und abweisend und Jen fuhr nicht allzu dicht heran, weil sie fürchtete, es könnten Felsen unter der Wasseroberfläche aufragen. Wenn das Boot kenterte, hatten sie keine Chance, das Ufer schwimmend zu erreichen. Die Wellen waren zu gewaltig und würden sie einfach gegen die Felsen schmettern.

Pan schlüpfte in die kleine Kabine und entdeckte einige Decken. Sie zog ihre nassen Kleider aus und wickelte sich fest ein, schlang die Decke vor ihrer Brust zusammen wie einen Sarong. Dann brachte sie auch Jen eine Decke. Ihre Freundin zitterte im fahlen Sonnenlicht.

»Zieh dich um, Jen«, sagte sie. »Ich übernehme eine Weile das Steuer.«

Jen wickelte sich in die Decke und hängte ihre Kleider an den Draht, der vermutlich für das Segel gedacht war. So wie sie im Wind flatterten, würden sie bestimmt bald trocknen. Jen stellte sich wieder neben Pan und starrte hinaus aufs Meer.

»Was meinst du, wie lange sind wir schon hier draußen, Pandora?«, fragte sie.

»Ich weiß nicht. Zwei Stunden vielleicht.«

»Und kein Anzeichen dafür, dass wir verfolgt werden.

Vielleicht haben sie noch gar nicht gemerkt, dass wir weg sind.«

»Vielleicht. Vielleicht auch nicht. Aber das Meer ist groß und wir haben nur ein kleines Boot.«

Jen setzte sich mit überkreuzten Beinen aufs Deck und wickelte die Decke enger um sich.

»Es ist vernünftig, dicht vor der Küste zu bleiben, aber das können sie sich wahrscheinlich denken. Dass das für uns der logische Schritt ist. An ihrer Stelle würde ich zwei Schnellboote losschicken, eins von der Akademie aus nach rechts, eins nach links. Im Schutz der Küstenlinie fahren. So viele Verstecke abklappern wie nur möglich.«

Pan zuckte mit den Achseln. »Dagegen können wir nichts tun, Jen. Vielleicht hält unsere Glückssträhne ja noch an.«

»Willst du frühstücken?«

»Hast du Essen dabei?«

Jen lächelte. »Nein, aber unsere Glückssträhne hält tatsächlich an. Das Boot hat einen großen Wassertank und Proviant in der Kabine. Genug, um zwei Leute mindestens eine Woche lang zu ernähren, würde ich sagen. Ich nehme an, das ist Vorschrift, für den Fall, dass irgendwo in der Walachei der Motor ausfällt.« Sie stand auf und verschwand in der Kabine.

Pan hatte gar nicht darauf geachtet, wie hungrig sie war, bis Jen es erwähnte. Als ihre Freundin mit einem Päckchen Kekse und einem Krug Wasser zurückkam, verkrampfte sich ihr Magen. Innerhalb kürzester Zeit hatten sie die ganze Packung leer gegessen und das Wasser schmeckte klar, kalt und frisch. Es linderte die trockene Enge in Pans Hals.

»Es sind Konserven da«, sagte Jen. »Bohnen, Eintopf.

Und eine kleine Kombüse. Wir werden hier besser essen als in der Akademie.«

Pan drehte das Steuer leicht nach links. Eine Landzunge lag vor ihnen, eine öde Anhäufung von Felsbrocken. Sie ging ein bisschen vom Gas und steuerte weiter nach draußen.

»Ich nehme an, es ist auch Ausrüstung da«, sagte sie. »Ein Funkgerät zum Beispiel.«

»Klar«, sagte Jen und leerte ihren Wasserbecher. »Es sind Leuchtsignale und Rettungswesten da. Alles, was wir brauchen. Aber wir können das Funkgerät nicht benutzen, Pandora.«

»Wenn die Welt da draußen existiert«, sagte Pan, »dann würden ein paar Minuten mit dem Funkgerät das bestätigen.«

»Ja. Und gleichzeitig der Akademie genau verraten, wo wir uns befinden. Ich vermute, sie überwachen alle Frequenzen oder wie man das nennt, in der Hoffnung, dass wir jemanden kontaktieren. Angenommen wir schicken ein SOS oder lassen ein Leuchtsignal steigen – was glaubst du, wer uns zuerst findet?«

»Ist es nicht das Risiko wert?«

»Nein. Erst wenn wir genügend Abstand zur Akademie haben.«

Pan wollte eigentlich widersprechen, aber sie wusste, dass Jen recht hatte. Es war nur so frustrierend zu wissen, dass die Antwort auf die größte aller Fragen in greifbarer Nähe war und sie nicht einfach zugreifen und sie in Erfahrung bringen durften. Seufzend steuerte sie das Boot um die Landzunge. Jen stand auf und beschattete die Augen mit der Hand. Vor ihnen erstreckte sich die Küstenlinie in die Ferne.

Sie blieb felsig und ungastlich, aber weniger tückisch als das Gebiet, das hinter ihnen lag. In Richtung Horizont war die See weit und leer.

»Man würde annehmen, wir hätten inzwischen mal irgendein Lebenszeichen gesehen«, sagte Jen. »Ich meine, mir ist schon klar, dass die Welt ziemlich groß ist und es jede Menge unbewohnte Gebiete gibt, aber ich dachte, wir würden irgendetwas finden. Selbst wenn das Virus real ist, hätten wir inzwischen doch ein verlassenes Dorf oder eine Stadt sehen müssen.«

»In so einer Landschaft?«, fragte Pan. »Unwahrscheinlich. Außerdem, wenn du die Akademie gründen würdest, dann würdest du dich doch auch so weit wie möglich von jeder anderen Besiedlung entfernen. Ich nehme an, du würdest nicht wollen, dass irgendein Ausflügler darüber stolpert.«

»Ja. Daran habe ich gedacht. Aber ich würde sagen, das ist eher ein Argument gegen dich, Pandora.«

»Was meinst du damit?«

»Ich meine damit, dass man so etwas wie die Akademie nicht geheim halten könnte, nicht, wenn es kein Virus gibt. Hallo, Pandora? Satelliten? Google Earth? Wenn die alte Welt da draußen noch existieren würde, dann hätten sie uns mittlerweile entdeckt. Und deswegen existiert die alte Welt eben nicht mehr.«

»Das glaube ich nicht.«

»Ich bitte dich nicht, mir zu glauben. Ich weise nur auf etwas hin, das ist alles.«

»Ja, aber …«

»Leise!«

Jen stand einen Moment lang stocksteif da und lauschte. Pan schwieg, auch sie lauschte, aber sie konnte nur das Dröhnen des Bootsmotors hören und das Pochen ihres eigenen Herzens.

»Gib mir das Steuer. Sofort«, sagte Jen. Pan flitzte, ohne zu zögern, aus dem Weg. Jen gab Vollgas und schlug das Steuer stark nach rechts ein. Das Boot glitt auf die Felsen zu. Jen schien auf eine winzige Bucht zuzuhalten, nur vier oder fünf Meter breit.

Sie hatten erst die halbe Strecke zur Küste zurückgelegt, als Pan das unverwechselbare Brummen eines Helikopters hörte. In den wenigen Sekunden, die sie benötigte, um das Geräusch zu registrieren, wurde ihr auch schon klar, dass es sich sehr schnell näherte. Und dann tauchte etwas Schwarzes hinter den Felshügeln auf, verdeckte den Himmel, seine Rotoren ein verwischter Schatten, als es über ihrem Boot in der Luft hing.

19.

Mach schnell, Jen«, schrie Pan.

»So schnell ich eben kann, Pandora.« Das Boot schaukelte in den Wellen, immer heftiger, je näher sie der Küste kamen, und Pan musste auf die Knie gehen, um nicht zu fallen. Sie hielt ihren Blick in den Himmel gerichtet. Jen würde es entweder schaffen oder nicht und Pan hatte keine andere Möglichkeit, als ihr zu vertrauen. Der Hubschrauber schwebte auf der Stelle, dann kippte er nach rechts. Es war unmöglich zu erkennen, ob er sie entdeckt hatte. Dieser kurze Moment des Stillstands – hatte er sie in diesem Moment gesehen? Wendete der Hubschrauber jetzt, um sich bessere Sicht zu verschaffen?

Pan sah hoch, als etwas links an ihr vorüberglitt. Ein großer Felsen, an dem sich die Wellen brachen. Sie befanden sich jetzt dicht vor der Küste. Nur noch wenige Minuten, dann würden sie Schutz finden, aber ob der ausreichte und noch rechtzeitig kam, wusste sie nicht. Sie sah wieder hoch. Der Helikopter flog weiter an der Küste entlang. Und dann schlug eine Welle über das Boot und Pan rutschte über das glitschige Deck. Sie streckte die Hand aus und hielt sich am Mast fest, aber ihre Finger waren nass und sie drohte abzurutschen. Abrupt hörte das Boot auf zu schlingern und

Pan wagte einen Blick nach oben. Sie hatten den Felsen umfahren und befanden sich in einer kleinen Bucht mit relativ ruhigem Wasser, geschützt vor der aufgewühlten See. Jen machte den Motor aus und das Boot wurde langsamer.

»Hat dieses Ding einen Anker?«, rief Jen.

Pan stand vorsichtig auf.

»Muss irgendwo sein«, antwortete sie. »Aber ich habe keine Ahnung, wie man ihn benutzt.«

»Vielleicht brauchen wir ihn gar nicht«, sagte Jen. »Hier ist es ziemlich ruhig, und wenn es so aussieht, als würden wir gegen die Felsen gedrückt, dann stoßen wir uns von ihnen ab, mit einem Paddel oder so etwas.«

»Wenn sie uns entdeckt haben, ist das auch egal«, stellte Pan fest.

Die Mädchen gingen zum Heck und sahen in den Himmel. Das Geräusch der Hubschrauberrotoren hatte sich entfernt und der Himmel lag da wie eine leere Leinwand.

»Haben sie uns gesehen?«, fragte Jen.

»Wenn ja, dann würden sie doch bestimmt umdrehen, oder?«, fragte Pan. »Um sicherzugehen, dass wir es sind, und dann, keine Ahnung, zurückfunken oder so was. Zur Akademie zurückfliegen. Aber es sieht eher so aus, als würden sie weiter nach uns suchen.«

»Wenn der Hubschrauber überhaupt von der Akademie kommt.«

»Woher denn sonst? O Mann, ich hoffe bloß, wir verstecken uns hier nicht vor echten Bergungskräften.«

Der Rotorenlärm war verebbt. *Er kommt nicht zurück*, dachte Pan. *Das ist doch ein gutes Zeichen, oder?* Wie mochten sie vom Hubschrauber aus ausgesehen haben? Das Gebiet vor der Küste war mit vorgelagerten Felsen übersät, die über den Meeresspiegel hinausragten. Die bewegte See, das Brechen der Wellen, Felsen, die plötzlich in der Brandung verschwanden – es war bestimmt ein unübersichtliches Bild, in dem man ein kleines Boot durchaus übersehen konnte. *Wie auch immer,* dachte sie. *Wir werden es erfahren.*

»Und jetzt?«, fragte Jen.

»Welche Alternativen haben wir?«, fragte Pan.

»Hierbleiben und hoffen, dass sie uns nicht gesehen haben«, sagte Jen. »Aber dann kann uns jedes Boot, das uns verfolgt, einholen. Und solche Verstecke wie das hier überprüfen sie bestimmt. Vielleicht sitzen wir hier einfach dumm herum und warten darauf, dass wir erwischt werden.« Sie wischte sich die nassen Haare aus den Augen und zog die Decke enger um sich. »Oder wir fahren raus aufs Meer. Es ist leicht, da draußen zu verschwinden. Mann, ich habe Zeitungsberichte darüber gelesen, dass da kleine Boote tagelang getrieben und von den Rettungsflugzeugen nicht gefunden worden sind, obwohl die sie direkt überflogen haben.«

»Und der Nachteil?«

»Wir könnten direkt in ein Boot hineinrauschen, das nach uns sucht.«

Pan dachte nach, aber ihr fiel nichts ein, was sie Jens Analyse hätte hinzufügen können. Egal, was sie taten, es war riskant. Aber sie mussten eine Entscheidung treffen.

»Du willst aufs Meer rausfahren, oder Jen?«, sagte sie nach einer Minute des Schweigens.

»Wie kommst du darauf?«

»Weil du durchdrehen würdest, wenn wir einfach hierblieben. Handeln ist immer besser als Untätigkeit. Richtig?«

Jen lachte.

Es macht ihr Spaß, dachte Pan. *Sie amüsiert sich hier bestens.*

»Genau«, sagte Jen. »So würde ich mich entscheiden. Wenn wir hierbleiben, findet uns garantiert jemand. Es sind mit Sicherheit Boote unterwegs, die an der Küste nach uns suchen. Aber wir stecken beide hier drin. Du hast auch mitzureden.«

Pan musste nicht lange überlegen. Ihr war klar, dass es keine angenehme Erfahrung sein würde, stundenlang in einem auf der Stelle schaukelnden Boot zu sitzen, zusammen mit einem Mädchen, das durchdrehte, wenn es nicht aktiv werden konnte. Das erleichterte die Entscheidung. Außerdem konnte sie es nachvollziehen: Das offene Meer fühlte sich irgendwie sicherer an. Sie versuchte zu analysieren, ob dieses Gefühl ihrer Intuition entsprang oder nur der blinden Panik.

Alles wäre viel einfacher gewesen, hätte sie ihre Gabe nach Bedarf anzapfen können. Dann hätte sie vielleicht gewusst, ob die Verfolger ihnen dicht auf den Fersen waren. Sie hätte sich die Hand auf die Schläfe gelegt und dann hätte sie das Boot gesehen, das gerade um die nächste Ecke bog, hätte die Besatzung gesehen, ihre Gedanken gelesen. Aber so funktionierte es nicht. Die Intuition setzte in unvorhersehbaren Momenten ein und jetzt gerade schwieg sie. Diese vielen Ratestunden mit den Spielkarten – was hatten sie gebracht?

»Okay«, sagte Pan. »Wir warten noch mal fünf Minuten ab, bis der Hubschrauber weiter weg ist, dann sehen wir zu, dass wir hier rauskommen.«

Jen grinste.

»Fünf Minuten Untätigkeit? Das kriege ich grade noch so hin, Pandora.«

~~~

Es dauerte mehrere Stunden, bis die Landmasse, an die sie sich gehalten hatten, hinter dem Horizont verschwunden war. Jetzt war da, soweit das Auge reichte, nur noch der grenzenlose Ozean. Jen steuerte und Pan hielt die Augen offen, um jedes Zeichen von Leben über der Wasseroberfläche sofort ausmachen zu können. Aber da war nichts. Der Hubschrauber war entweder weiter an der Küste entlang geflogen oder er war über Land zur Akademie zurückgekehrt, jedenfalls war er spurlos verschwunden. Sicher, vermutete Pan, würde er nicht allzu weit die Küste hinunterfliegen? Selbst wenn ihr Verschwinden erst spät aufgefallen war und die Akademie davon ausging, dass sie in den frühen Morgenstunden losgefahren waren, hielt die Entfernung, die sie zurückgelegt haben konnten, sich in engen Grenzen. Überall, wohin sie sah, erstreckte sich die See bis zum Horizont. Der Himmel war bedeckt und dunstig, sodass dort, wo Himmel und Ozean aufeinander trafen, kaum eine Linie sichtbar war. Es fühlte sich an, als trieben sie in einer großen grauen Schüssel dahin.

Pan setzte sich neben Jen, die nach vorne starrte und sich ab und zu umsah, um die Bugwelle zu überprüfen. Dann korrigierte sie die Stellung des Steuerrads ein bisschen nach, um den Kurs zu halten.

»Weißt du, welchen Nachteil das hier noch hat?«, fragte Pan.
~~~

»Welchen?«

»Wir haben keine Ahnung, wo wir sind. Das hier könnte einfach der Pazifische Ozean sein. Wir wissen es nicht.«

»Und?«

»Und obwohl ich nicht Klassenbeste in Geographie war, weiß ich, dass es im Pazifik riesige Gebiete ohne das kleinste Fleckchen Land gibt. Wir könnten tagelang oder wochenlang fahren und nie Land sehen.«

»Du bist zu pessimistisch, Pandora.«

»Ich habe keine Lust zu verdursten, das ist alles.«

»Hey, mach dir darüber keine Gedanken. Garantiert werden wir vorher von einem Sturm versenkt.« Jen lachte. »Komm schon, wenn wir in ein paar Tagen nichts gefunden haben, schalte ich das Funkgerät ein und feuere die Leuchtsignale ab. Jemand wird uns schon finden, und wenn es die Akademie ist.« Sie gähnte, reckte sich und machte den Motor aus. »Ich weiß nicht, wie es dir geht, aber ich habe Hunger und bin müde. Warum siehst du nicht mal nach, was du zu essen machen könntest, und dann gönnen wir uns ein paar Stunden Schlaf?«

Der Gedanke an Schlaf war verlockend. Pan hatte keine Ahnung, wie lange sie schon wach waren und nur noch mit Adrenalin funktionierten. Ihr Körper und ihr Geist verlangten nach einer Ruhepause. Auch sie gähnte jetzt und ging dann nach unten in die Kabine.

Die Küche war winzig, aber praktisch eingerichtet. Pan öffnete eine Schranktür und entdeckte ein Sortiment an Suppen und Dosenfleisch. In einem anderen Schrank fand sie zwei kleine Töpfe und ein paar Plastikschüsseln und Gabeln. Sie wählte zwei Suppendosen aus und nach einigem

Herumkramen fand sie auch einen Dosenöffner. Der Herd hatte nur eine Flamme. Sie musste mit eingezogenem Kopf arbeiten, weil die Decke der Kabine so niedrig war, aber es gelang ihr, innerhalb weniger Minuten die Suppe aufzuwärmen. Dann löffelte sie das Essen in zwei Schüsseln und brachte sie hinauf an Deck. Jen war in sich zusammengesunken, mit dem Rücken gegen den Mast gelehnt, die Augen halb geschlossen. Allerdings schlug sie die Augen sofort wieder auf, als ihr der Geruch von warmem Essen in die Nase stieg.

»Ich glaube, ich habe noch nie so etwas Gutes gerochen«, sagte sie.

»Keine Ahnung, wie es schmeckt«, erwiderte Pan. »Ich habe mich nicht getraut, nach dem Verfallsdatum zu sehen.«

»Wen juckt's?« Jen schnappte sich die Schüssel. »Es könnte von mir aus auch völlig verschimmelt sein.«

Die Mädchen aßen rasch und leckten dann die Schüsseln sauber.

Sie kamen überein, abwechselnd zu schlafen. Pan bot an, die erste Wache zu übernehmen. Sie setzte sich aufrecht hin und starrte über das Meer. Ihre Augen fielen zu und sie riss sie ein paarmal wieder auf, aber dann ergab sie sich dem Schlaf. Als sie aufwachte, senkte sich schon die Nacht auf sie herab.

20.

Pan machte ein paar Aufwärmübungen. Sie hatte in einer verkrampften Haltung geschlafen und jetzt schoss ein scharfer Schmerz in ihr Genick und die rechte Schulter entlang. Der Zustand ihres restlichen Körpers war nur unwesentlich besser. Das Klettern, der Flug, das Schwimmen, all das Adrenalin hatten ihn beweglich gehalten. Aber jetzt nach ein paar Stunden Schlaf hatten sich ihre Muskeln angespannt und überall zerrte und schmerzte es. Auch Jens Bewegungen wirkten vorsichtig, als sie aufstand. Sie warf Pan einen Blick zu und schloss sich dann ihren Aufwärmübungen an.

»Ich fühle mich beschissen«, murmelte sie.

»Ich sehe bestimmt beschissen aus«, meinte Pan.

Jen kicherte. »Nur gut, dass du außer mir niemanden beeindrucken musst.«

»Und was jetzt?«, fragte Pan. Sie unterdrückte ein Stöhnen, als sie ihre Zehen berührte. »Durch die Nacht weiterfahren oder bis zum Morgen warten?«

»Keine Ahnung«, sagte Jen. »Wir haben Benzin für ein paar Tage, würde ich sagen. Ich habe einen vollen Ersatzkanister gefunden, aber ich habe keine Ahnung, wie viel unser Schätzchen hier so verbraucht, also nagle mich nicht darauf fest. Wenn es hell wird, wäre es vielleicht eine gute Idee, uns noch mal um das Segel zu kümmern. Damit wir wissen, wie es funktioniert, bevor uns das Benzin ausgeht.«

»Gut. Aber die Frage bleibt: Fahren oder treiben lassen?«

»Wenn wir weiterfahren«, fing Jen an, »stoßen wir vielleicht bald auf Land. Oder auch nicht. Wir haben einen Kompass an Bord, aber das ist keine Hilfe, wenn wir keine Ahnung haben, wo wir uns überhaupt befinden. Und es ist vielleicht keine so gute Idee, auf Land zu treffen, wenn es dunkel ist. Ich würde sagen, wir warten, bis es hell wird, und ruhen uns so gut wie möglich aus.«

»Untätigkeit, Jen?«

»Wenn man sich entschließt nichts zu tun, ist das auch schon eine Aktion.«

»Blödsinn.«

»Du hast recht. Also, was meinst du?«

Pan ging zum Bug und nahm ihre Kleider vom Draht. Sie waren von der Gischt noch feucht und das Salz hatte sie steif gemacht. Sie rollte ihre Hosen auf, um den Stoff geschmeidiger zu machen.

»Ich bin deiner Meinung. Wir bleiben hier.« Sie ließ die Decke fallen und schlüpfte in ihre Hose. Sie fühlten sich auf der Haut kratzig an und selbst noch im schwindenden Licht entdeckte sie einen großen Bluterguss auf ihrer linken Hüfte. Sie hatte keine Ahnung, wie er da hingekommen war, aber über so etwas wie Blutergüsse machte sie sich schon lange keine Gedanken mehr. »Ich möchte etwas Richtiges essen. Eine anständige Mahlzeit. Ich möchte mich so vollstopfen, dass mir schlecht wird.« Sie fand ihre Stiefel in der Kabine. Jen hatte sie hinuntergeworfen, als sie sich vor dem

Hubschrauber versteckt hatten. Aber sie zog sie nicht wieder an. Als sie versuchte, sich mit den Händen durch die Haare zu kämmen, stellte sie fest, dass sie so verfilzt und vom Salz spröde waren, dass sie es nicht schaffte.

»Okay«, sagte Jen. Sie folgte Pans Beispiel und zog sich an. »Wir sind uns einig. Ein Festessen. Vielleicht können wir so tun, als befänden wir uns auf einer luxuriösen Kreuzfahrt. Wir bräuchten nur noch irgendeinen Typen mit Waschbrettbauch und Schlips, der die Getränke serviert. Dann wäre alles super.«

»Du kannst ihn gerne haben«, sagte Pan. »Außerdem ist das immer noch wahrscheinlicher als alle deine anderen Ideen. Ein intelligentes Gespräch? Ich habe wirklich keine Lust, Selbstgespräche zu führen.«

»Du Zicke«, sagte Jen. »Super. Weißt du was, Pandora? Noch ein paar Wochen dieser Art und wir könnten anfangen, einander zu mögen.«

»Das bezweifle ich.«

»Ich auch.« Jen grinste. »Wie wär's, bereiten wir uns ein Festmahl, meine Liebe?«

~~~

Einige Stunden später hatte sich die Wolkendecke aufgelöst und die Milchstraße hatte sich wie ein durchsichtiger Schal über den Nachthimmel gelegt.

Die Mädchen hatten zwei Dosen Chili con Carne und ein kleines Päckchen Reis entdeckt und so hatte es nicht lange gedauert, bis ihr Essen fertig war. Pans Erinnerungen an solche Dinge ließen allmählich nach, aber ihr war bewusst,
~~~

dass dieses Essen hier nur der schwache Abklatsch eines richtigen Chili con Carne darstellte, wie sie es schon in Restaurants gegessen hatte. Aber es schmeckte köstlich. Später lagen sie nebeneinander auf dem Deck und betrachteten die Sterne.

»Du kennst doch auch dieses ganze Gerede, dass man den Nachthimmel ansieht und sich ganz klein vorkommt, Pandora?«, sagte Jen.

»Klar.« Pan war schon beinahe eingeschlafen.

»Ich habe das nie so empfunden«, sagte Jen. »Ich habe nachts die Sterne angesehen und gedacht, ich bin das Zentrum, alles dreht sich um mich. Ich meine das jetzt gar nicht auf eine arrogante Art. Nur… ich weiß nicht… dass ich wichtig war. Wichtig bin. Ergibt das irgendeinen Sinn?«

»Ich denke schon.«

»Aber hier draußen, wenn man all das sieht. Na ja… ich verstehe schon, was alle gemeint haben. Ich meine, wie viele Sterne sind denn da oben? Millionen und Abermillionen.«

»Eher Milliarden und Abermilliarden. Mehr als das menschliche Gehirn sich vorstellen kann.«

»Ja. Und unsere Sonne ist einfach nur einer von diesen ganz vielen Sternen, oder?«

»Wahrscheinlich.«

»Dann können wir nicht die einzigen intelligenten Wesen im Universum sein.«

Pan wälzte sich auf die Seite und sah Jen an, die den Blick auf die funkelnden Lichter über ihr gerichtet hielt.

»Ich hätte dich wirklich nicht für eine Philosophin gehalten, Jen«, sagte Pan. »Es dauert nicht mehr lange, dann redest du davon, dass wir als menschliche Rasse kleiner sind als die winzigste Mikrobe verglichen mit der Unendlichkeit von Zeit, Raum und der überwältigenden Natur des Universums.«

»Mach dich nur über mich lustig, Pandora, aber … na ja, so ist es doch wohl. Ich meine, die Akademie behauptet, wir sind erledigt. Die Menschheit ist so gut wie verschwunden. Aber was spielt das für eine Rolle? Vielleicht sind wir auch nur so eine untergegangene Spezies wie all die anderen, die schon verschwunden sind. Dinosaurier zum Beispiel. Weiter geht's. Wen juckt es schon.«

Pan ließ sie reden. Jen hatte noch nie über so etwas gesprochen.

»Dann ist unsere Welt einfach eine von vielen Welten, eine, die sich um eine unwichtige Sonne dreht«, fuhr Jen fort. »Wir halten uns vielleicht für die Größten, sind es aber nicht. Wir sind vollkommen unbedeutend. Wir sind sogar weniger als unbedeutend.«

Eine Weile schwieg Pandora. Sie wälzte sich wieder auf den Rücken und beobachtete, wie eine Sternschnuppe über den Himmel schoss. Ihr folgte eine weitere und dann noch eine.

»Vögel«, sagte sie schließlich.

»Was?«

»Vögel. Die Dinosaurier sind nicht ausgestorben. Unsere Vögel stammen von ihnen ab. Das Leben verändert sich. Es stirbt nicht aus. Die Menschen verändern sich, vielleicht mehr als jede andere Art. Die Leute werden größer, sie leben länger. Und das gerade mal in den letzten hundert Jahren oder so. Wer weiß, was sich mit der Zeit aus uns entwickeln würde? Vielleicht sind wir in noch mal hundert Jahren da oben unterwegs, besiedeln das Universum. Vielleicht ist das unsere Bestimmung.«

»Mann, Pandora.« Jen stand auf, stemmte die Hände in die Hüften und beugte sich nach hinten. »Und ich habe gedacht, ich rede hier dummes Zeug. Willst du ein Glas Wasser?«

»Bitte.«

Jen kam mit zwei Tassen zurück und setzte sich mit überkreuzten Beinen neben Pan.

»Okay«, sagte sie. »Ich habe genug philosophiert. Wahrscheinlich reicht mir das fürs ganze Leben. Reden wir über etwas anderes. Über dich zum Beispiel, Pandora.«

Pan lachte. »Was genau willst du denn wissen?«

»Ich weiß überhaupt nichts über dich, außer dass du aus Melbourne kommst. Ich tippe auf Einserschülerin und wenn du mal einen Ausrutscher auf eine Zwei hattest, brach für dich die Welt zusammen. Kommt das hin?«

»Nicht wirklich.« Pan dachte nach. Es war ihr gar nicht bewusst gewesen, aber über ihre Vergangenheit hatte sie einfach nicht mehr nachgedacht. Vielleicht ging es allen Schülern der Akademie so, aus reinem Selbstschutz. Sie mussten im Hier und Jetzt leben, weil es dazu keine Alternative gab. Jetzt, wo die Frage gestellt wurde, wünschte sie, das wäre nicht passiert. Sie erinnerte sich an sich selbst in besseren Zeiten. Ihre Freunde. Den Alltagskram. Hausaufgaben. Ihre Facebook-Seite. Danny und Mum. Sie hatte immer gedacht, der Kloß im Hals sei nur so eine Redensart, kein körperliches Gefühl. Aber ihre Kehle schnürte sich zusammen und sie bekam kaum Luft. Mum und Danny. Die kleinen Dinge. Wie ihre Mutter den Mund verzog, wenn sie sich ärgerte, ihre Angewohnheit, tonlos vor sich hin zu pfeifen, wenn sie Hausarbeit erledigte. Danny und seine Haare, die immer wild vom Kopf abstanden, egal, was ihre Mutter damit anstellte. Wie er ständig »also bitte«, sagte, dabei die Silben dramatisch in die Länge zog. *Ich möchte nicht an all das denken,* dachte sie. *Ich bin mir nicht sicher, ob ich es aushalte.*

»Alles klar bei dir, Pandora?«

Pan schüttelte den Kopf, um die Gedanken zu verscheuchen. Dann erst wurde ihr bewusst, dass ihre Bewegung auch anders verstanden werden konnte.

»Ja, geht schon. Es ist nur ... es ist schwer, über die Person nachzudenken, die ich mal war. Ich bin mir nicht sicher, ob ich sie noch kenne.«

»Warst du denn früher glücklich? Damals in der richtigen Welt?«

Pan dachte über die Frage nach. Wieder schoss eine Sternschnuppe über den Himmel und zog eine Lichtspur hinter sich her.

»Ich glaube schon. Es war mir nie so richtig klar, nehme ich an.« Sie zuckte mit den Achseln. »An mir war nie etwas Besonderes. Ich war einfach ein Schulmädchen, das gedacht hat, sie weiß ganz viel, aber in Wirklichkeit hat sie überhaupt nichts gewusst.«

»Dann hat dir die Akademie auch etwas gebracht, oder?«

Pan wandte sich ihrer Freundin zu. Sie war nicht sicher, ob die Überraschung in ihrem Gesicht zu lesen war, aber innerlich fühlte sie sich tief bewegt.

»Ja«, sagte sie. »Hat sie. Sie hat mir gezeigt, dass ich okay bin.«

»Okay?«

»Wenn alles andere wegfällt, bin ich in Ordnung. Ich mag mich und ich bin mir nicht sicher, dass das früher auch schon so war. Okay, ich weiß, viele Schüler der Akademie denken, ich bin komisch oder sogar verrückt. Aber es ist mir egal, was sie denken. Zum ersten Mal im Leben fühle ich mich eigentlich ganz wohl damit, wer ich bin.«

Jen lachte. »Du klingst allmählich wie ein Selbsthilfe-Ratgeber, Pandora. Sei bloß vorsichtig.« Sie leerte ihre Tasse und legte sich wieder auf den Rücken.

»Na dann, Jen«, sagte Pan. »Jetzt bist du an der Reihe. Raus damit. Erzähl mir von deiner Vergangenheit.«

»Na ja, die wichtigsten Dinge weißt du ja schon. Meinen Vater habe ich nie gekannt. Meine Mutter eigentlich auch kaum, obwohl sie eigentlich immer irgendwo rumhing und nervte. Kleinkriminalität, Jugendknast. Ein Leben halt, nichts Großartiges.«

»Ja, gut«, sagte Pan. »Aber was ist mit dir passiert? Ich meine, mit dir als Mensch. Wenn du in dich reinsiehst, was ist da?«

»Mann, Pandora, was willst du werden, wenn du groß bist, Psychotante? Lass mal gut sein. Wenn ich in mich selbst ›reinsehe‹« – aus den Augenwinkeln nahm Pan wahr, dass Jen mit den Fingern unsichtbare Anführungszeichen malte – »sehe ich jemanden, der sich durchschlägt. Nichts Besonderes, ein ganz normales Leben.«

»Das ist deprimierend.«

»Das ist die Realität.«

»Und was ist mit Liebe?«

Jen stöhnte. »O Mann, was soll damit sein, Pandora?«

»Warum nennst du mich nicht Pan?«

»Weil ich dich lieber Pandora nenne. Das ist schließlich dein Name.«

»Hast du jemals jemanden geliebt?«

»Ich bin müde. Ich möchte jetzt schlafen.«

»Erzähl es mir.«

Eine sehr lange Zeit dachte Pan, Jen würde nichts sagen. Sie hörte nur ihren leisen Atem und das Murmeln der See. Nach ein paar Minuten dachte sie, Jen sei eingeschlafen.

»Da war mal jemand«, sagte Jen. »Hat aber nicht funktioniert.«

»Wer war er?«

»Ich habe sie im Knast kennengelernt«, sagte Jen. »Dann wurde sie entlassen und ich blieb drin. Als ich rauskam, war sie verschwunden. Hab versucht, sie zu finden, hat nicht geklappt. Schade drum, dumme Sache. Egal.«

Pan schwieg einen Moment.

»Das tut mir leid«, sagte sie schließlich.

Pan drehte sich zur Seite und betrachtete Jens Profil. Einen Moment lang dachte sie, ihre Freundin würde weinen, aber dann wurde ihr klar, dass sie lachte. Ein hilfloses Gelächter. Jen wischte sich Tränen aus den Augenwinkeln.

»Worüber lachst du?«, fragte Pan.

»Über dich.« Jen wurde wieder von einem Lachanfall geschüttelt. Als sie wieder sprach, kamen ihr die Worte nur stoßweise über die Lippen. »Pandora Stone mit ihrer supertollen Intuition und sie hat nicht gemerkt, dass ich lesbisch bin.« Sie hustete und wischte sich noch einmal die Tränen weg, die ihr übers Gesicht liefen. »*Ich kann Dinge finden!* Tja, das hast du nicht rausgefunden und es lag dir direkt vor der Nase. Dein Gespür funktioniert in diesem Fall überhaupt nicht.«

Pan lächelte. »Ich habe nicht darüber nachgedacht.«

Jen lachte noch mehr. »Und jetzt denkst du: *O Mann, sie hat mich nackt gesehen. In der Akademie. Sogar heute, auf dem Boot. Ich hatte ja keine Ahnung! Das haut mich um.* Aber keine Sorge, du bist nicht mein Typ.«

»Ich mache mir da keine Sorgen.«

»Nein, natürlich nicht. Du bist ein braves Schulmädchen aus Melbourne. Wahrscheinlich hast du schon Referate darüber gehalten, wie schlimm Homophobie ist.«

»Ehrlich gesagt, ja, einmal.«

Jen brüllte vor Lachen. Sie setzte sich auf und hielt sich mit beiden Händen den Bauch. Als Jen sich endlich beruhigt hatte, wandte sie sich um und sah ihre Freundin an.

»Welche Note hast du gekriegt? Für das Referat?«

»Eine Eins. Ich bin mir ziemlich sicher, es war eine Eins.«

»Klar. Ein Lehrer darf doch für ein Referat über Homophobie niemals nur eine Zwei geben. Was würde er den Schülern denn damit vermitteln?«

Pan runzelte die Stirn.

»Hey«, sagte sie. »Es war ein gutes Referat, danke auch.«

»Schade, dass wir uns damals noch nicht gekannt haben. Du hättest mich als Anschauungsbeispiel mitbringen können, deine lesbische Freundin. Deine ganzen Kumpel wären vor Neid erblasst.«

Einige Minuten lang lagen sie schweigend nebeneinander, jeweils in ihre eigenen Gedanken und Erinnerungen versunken. Als Jen das Schweigen brach, war ihre Stimme schläfrig dumpf.

»Wenn die Akademie recht hat und wir diejenigen sind, die die Erde wiederbevölkern sollen, ist es schon ein bisschen ironisch, dass einige der Überlebenden homosexuell sind, findest du nicht?«

»Homosexuell sein heißt ja nicht, dass man keine Kinder haben kann«, sagte Pan. Auch sie spürte, wie ihre Gedanken langsam wegdrifteten und ihr allmählich die Augen zufielen.

»Klar«, sagte Jen. »Ich werde ganze Busladungen von Kindern haben, auch homosexuelle, sodass wir in einer oder zwei Generationen den Heteros erklären können, dass sie böse sind und nicht heiraten dürfen. Das würde mir gefallen. Ja. Acht oder neun Gören, mindestens.«

»Mann. Bist du so eine Art Masochistin?«

»Vielleicht, wenn ich wüsste, was das Wort bedeutet.«

»Soll ich dir über dieses Thema ein Referat vorbereiten?«

Aber es kam keine Antwort, nur noch der gleichmäßige Rhythmus von Jens Atem. Pan lauschte ihm eine Weile, dann fiel sie selbst in tiefen Schlaf.

~~~

Pan erwachte, weil jemand grob an ihrem Arm zerrte. Sie war sofort hellwach und, noch bevor sie es überhaupt bemerkte, stand sie auf den Füßen.

»Was denn?«, murmelte sie und wischte sich mit dem Ärmel über die Augen.

Jen stand an der Reling und starrte aufs Meer hinaus.

»Ich würde sagen, wir stecken so richtig in der Scheiße, Pandora«, sagte sie. »Sieh mal da.«
~~~

21.

Die Nacht lichtete sich, es dämmerte, aber die Sicht war schlecht. Einen Moment lang verstand Pan nicht, wovon Jen redete. Sie wischte sich wieder über die Augen und sah angestrengt in die Finsternis.

Erst als ein Blitz zuckte, setzte sich das ganze Bild zusammen. Gerade war es noch dunkel, im nächsten Moment sah die ganze Welt aus wie ein Foto, das im Blitzlicht eingefroren war. Den Bruchteil einer Sekunde lang war da ein weißer Riss im Gewebe der Welt, dann erlosch er und hinterließ nur ein brennendes Nachbild hinter den Augen.

»Es zieht in unsere Richtung«, sagte Jen, aber sie rührte sich nicht, als warte sie auf den nächsten Blitz – der auch Sekunden später folgte. Diesmal flackerte es ein Stück rechts von ihnen und dauerte lange genug, um den Himmel und die wogende See zu erkennen. Schwarze Wolken hingen über ihnen, wälzten sich langsam und bedrohlich vorwärts.

Jen löste sich aus ihrer Erstarrung und raste zum Motor. Nur wenige Sekunden später erwachte das Boot knatternd zum Leben und Jen steuerte sie in die Gegenrichtung, weg vom heraufziehenden Sturm. Pan stellte sich neben sie.

»Versuchen wir, vor ihm davonzufahren?«, fragte sie.

»Ja – es sei denn, du hast eine bessere Idee«, sagte Jen.

»Schaffen wir das denn? Sind wir schneller?«

»Du vergisst, dass ich keine Erfahrung mit dem Meer habe. Mann, ich bin bis jetzt nur ein einziges Mal auf einem Boot gefahren – auf der Fähre von Manly nach Sydney. Und um ehrlich zu sein, damals habe ich nicht so genau aufgepasst. Also, ich habe keine Ahnung, Pandora. Aber ich bezweifle es.«

Pan kletterte in Richtung Heck und sah zu, wie der Sturm sich immer mehr zusammenbraute und näher kam. Der Wind frischte auf und die feine Gischt brannte in ihren Augen. Sie brauchte einen Moment, um sich darüber klar zu werden, dass das nichts Gutes verhieß. Da wo sie stand, abgewandt von der Fahrtrichtung, hätte sie vor der Gischt geschützt sein müssen. Der Wind wehte ihr direkt ins Gesicht. Mit Rückenwind konnten sie schneller fahren, aber gleichzeitig kam der Sturm immer weiter auf sie zu. Ein weiterer Blitz schlug in die Meeresoberfläche ein, nur wenige Meter hinter ihnen. Pan hatte noch nie daran gedacht, dass Blitze ins Meer einschlagen konnten. Kochte das Wasser dort, wo sie einschlugen? Schlugen Blitze nicht vorzugsweise in alles ein, was hoch hinauf ragte? Bäume, Türme. Und was war das Einzige, das über die gleichmäßige Wasserfläche hinausragte? Die beiden Masten ihres Boots. War es möglich, die Masten umzulegen?

Hastig lief sie los, um diese Möglichkeit zu überprüfen. Das Deck schaukelte unter ihren Füßen heftiger als zuvor. Außerdem war es durch den feinen Gischtfilm auch glitschig und ihr rechter Fuß glitt aus, bevor sie Halt finden konnte. Aber sie erreichte die Masten sicher. Es schien keine

Möglichkeit zu geben, diese umzulegen, jedenfalls keine, die sie mit ihrem unerfahrenen Auge entdecken konnte. Sie schlüpfte in die Kabine und kramte darin herum, bis sie in einem Schrank orangefarbenen Rettungswesten fand. Dabei lag auch eine kleine Packung, auf die das Wort MINI-LEUCHTSIGNALE aufgedruckt war.

Mehrere Taschenlampen lagen ganz unten im Schrank auf einer kleinen Segeltuchtasche. Sie warf die Leuchtsignale und die Taschenlampen in die Tasche und zog den Reißverschluss zu.

Der Notfallsender hing an einer Wand zu ihrer Rechten. Er sah aus wie ein großes, orangefarbenes Handy, das in einer Halterung gesichert war. Die Gebrauchsanweisung war daneben aufgehängt und Pan überflog sie rasch. Dieser Notfallsender funktionierte sowohl manuell als auch automatisch. Er würde sich automatisch einschalten, wenn er Wasser berührte, aber nur, wenn man ihn von der Halterung löste. Das Gerät ließ sich auch manuell einschalten, wenn man einen gekennzeichneten Schalter drückte. Pan folgte den Anweisungen, nahm den Sender aus der Halterung und verstaute ihn in der Segeltuchtasche, die sie sich über Hals und Schultern hängte.

In den Anweisungen hatte auch gestanden, dass der Sender mit GPS ausgestattet war. Er würde ihre Position bis auf wenige Meter präzise angeben. Das Gerät würde sein Signal an Satelliten in der Erdumlaufbahn senden, diese wiederum würden die Such- und Rettungsdienste alarmieren. Ein Rettungshubschrauber oder -boot würde sie auf jeden Fall finden; wie lange das dauerte, hing allerdings davon ab, wie weit genau sie von der Zivilisation entfernt waren. Pan konnte sich nicht hundertprozentig sicher sein, ob diese Satelliten ihre Signale nicht an eine Welt senden würde, in der keiner sie mehr hören konnte.

Sie zog eine Rettungsweste über und brachte Jen die zweite.

»Zieh sie dir über«, sagte sie. »Das Gewitter kommt so schnell näher, dass wir später vielleicht keine Zeit mehr haben.«

Jen sagte nichts, aber sie überließ Pan das Steuer, während sie in die Weste schlüpfte. Dann übernahm sie das Steuerrad wieder.

»Wie lange noch, bis es uns erwischt?«, fragte sie.

»Keine Ahnung«, antwortete Pan. »Die Sicht ist bescheiden. Ich kann nicht mal sagen, wie weit es hinter uns liegt, und schon gar nicht, wie schnell es zieht. Vielleicht lässt es ja nach, bevor es uns erreicht.«

»Hältst du das für wahrscheinlich?«

»Nein. Ich versuche nur, mir selbst gut zuzureden.«

Jen wandte sich so weit um, dass sie Pan in die Augen sehen konnte. »Vielleicht solltest du doch noch das Funkgerät ausprobieren.«

»Mach ich.«

Pan hatte das Funkgerät schnell entdeckt, aber egal, wie viele Knöpfe sie drückte, wie viele Schalter sie drehte, es tat sich nichts. Sie holte tief Luft und versuchte, alles klar zu durchdenken. War da noch irgendwo ein Schalter, den sie übersehen hatte? Sie zwang sich, jeden Zentimeter des Funkgeräts genau zu überprüfen, aber da war nichts. Vielleicht hatte es nie funktioniert. Vielleicht war irgendwo ein Draht abgerissen. Egal, was sie tat, das Funkgerät war tot. Als sie auf Deck zurückkehrte, warf sie einen Blick in

Richtung Unwetter. Jetzt war es fast unmöglich, etwas zu erkennen, und der böige Wind raubte ihr den Atem. Sie gesellte sich wieder zu Jen, aber als sie redete, musste sie ihre Stimme über den heulenden Wind erheben.

»Die schlechte Nachricht oder die schlechte Nachricht?«, schrie sie.

Jen antwortete nicht.

»Ich kriege das Funkgerät nicht an«, fuhr Pan fort. »Und das Gewitter ist direkt hinter uns.« Wie um diesen Punkt zu unterstreichen dröhnte ein gewaltiger Donnerschlag und die Düsternis wich blendender Helligkeit, in der eine Regenwand sichtbar wurde.

»Verdammt, das war nah«, sagte Jen. »Irgendeine Idee, Pandora?«

Pan dachte angestrengt nach. In den tiefsten Tiefen ihrer Erinnerung wühlte sie nach irgendeiner Information, die unter solchen Umständen von Nutzen sein konnte. Das hatte sie in der Vergangenheit so oft getan, in der Schule, wenn irgendein Fakt oder ein Gedanke vielleicht nur irgendwo begraben war und sie ihn für eine Prüfung brauchte. Darin war sie immer gut gewesen: ihre Erinnerung nach brauchbaren Informationen zu durchsieben. Segeln? War es besser, gegen die Wellen zu segeln oder mit ihnen? Sie glaubte sich zu erinnern, dass es am besten war, die Wellen quer zu schneiden, anstatt zu versuchen, parallel zu ihrem Verlauf zu fahren. Aber das schien in ihrer Situation nicht hilfreich. Das Meer hatte sich in eine brodelnde Wassermasse verwandelt und es war unmöglich zu erkennen, woher die Wellen kamen. Das Boot schlingerte und sprang unter ihren Füßen. Dann plötzlich klaffte unter ihnen ein entsetzlicher

Abgrund. Pan schrie auf, als sie einen Moment lang bewegungslos direkt an der Kante verharrten. Dann siegte die Schwerkraft und sie fielen.

Einen Moment lang legte sich das Boot nach hinten, sein Bug zeigte in den Himmel. Im nächsten Augenblick kippte es nach vorn und raste in die unergründliche Tiefe. Pans Magen rutschte ihr in die Kehle und sie spürte, wieder einmal, den Rausch des freien Falls. Ein Blitz durchbrach die Dunkelheit und den peitschenden Regen und das, was sie sah, überzeugte sie davon, dass sie jeden Moment sterben würden. Der Abgrund schien unendlich tief. Der Himmel schloss sich wieder und Dunkelheit umfing sie. Pan wusste, dass der Aufprall kurz bevorstand, aber sie konnte nicht genau sehen, wie weit es noch war. In den letzten Schrecksekunden klammerte sie sich an irgendetwas fest, was sie gerade greifen konnte: an einer ins Deck eingeschlagenen Klampe. Pan schloss die Augen und wartete ab.

Der Schlag ging durch ihren ganzen Körper. Über dem heulenden Wind und dem markerschütternden Aufprall wurde ihr bewusst, dass die Welt sich drehte und drehte. Wasser war das einzige Element. Ihr Mund war voller Wasser und sie hatte kein Gespür mehr für oben und unten, keine Ahnung, wo sie sich befand. Dann kehrte sich dieses Gefühl um, als die Strömung sie mitriss und immer weiter nach oben zog. Wellen überspülten sie, überall um sie herum war nur Wasser, keine Möglichkeit, Atem zu schöpfen. Ihr Körper reagierte nur noch instinktiv – ihre Lungen verschlossen sich gegen das Wasser, ihre Hand umklammerte ihr Rettungsseil. Nichts hätte ihren Griff lösen können.

Und dann, so plötzlich wie es begonnen hatte, spie der Sturm sie aus. Sie röchelte, kämpfte um Sauerstoff und es gab welchen. Dankbar saugte sie Luft in ihre schmerzenden Lungen, dann wurde sie von einer weiteren Welle überspült und verschloss ihre Kehle. Sie machte den Versuch, die Augen zu öffnen, aber es war nichts zu sehen, nur Wände aus Wasser. Sie glaubte, ein neuer Blitz habe irgendwo rechts von ihr eingeschlagen, aber sie war sich nicht ganz sicher.

Die nächste Atempause dauerte etwas länger. Diesmal atmete Pan ruhig ein, aus, kämpfte gegen den Drang, die Luft gierig in sich einzusaugen. Irgendwie war ihr klar: Wenn sie jetzt die Kontrolle verlor, war das das Ende. Ihr Kopf hatte wieder die Kontrolle übernommen, allerdings konnte sie nicht sagen, wie lange das gutgehen würde. Eine weitere Serie von Wellen wie die letzte würde das Ende bedeuten. Wenn es so kam, würde sie ihren Tod dankbar annehmen. Sie würde ihren Griff lockern und der See gestatten, sie mitzureißen. Es würde eine Erleichterung sein.

Das Boot kämpfte darum, sich zu stabilisieren. Es hüpfte, drehte sich um sich selbst. Pan hielt die Augen so lange offen, wie ihr Kopf es zuließ. Die kreisende Welt, halb chaotischer Himmel, halb wogendes Wasser, verwirrte ihre Sinne. Sie fand keinen Bezugspunkt und ihr Kopf rebellierte gegen diese Tatsache. Irgendwann nahm sie verschwommen wahr, dass sie sich übergab, aber es spielte keine Rolle. Nichts spielte eine Rolle.

Und dann, ohne Vorwarnung, erlangte Pan die Kontrolle über ihren Körper und ihren Verstand zurück. Sie hielt Ausschau nach Jen, blinzelte gegen die wütende Gischt und versuchte, etwas zu erkennen, das ihr verriet, wo ihre Freundin sich befand. Das Erste, was sie deutlich erkennen konnte, war das Steuerrad des Boots, das hilflos herumwirbelte. Jen stand nicht am Steuer. Pan versuchte, auf die Füße zu kommen, aber eine weitere Welle warf sie um und wirbelte sie über Deck.

»Verdammte Scheiße!«, schrie sie. Als sie diesmal aufstand, fanden ihre Füße Halt auf dem Deck und sie konnte etwas sehen.

Keine Spur von Jen. Pan wandte den Kopf, gerade als ein weiterer Blitz die Welt weiß umrahmte. Das Deck war leer, ein reißender Strom überspülte die Planken, ertränkte alles.

»JEN!«, schrie sie und musste husten. Keine Antwort.

Pan taumelte zum Steuerrad und packte es, mehr, um sich selbst zu stützen, als in einem Versuch, das Boot unter Kontrolle zu bringen. Sie wusste, dass es sinnlos war. Es – sie selbst – war dem Wind, dem Himmel, der See hilflos ausgeliefert, aber immerhin konnte sie sich auf diese Weise kurz stabilisieren. Sie vermutete, dass das nur von kurzer Dauer sein würde.

Es war ein Wunder, dass sie überhaupt etwas sah. Etwas orangefarbenes blitzte auf, ein Fetzen Stoff seitlich des Boots, das wieder verschwand, sobald sie es fixieren konnte. Pan schüttelte den Kopf und da war es wieder, tauchte mit der Neigung des Boots in ihrem Sichtfeld auf und verschwand erneut. Sie ließ das Steuerrad los und im selben Moment brachte sie das Schlingern des Boots aus dem Gleichgewicht und sie stolperte gegen die Reling. Dann ebbte die Welle ab und sie richtete sich auf. Da war etwas an der Reling. Ein kleiner weißer Punkt.

Pan kroch über das Deck. Es war eine Hand, steif umklammerte sie das glitzernde Messing der Reling. Pan kämpfte sich vorwärts und sah über den Bootsrand. Ein Gesicht sah aus der Dunkelheit zu ihr auf, aber es war ein Gesicht, das sie nicht erkannte. Ein blasses Gesicht, eine Totenmaske, mit geschlossenen Augen, die sich weiß von der See abhob. Und dann sah sie die Rettungsweste, die sich an einer Stahlklampe verfangen hatte. Pan packte die Hand und hielt sie fest, so gut sie nur konnte.

»Jen!«, schrie sie, aber Jens Gesicht reagierte nicht, ihre Augen blieben hartnäckig geschlossen. Pan versuchte zu ziehen, aber sie hatte keinen Halt unter den Füßen. Sie musste sich mit den Füßen gegen etwas stemmen und dann mit ihrem ganzen Gewicht ziehen. Pan drehte sich um und hoffte, dass nicht eine weitere Welle das Boot treffen würde. Ihr war klar: Sollte das passieren, würde ihre Kraft sofort nachlassen. Es war ein Wunder, dass sich Jens Rettungsweste an der Seite des Boots verfangen hatte. Aber die Zeit wurde knapp.

Pan rappelte sich auf die Knie. Unter ihren Fingern fühlte sich Jens Handgelenk wächsern und kalt an. Leblos.

»Komm schon, Jen«, schrie sie. »Du schaffst das!«

Immer neue Wellen krachten gegen den Bootsrumpf, überfluteten das Deck, verwandelten es in einen brodelnden See, und es war schwer, irgendwo Halt zu finden, besonders barfuß mit vor Kälte steifen Zehen, die versuchten, sich in das harte Holz zu stemmen. Jedes Mal, wenn sie dachte, sie habe jetzt Halt gefunden, brach eine neue Welle über das Deck und ihre Füße glitten wieder aus. Aber nach und nach schaffte sie es, sich aufzurichten. Jens eigenes Gewicht zog ihr die Rettungsweste von den Schultern. Schon war ihr Gesicht zum Teil von der Weste verdeckt. Früher oder später würde sie herausrutschen. Dann würde Jen für immer im Meer verschwinden. Sie würde mit den Wellen herumwirbeln, den Kräften des Ozeans ausgeliefert.

Pan biss die Zähne zusammen und zog mit aller Kraft. Jen war kein zartes Mädchen. Ihr Körper bestand größtenteils aus Muskeln und ihre Kleider waren durchnässt und erhöhten ihr Gewicht. Pan ignorierte die Schmerzen. Sie änderte ihre Position, griff mit dem anderen Arm nach unten, packte Jens Rettungsweste und zerrte. Irgendwie gelang es ihr, Jen auf die Höhe der Reling zu heben. Pan spreizte ihre Knie weiter, ließ Jens Hand los, griff rasch über die Reling und packte die durchnässte Kleidung im Genick ihrer Freundin. Pan holte ein paarmal tief Luft und bot dann all ihre verbliebenden Kräfte auf. Jens Gesicht, die Augen noch immer geschlossen, rutschte Stück für Stück über die Reling. Pan packte ihren Hosenbund. Jetzt wurde es einfacher. Aber nicht wirklich einfach. Immer noch erforderte es enorme Willenskraft, aber sie hievte Jens Körper über die Reling und ließ ihn aufs Deck plumpsen, wie einen merkwürdig leblosen Fang, der ihr ins Netz gegangen war.

Pan wusste, dass sie sich noch nicht ausruhen konnte. Eine weitere Welle konnte sie beide jederzeit über Bord spülen, und diesmal hätte sie keine Reserven mehr, auf die sie zurückgreifen konnte. Sie zerrte Jen in die Mitte des Boots, dachte daran, sie in die kleine Kabine zu bringen, aber ein kurzer Blick verriet ihr, dass der kleine Raum fast vollständig unter Wasser stand. *Ich brauche ein Seil,* dachte sie, *um uns beide an irgendetwas im Boot festzubinden, an den Mast wahrscheinlich. Wir sind sonst zu verletzlich.* Aber sie wusste nicht, wo das Seil aufbewahrt wurde. Es befand sich mit Sicherheit welches an Bord, vermutlich in irgendeinem Fach in der Kabine. Sie verfluchte sich dafür, dass sie nicht früher daran gedacht hatte.

Wenigstens lag das Boot jetzt einigermaßen stabil. Es hüpfte und buckelte noch immer und der Regen peitschte Pan weiterhin ins Gesicht, aber immerhin überspülten keine weiteren Riesenwellen das Deck. Ihr fiel auf, dass sie seit Minuten keinen Blitz mehr gesehen hatte. War es zu viel verlangt, zu hoffen, dass der Sturm vorbeigezogen war? Es blieb keine Zeit, darüber nachzudenken.

Sie drehte Jen auf den Rücken und wischte ihr eine Haarsträhne aus dem Gesicht. Jen reagierte nicht. Pan fühlte nach ihrem Puls, aber mit vor Kälte steifen Fingern und im durchgehenden Trommeln des Regens war es unmöglich auszumachen, ob sie ihn fühlte. Aber sie glaubte, überhaupt nichts fühlen zu können. *Atemwege freimachen,* dachte sie. Sie öffnete Jens Mund und legte ihren Kopf auf die Seite. Ein feines Rinnsal tropfte auf Deck, aber wieder war es schwer zu sagen, ob es aus Jens Kehle stammte oder aus einer anderen Quelle. Wasser war überall. Pan klopfte Jens Rücken und drehte sie wieder um. Sie handelte instinktiv. Sie hielt Jen die Nase zu und blies in ihren offenen Mund, lange, langsame Atemzüge, die Jens Brustkorb hoben. Nach zwei, drei Atemzügen nahm Pan ihren Mund wieder weg und presste mit dem Handballen gegen Jens Brustbein. Sie legte ihre andere Hand über die erste und drückte mit ihrem ganzen Gewicht zu, wieder und wieder und wieder.

Pan holte Luft, um Jen erneut zu beatmen, als der Körper

ihrer Freundin unter ihr zuckte, sie beinahe abwarf. Jens Gesicht verzog sich und ein Wasserstrahl sprang aus ihrem Mund. Jen hustete heftig und weiteres Wasser strömte heraus. Pan nahm ihr Bein weg – ihr war gar nicht bewusst gewesen, dass sie auf Jens Körper gesessen hatte – und drehte ihre Freundin schnell auf die Seite. Jen hustete weiter, immer heftiger, als versuche ihr Körper, sie entzweizureißen. Endlich flaute der Husten ab und Pan hörte tiefe, verzweifelte Atemzüge. Jen rang nach Luft. Sie hielt ihre Hand und wartete.

Jen krümmte sich zusammen und noch einmal wurde sie von einem Hustenanfall geschüttelt. Dann wandte sie den Kopf und sah Pan in die Augen.

»Ich habe doch gesagt, dass du nicht mein Typ bist, meine Liebe.« Ihre Stimme war rau und schwach. »Du hast die Situation doch hoffentlich nicht ausgenutzt.«

Pan wäre am liebsten in Tränen ausgebrochen, aber stattdessen lächelte sie. »Du träumst wohl, meine Liebe«, flüsterte sie.

Sie spürte den warmen Druck, als Jen ihre Hand presste.

22.

Pan und Jen lagen gefühlt stundenlang auf dem Deck und warteten darauf, dass die Ausläufer des Sturms vorüberzogen. Sie fühlten sich so ausgelaugt, dass sie noch nicht einmal redeten.

Die Welt war immer noch von Lärm erfüllt, aber von Minute zu Minute wurde es ruhiger. Der Regen verebbte zu einem gleichmäßigen Zischen, der Wind ließ nach und sie hatten schon seit einer ganzen Weile keinen Donnerschlag mehr gehört. Das Boot unter ihrem Rücken schlingerte und hüpfte, aber allmählich wurde es ein bisschen zahmer. Zuerst konnten sie vom Himmel nur eine graue, vom Regen gestreifte Ecke sehen. Aber nach und nach lösten sich die Wolken auf und einzelne Sonnenstrahlen sickerten hindurch. Die Mädchen warteten weiter ab, die Finger ineinander geschlungen.

»Sollen wir uns mal ansehen, wie tief wir wirklich in der Scheiße stecken, Pandora?«

»Ich traue mich gar nicht nachzusehen.«

»Ja. Ich mich auch nicht.«

Langsam rappelten sie sich auf die Füße. Pan wurde übel und einen Moment lang schaukelte die Welt. Dann stabilisierte sie sich und zwang ihre Augen sich zu fokussieren.

Auf den ersten Blick sah es so aus, als habe das Boot die Sache ganz gut überstanden. Beide Masten waren intakt und das grenzte schon an ein Wunder. Die Kräfte, die sich auf den kleinen Kahn entladen hatten, mussten gewaltig gewesen sein, aber offensichtlich hielt er noch durch. Erst als sie die Kabine überprüften, wurde Pan klar, dass ihr Optimismus verfrüht gewesen war. Das Wasser stand beinahe bis hoch zum Deck und die Küche befand sich vollständig unter Wasser. Selbst wenn ein paar Konserven überdauert hatten, besaßen sie nicht mehr die Möglichkeit, Essen zu kochen. Aber kaltes Essen war besser als nichts. Die Wasservorräte waren da eine ganz andere Sache. Irgendwo unter diesem Meerwasser befand sich der Kanister und Pan konnte nur hoffen, dass er fest zugeschraubt war. Sie konnten tagelang ohne Essen überleben, aber ohne Wasser war ihre Situation katastrophal. Einige Gegenstände schwammen auf der grauen, schäumenden Oberfläche, aber Pan stellte fest, dass ihre Stiefel nicht darunter waren. Aber wenn sie das alles lebend überstanden, war fehlendes Schuhwerk kein Problem.

»Totales Chaos«, sagte sie.

»Ja«, sagte Jen. »Aber die entscheidende Frage ist, ob all das Wasser nur das ist, was die See gerade über uns gekippt hat, oder ob wir durch diese ganze Sache ein Leck haben.«

Pan trat an die Reling des Boots und sah nach. Zweifellos lagen sie tiefer im Wasser als vor dem Sturm. Das Meer wirkte viel näher. Konnte das Gewicht in der Kabine zu so viel Verdrängung führen? Es war schwer zu sagen. Sie ging wieder zu Jen.

»Es gibt nur eine Möglichkeit, das herauszufinden«, sagte sie. »Wir sollten anfangen zu schöpfen.«

»Ich sehe mal nach, ob ich einen Eimer finde oder zwei Töpfe«, sagte Jen. Sie tastete mit dem Bein unter der Wasseroberfläche der Kabine. Dann holte sie tief Luft und tauchte den Kopf ins Wasser. Nur wenige Sekunden lang war sie verschwunden, dann tauchte sie mit einem hohen Topf wieder auf. Sie reichte ihn Pan und tauchte noch einmal. Diesmal fand sie eine flache Bratpfanne.

»Hier ist nicht viel Platz«, sagte sie. »Wir stehen einander im Weg, wenn wir beide schöpfen wollen. Du bleibst hier und ich reiche dir die Töpfe. Es hat keinen Sinn, das Wasser über Bord zu gießen. Kipp es aufs Deck und ich gehe davon aus, dass die Schwerkraft den Rest erledigt. Aber pass auf, dass es nicht zurückfließt.«

Zunächst ging die Arbeit schleppend voran, dann aber fanden sie ihren Rhythmus. Jen füllte einen der Töpfe und ließ ihn über Deck zu Pan gleiten, die ihn so dicht am Rand des Boots auskippte wie nur möglich. In der Zwischenzeit ließ sie den anderen Behälter wieder zu Jen rutschen. Nach zehn Minuten hatten sie den Dreh raus, aber der Wasserstand in der Kabine schien kaum zu sinken, wenn überhaupt.

»Funktioniert es?«, rief Pan.

»Wenn ja, dann verdammt langsam«, sagte Jen. »Ich denke, in etwa einer Stunde wissen wir mehr.«

Danach redeten sie überhaupt nicht mehr, sondern reichten sich nur noch die Töpfe hin und her. Jen hielt einen Moment inne und ritzte mit ihrem Messer auf aktueller Wasserhöhe eine Markierung in die Kabinenwand. An ihr konnten sie ablesen, ob sie Fortschritte machten.

Endlich ließ Jen den Topf aufs Deck fallen. »Mach mal

Pause, Pandora«, sagte sie. »Ich weiß nicht, wie es dir geht, aber mir tun die Arme weh.«

»Machen wir Fortschritte?«

Jen verzog den Mund. »Ein bisschen«, sagte sie. »Der Pegel ist um vielleicht fünf Zentimeter gesunken. Ich würde sagen, wir ruhen uns aus und warten ab, ob er wieder steigt.«

Pan ließ ihr Blick über den Horizont schweifen. Das Gewitter hatte sich fast verzogen, aber man konnte immer noch nicht weit sehen – Seenebel senkte sich auf sie herab.

»Hast du den Wasserbehälter gefunden? Ich könnte einen Schluck brauchen.«

»Nein. Aber ich sehe noch mal nach.« Jen tauchte wieder in die Kabine und Pan erkannte den verschwommenen Umriss ihres Körpers, der mit den Armen durchs Wasser ruderte. Dann tauchte sie wieder auf und stemmte sich hoch. »Nichts. Er ist wohl über Bord gespült worden.

Pans Knie wurden weich und sie legte sich die Hände auf den Kopf.

»Bist du sicher?«

»Ja. Ich habe überall gesucht.«

»Dann war's das jetzt«, sagte Pan. »Das Spiel ist aus. Ohne Wasser können wir nicht überleben. Das weißt du. Wir sind tot, Jen.« Sie lachte und es klang selbst in ihren Ohren schrill und unangenehm. »Hier stehen wir und schöpfen Seewasser mit winzigen Töpfen und wofür? Damit wir nicht ertrinken, bevor wir verdursten. Das ist lustig, Jen. Das ist doch wirklich lustig.«

Als Jen sie am Arm packte, schmerzte das so sehr, dass sie nach Luft schnappte. Sie senkte den Blick und sah, dass ihr Handgelenk unter dem Druck blass und blutleer war. Tränen traten ihr in die Augen.

»Du tust mir weh, Jen«, sagte sie.

»Gut. Hör mir zu. Wir sind noch nicht tot. Hast du verstanden? Wir sind noch nicht tot. Und solange in meinem Körper noch ein Atemzug ist, werde ich weiter kämpfen.«

Pan biss sich auf die Lippe. Jen schüttelte ihren Arm.

»Hast du mich gehört, Pandora?«

Pan nickte.

»Okay.« Jen ließ ihren Arm los. »Als Erstes aktivierst du diesen Notfallsender. Ich würde mal sagen, wir haben nicht viel zu verlieren. Selbst wenn nur die Akademie die Frequenzen überwacht, ziehe ich es noch vor, dorthin zurückzukehren, anstatt hier zu sterben. Natürlich angenommen, dass sie uns finden. Und vielleicht, nur vielleicht, ist da draußen jemand, der uns zuerst findet.«

Pan hatte den Notfallsender vollkommen vergessen. Instinktiv griff sie mit einem Arm über die Brust, um zu überprüfen, ob der Leinwandbeutel noch da war. Das war er. Sie zog die Tasche über den Kopf und öffnete den Reißverschluss. Der Inhalt war triefnass. Der Notfallsender war so eingestellt, dass er sich beim Kontakt mit Wasser automatisch einschaltete. Vielleicht war das schon geschehen. Nur um sicherzugehen, suchte sie den Schalter und drehte ihn auf »on«. Und im selben Moment fühlte sie sich ruhiger. Sie hatten immer noch ein ernsthaftes Problem, aber jede Handlung war besser als Inaktivität. Sie betrachtete das flache orangefarbene Kästchen und hoffte, es würde das tun, wozu es gebaut war. Irgendwo da oben empfing jetzt hoffentlich ein Satellit das Signal und schickte es an irgendjemanden, der die Notfallfrequenz überwachte. Etwas war in Gang gekommen. Die Zeit würde zeigen, ob ihr Notruf auf taube Ohren stieß. Jetzt im Moment fühlte sie sich jedenfalls besser.

Pan schloss den Reißverschluss und hängte sich die Tasche wieder um.

»Alles klar«, sagte sie.

»Wir überleben, ja?« Jens Tonfall war locker. »Du hast mich nicht sterben lassen, also lasse ich uns jetzt auch nicht sterben. Wir sind die Zukunft, Pandora, und nichts wird uns im Weg stehen. Nicht das Meer, nicht der Mangel an Trinkwasser. Und schon gar nicht die Akademie. Okay?«

Pan lächelte. »Okay.«

»Gut«, sagte Jen. »Es freut mich, dass wir das geklärt haben. Jetzt fällt es mir schon ein bisschen leichter, dir eine schlechte Nachricht zu verkünden.« Sie deutete auf die Kabine. Die Linie, die sie eingeritzt hatte, war noch sichtbar, aber sie lag mehrere Millimeter unter der Wasseroberfläche.

Das Boot sank.

~~~

Jen ging etwa eine halbe Stunde an Deck auf und ab – auf einem Deck, das nun stabil lag. Der Sturm war vorübergezogen und das Boot schaukelte sanft, als sei nichts geschehen.

Pan suchte den Horizont in einem 360-Grad-Kreis um sie herum ab, aber sie sah nur Wasser. So viel Wasser. Land, eine feste Oberfläche unter den Füßen, erschien schon wie eine ferne Erinnerung. Es war schwer vorstellbar, dass die Welt noch etwas anderes enthielt als einen weiten, grenzenlosen Ozean.
~~~

Jen stand auf und sah auf Pan herunter, die mit dem Rücken gegen den Hauptmast gelehnt und mit gespreizten Beinen dasaß. »Warum grinst du?«

»Ich grinse nicht.«

»Deine Lippen haben gezuckt. Es sah so aus, als würdest du grinsen.«

Jetzt grinste Pan wirklich. »Ich habe an diesen alten Kinofilm gedacht. Einer der *Fluch der Karibik*-Teile. Du weißt schon, mit Johnny Depp als Captain Jack Sparrow.«

»Und?«

»Und da gab es so eine Szene, in der das Schiff sank und er stand auf dem Querbalken ganz oben auf dem Mast. Und die Zuschauer sehen ihn in den Hafen einlaufen, gerade als der letzte Teil des Schiffs versinkt. Jack Sparrow wirkt vollkommen unbeteiligt; er tritt einfach vom Mast aufs Dock. Es geht nahtlos ineinander über. Er muss nicht mal anhalten. Das war so genial.«

»Ja, ich erinnere mich. Hoffst du auf so was, Pandora?«

»Nein. Ich habe mich nur daran erinnert, weil es so genial war.« Pan rappelte sich auf. »Irgendeine Ahnung, wie lange es noch dauert, bis wir schwimmen müssen?«

Jen warf einen Blick in Richtung Horizont.

»Ich schätze, wir haben noch maximal eine Stunde. Das Wasser reicht jetzt bis ans Deck. Die Sache ist nur die … ich habe so ein Gefühl, dass es so einen Wendepunkt gibt, weißt du? Dass das Boot irgendwann eine Tiefe erreicht, ab der es ganz schnell sinkt. Also könnte es noch eine Stunde sein, vielleicht sind es aber auch nur ein paar Minuten.«

»Können wir uns irgendwie vorbereiten?«

Jen marschierte wieder los und feuerte ihre Sätze beim Gehen über die Schulter.

»Wir haben Rettungswesen, du hast die Tasche. Sicher sie gut, ja? Ich glaube, etwas anderes können wir gar nicht machen.«

Pan ließ ihren Blick wieder über den Horizont schweifen. »Was meinst du, wie lange wir im Wasser überleben können?«

»Scheiße, das weiß ich nicht, Pandora. Ich sage doch die ganze Zeit, ich bin keine Expertin für so was. Sorgen machen wir uns später. Wir atmen immer noch. Das reicht für den Moment.«

Die Mädchen stellten sich an die entgegengesetzten Enden des Boots und redeten nicht mehr.

Der Notfallsender hatte jetzt mindestens eine Stunde lang gefunkt, falls die Batterien noch intakt waren. Wie lange dauerte es, bis die Seenotrettung alarmiert war und zum Einsatz kam?

Vielleicht käme ein Hubschrauber, selbst wenn es DER Hubschrauber war, angeflogen, würde dicht über der Wasseroberfläche schweben und die Mädchen würden direkt vom Deck aus einsteigen, genau in dem Moment, in dem ihr Boot in die Tiefe sank. Vielleicht würden sie es machen wie Captain Sparrow. Oder vielleicht würde das Boot sinken und sie würden tagelang im Wasser treiben, auf Retter warten, die nicht kamen. Wasser treten, versuchen, nicht die Hoffnung zu verlieren, obwohl sie wussten, dass es sinnlos waren. Vielleicht würden sie sehen, wie um sie herum Rückenflossen das Wasser durchschnitten. Pan hatte einen Film gesehen, in dem genau das geschehen war. Wer von ihnen würde zuerst sterben? Wie würde die andere klarkommen? Wenn es so weit kam, würde sie den Mut haben, die Rettungsweste auszuziehen und einfach zu versinken?

Würde sie sterben, ohne die Antworten auf die Fragen zu erfahren, die sie überhaupt hierhergelockt hatten? Es war eine grauenhafte Vorstellung.

»Ich glaube, es ist so weit, Pandora.«

Jens Stimme war leise und es lag keine Spur von Angst darin. Einen Moment lang wagte Pan zu hoffen, dass Jen am Horizont ein Schiff erspäht hatte oder ein Flugzeug, das gerade die Wolkendecke durchbrach. Dass es so weit war: Sie würden gerettet werden. Aber sie wusste, dass es nicht der Fall war. Jen hielt den Kopf gesenkt und Pan folgte ihrem Blick.

»Wir gehen jetzt«, sagte Jen. »Wenn das Ding in die Tiefe gesaugt wird, sollten wir nicht mitgezogen werden wie Ameisen im Abfluss.« Sie platschte zu Pan herüber, ihre Füße glitten auf den Planken aus. Einmal fiel sie auf die Knie, kam aber schnell wieder auf die Füße. Sie nahm Pans Hand. »Schwimm in diese Richtung, so schnell du kannst.« Sie nickte in die Richtung, in die sie beide den Blick richteten. »Ich verlier dich schon nicht. Jetzt nicht.«

Es war an der Zeit, das Boot zu verlassen, und Pan spürte, wie gewaltig dieser Moment war. Das Boot war ihr Zuhause gewesen … wie lange eigentlich? Die Zeit hatte jede Bedeutung verloren. Aber das Boot hatte ihnen Zuflucht geboten. Es zu verlassen, hieß, die Hoffnung aufzugeben. Sie durfte solche Gedanken nicht denken, sonst würde sie sich am nächstbesten Objekt festklammern und mit dem Boot in die grauenerregende Tiefe gesogen werden.

Pan schüttelte den Kopf, beugte beide Knie und die Mädchen sprangen gemeinsam. Nur den Bruchteil einer Sekunde schloss sich das Wasser über ihr, dann ließ die Rettungsweste sie sofort wieder an die Oberfläche steigen. Aber die Wellen, die vom Boot aus gesehen so harmlos gewirkt hatten, überspülten ihr Gesicht sofort wieder, und als Pan Luft holte, atmete sie ein Drittel Luft und zwei Drittel Salzwasser. Sie hustete und spuckte. Es war unmöglich, weit zu sehen – die Wellen löschten alles außerhalb eines Umkreises von ein paar Metern aus. Von Jen keine Spur. Pan konnte sich nicht einmal erinnern, seit wann sie Jens Hand nicht mehr in der ihren spürte. Dunkle Panik ergriff sie.

»Schwimm, Pandora.« Die Stimme kam von rechts, und als sie sich umwandte, war Jen da. »Ich habe dir doch gesagt, ich bleibe in der Nähe.«

Die Rettungsweste behinderte Pan und als sie losschwamm, fühlte sie sich ungeschickt und hilflos. Sie biss die Zähne zusammen und strampelte mit den Beinen.

Sie konnten noch nicht länger als ein paar Minuten im Wasser gewesen sein, als Pan sah, dass das Boot seinen Auftrieb auf der Oberfläche schließlich verlor. Eine Welle entstand, etwas saugte an ihren Fersen. Und dann ließ der Druck nach. Das Boot war ausgelöscht, hatte seinen langen Weg zum Grund des Ozeans begonnen. *Abenteurer*. Pan erinnerte sich an den Namen des Boots, der in stolzen, geschwungenen Lettern geschrieben war. Der Abenteurer auf seinem letzten Abenteuer.

Pan hielt inne und trat nur noch Wasser. Innerhalb von Sekunden war Jen bei ihr.

»Wie geht's dir, Pandora?«, fragte Jen.

»Ich atme noch«, antwortete Pan.

»So ist es richtig. Mach das einfach weiter, ja?« Jens Stimme war so leise, dass Pan sie nur mit Mühe verstehen konnte. Pan drehte sich im Wasser einmal im Kreis. Nirgendwo war etwas zu sehen.

»Und was machen wir jetzt?«, fragte sie.

»Abwarten«, sagte Jen.

23.

In der größten Verzweiflung kann einem die Wahrnehmung einen Streich spielen. Pan wusste das. Es war ein absurder Gedanke, die übelste Art von Wunschdenken. Aber es blieb. Sie versuchte, einen klaren Kopf zu bekommen und noch einmal an den Moment zurückzudenken, in dem sie vom Boot gesprungen war. Was hatte sie da gesehen? Einen Wirbel aus Meer und Himmel, ja. Aber noch etwas. Vielleicht.

Unmöglich.

Je mehr Pan versuchte, die Erinnerung wie einen Film wieder abzuspielen, desto verschwommener, substanzloser wurde sie. Aber was hatten sie zu verlieren? Eine Hoffnung, die keimte und dann wieder zunichtegemacht wurde? War das besser als gar keine Hoffnung?

»Ich glaube, ich habe etwas gesehen, Jen«, sagte sie. »Als wir vom Boot gesprungen sind.«

»Was denn?«

»Weiß ich nicht. Einen Punkt am Horizont. Vielleicht war es ein Vogel oder nur ein Wolkenfetzen.«

»Und vielleicht war es ein Schiff.« Jen schwamm näher. »Okay, Pandora, jetzt musst du mal Wasser treten und die Hände so verschränken, als würdest du mich hochheben, ja?«

»Warum?«

»Weil du mich jetzt mal hochhebst.«

»Du wirst nichts sehen können.«

»O Mann, Pandora. Lass doch einfach. Wenigstens können wir was tun. Komm schon. Wenn ich einen Fuß auf deine Hände setze, sagen wir eins, zwei, drei und dann schiebst du, so fest du kannst.«

Beim ersten Mal waren sie nicht sehr erfolgreich. Jen kippte zur Seite und konnte den Kopf nicht weiter als einen halben Meter über die Wasseroberfläche heben. Der zweite und der dritte Versuch klappten besser. Jedes Mal drehte sich Jen, so weit sie konnte. Sie hatten jegliche Orientierung verloren, also versuchte sie, bei jedem Versuch einen möglichst großen Teil einer 360 Grad Umdrehung abzudecken. Nach dem sechsten Mal tauchte sie wieder auf und spuckte Salzwasser.

»Okay, du hattest recht, Pandora. Ich konnte nichts erkennen.«

»Ich habe wahrscheinlich einfach nichts gesehen.«

»Vielleicht. Und vielleicht tuckert in dem Moment, in dem wir das besprechen, gerade ein Boot vorbei. Feuer eins von den Leuchtsignalen ab.«

»Sollten wir uns die nicht aufheben?«

»Wofür? Wolltest du sie für mich einpacken und unter den Weihnachtsbaum legen, Pandora? Komm schon. Du hast wie viele, zehn oder zwanzig? Ich würde mal sagen, wir können eins riskieren.«

Pan zog die Leinentasche, die ihr an der Brust klebte, nach oben und Jen öffnete vorsichtig den Reißverschluss. Ihr war bewusst, dass alle Hilfsmittel, die sie noch besaßen, in dieser kleinen Tasche enthalten waren. Ein falscher Griff und sie waren für immer verloren. Jen nahm die Packung mit den Mini-Leuchtraketen und packte eine davon aus. Sie runzelte die Stirn und musterte die Anweisung seitlich auf der schmalen Verpackung. Es war ein dünnes Rohr mit einem kleinen Vorsprung, wie eine Flosse, die auf der Hälfte einer Seite herausstand.

»Okay«, sagte Jen. »Also, es sind nur acht Raketen in der Packung. Sie steigen sechzig Meter hoch und leuchten sechs Sekunden lang, strahlen mit dreitausend Candela, was auch immer das heißen mag, und können tagsüber aus fünf Meilen Entfernung gesehen werden. Nachts natürlich mehr, aber es ist ja nicht Nacht.«

»Sechs Sekunden? Das ist doch gar nichts. Selbst wenn da draußen irgendwo ein Boot unterwegs ist, wie wahrscheinlich ist es, dass jemand genau in unsere Richtung sieht und die Rakete bemerkt?«

»Mann, Pandora. Ich würde dich am liebsten ohrfeigen. Sei jetzt still, während ich das hier entsichere und lade.«

Pan verschloss die Tasche und ließ sie wieder an ihre Brust sinken, während Jen am Rohr drehte. Etwas klickte. Sie zielte auf den Himmel und drückte ab. Es geschah alles ganz schnell, aber sie mussten nicht lange warten, um zu erfahren, ob es funktioniert hatte. Hoch über ihnen erblühte ein rotes Lichtsignal am Himmel. Es beschrieb einen langsamen Bogen und einen Moment lang spürte Pan, wie Hoffnung in ihr aufkeimte. Wenn jemand in der Nähe war, würde er das doch sicherlich sehen, oder? Aber ihre Hoffnung erstarb, als das Signal aufflackerte, funkelte und verglomm. Viel zu kurz. Es war hoffnungslos. Ein kurzlebiger Funke in dieser weiten Landschaft. Genauso gut konnte man ein Streichholz in der Sahara anzünden und erwarten, dass ein Feuerwehrauto angeprescht käme.

»Nicht ganz so gut wie Silvester am Hafen von Sydney«, sagte Jen. »Gib mir noch eine.«

»Wir sollten sie aufheben. Nachts sieht man sie besser.«

»Wenn wir keine Ahnung haben, ob jemand in der Nähe ist oder nicht? Gute Idee, Pandora. Komm schon, nur noch eine. Ich warte ein paar Minuten. Wenn jemand die erste gesehen hat, holt er vielleicht noch andere dazu, die in die gleiche Richtung sehen.«

Pan öffnete die Tasche und nahm eine weitere Leuchtrakete heraus. Sie hatte nicht die Kraft, Jen zu widersprechen. Sie war überzeugt davon, dass sie nichts gesehen hatte – keinen Punkt am Horizont, keinen dunklen Schatten. Wunschdenken, sonst nichts. Aber dann blitzte ein anderer Gedanke auf. Vielleicht hatte sie ja gar nichts richtig gesehen. Vielleicht hatte sie eher etwas gespürt. Die Gabe, ihre Fernwahrnehmung. Hatte sie das unter Dr. Morgans Aufsicht nicht immer wieder geübt? Sie schob den Gedanken beiseite. Nein. Die Realität war: Da draußen war nichts. Und sie verschwendeten zwei Leuchtsignale für den Versuch, ein Phantom anzulocken.

Nach wenigen Minuten zündete Jen die zweite Rakete. Sie war ebenso unbeeindruckend wie die erste. Dann lagen die Mädchen reglos im Wasser, überließen sich der Strömung, ließen sich mit ihren Gedanken treiben.

Als das Boot eine halbe Stunde später eintraf, konnten sie überhaupt nicht glauben, dass es nicht nur ihre Einbildung war.

Es waren drei Männer im Boot. Alle trugen Ölzeug. Einen Moment lang konnte Pan nichts sehen außer den plätschernden Wellen, im nächsten Moment schon ragte das kleine Boot über ihr auf. Sie hatte noch nicht einmal den Motor gehört. Einer der Männer beugte sich über die Seite und streckte die Hand aus. Jen war am dichtesten dran. Sie packte den Unterarm des Mannes und er hievte sie mit einem leichten Schwung ins Boot. Pan schwamm ein paar Meter auf das Boot zu und wenige Augenblicke später war auch sie an Bord.

Die Männer, die sie beide hochgehoben hatten, lächelten und redeten etwas in einer unbekannten Sprache. Es klang fremdartig, kehlig. Russisch? Etwas Osteuropäisches auf jeden Fall. Pan zuckte mit den Schultern.

»Englisch?«, fragte sie. Ihre Stimme klang merkwürdig, ganz weit weg, als gehöre sie zu jemand anderem. Alles verschwamm vor ihren Augen und sie musste sie sekundenlang schließen, um sich unter Kontrolle zu bekommen. In diesen wenigen Sekunde der Dunkelheit überwältigte sie die Angst: Wenn sie die Augen wieder aufschlug, würde sie vielleicht immer noch im weiten, feindseligen Ozean dahintreiben, von Jen würde nichts mehr zu sehen sein und ihre Zukunft bestünde nur noch aus dem langen Weg in den Wahnsinn, dann in den Tod. Sie schlug die Augen auf. Das Lächeln des Manns wurde noch breiter. Er hob die Arme, Handflächen nach oben, die allgemein gültige Geste für Nichtverstehen.

Ein zweiter Mann schüttelte mehrere Rettungsdecken aus, ihre silberfarbene Beschichtung glitzerte, und reichte sie den Mädchen. Pan wickelte sich so eng darin ein, wie sie nur konnte. Der dritte Mann ließ den Motor an und das

Boot wendete. Pan erkannte die dunkle Masse eines riesigen Schiffs – bestimmt irgendein Tanker, vier- oder fünfhundert Meter entfernt. Jen lachte, dann fing sie an zu husten. Pan starrte nur nach vorn. Dann spürte sie Jens Finger auf ihren eigenen. Sie hielten sich an den Händen, bis der Tanker vor ihnen lag und ihr ganzes Sichtfeld ausfüllte.

~~~

Als Pan aufwachte, dauerte es ein paar Minuten, bis sie verstand, wo sie war. Es war ein merkwürdig vertrautes Gefühl. Das war ihr manchmal im Urlaub passiert, mit Mum und Danny – sie erwachte in einem Hotelzimmer, fand sich nicht zurecht, bis eine Erinnerung die Erklärung lieferte. Dann passte alles wieder zusammen. Das Boot, die Retter, der Tanker, riesengroß, sodass sie sich neben ihm klein wie Ameisen fühlten.

Was war dann geschehen? Pan konnte sich an nichts nach der Bootsfahrt erinnern. Wie hatte man sie an Bord gebracht? Redete irgendeiner von der Besatzung englisch? Wo waren sie jetzt? Nichts, bis sie in einem fremden Raum, in einem fremden Bett aufwachte.

Ihr erster Gedanke galt Jen. Sie setzte sich auf und da war Jen. Sie saß auf einer zweiten Pritsche, mit überkreuzten Beinen, gesenktem Kopf und geschlossenen Augen.

»Jen!«

Ihre Freundin riss die Augen auf, Angst blitzte aus ihnen. Dann füllten sie sich mit Wärme: Sie erkannte Pan.

»Hey, Pandora. Schönheitsschlaf, was? Geht es dir jetzt besser?«
~~~

Pan versuchte, auf die Füße zu kommen, aber der Raum verschwamm vor ihren Augen und ihre Beine fühlten sich an, als wären sie aus Gummi. Sie blieb auf die Bettkante sitzen und versuchte, sich zu fangen. Es machte nicht wirklich einen Unterscheid. Sie fühlte sich krank, als könnte sie ihrem Körper nicht zutrauen, auch nur die grundlegendste Aufgabe zu erfüllen.

»Was ist passiert?«, fragte sie. »Wo sind wir?«

»Du erinnerst dich doch daran, dass das Boot gekommen ist und uns geholt hat?«

Pan nickte, aber selbst diese einfache Handlung löste einen dumpfen Schmerz in ihrem Hinterkopf aus.

»Sie haben uns an Bord des Boots gehievt und … na ja, dann warst du weg. Deine Augen haben sich nach hinten gedreht – wären sie nicht so blutunterlaufen gewesen, hätte ich gesagt, man hat nur noch das Weiße gesehen, aber egal … Im nächsten Moment warst du wie ein nasser Sack. Total weg. Ohnmächtig.« Jen entkreuzte ihre Beine und streckte sie vor sich aus. Eine schmerzhafte Grimasse überzog ihr Gesicht und sie biss sich auf die Unterlippe. »Um ehrlich zu sein, ich habe es selbst kaum geschafft, bei Bewusstsein zu bleiben. Das ganze Adrenalin, vermute ich. Schlafmangel. Wassermangel. Nahtoderfahrungen. Es hat sich so angefühlt, als würde mein Körper einfach streiken.«

»Jen, wo sind wir?«

»Hey, immer mit der Ruhe. Dazu komme ich gleich. Soweit ich es einschätzen kann, befinden wir uns auf einem russischen Tanker. Okay, ich kann nicht beschwören, dass er aus Russland kommt, weil offenbar niemand an Bord englisch spricht. Aber da ist überall diese kritzelige Schrift …«

»Das kyrillische Alphabet.«

»Von mir aus. Ich konnte jedenfalls nicht das Geringste entziffern. Und ich versuche, mich mit ihnen zu verständigen – du weißt schon, Zeichensprache und all das, aber nichts funktioniert. Wer auch immer sie sind, sie sind jedenfalls freundlich. Irgendein Typ – wahrscheinlich der Schiffsarzt – hat dich durchgecheckt und dir Sauerstoff gegeben. Dann hat er versucht, mir eine Spritze zu verpassen, und ich so ›hey, Mann, die kannst du behalten‹, also bringen sie dich auf einer Trage hierher und ich bin mitgekommen. Ich sollte eigentlich woandershin, aber ich wollte dich nicht allein lassen.« Jen rieb sich mit beiden Händen die Stirn. »Ich vermute, das ist die Krankenstation.«

»Aber hast du etwas erfahren? Gibt es die Welt da draußen noch?«

Jen lächelte. »Na ja, diese Typen sind eindeutig lebendig, aber darüber hinaus weiß ich ehrlich gesagt nichts. Ich habe darauf gewartet, dass du aufwachst.«

»Wer hat mich angezogen?« Pan bemerkte, dass sie warme Kleidung trug. Sie war viel zu groß und eindeutig nicht für eine Frau gemacht. Die Hosen waren mit irgendetwas gefüttert und unter der dicken Jacke trug sie einen Wollpullover.

»Keine Panik, Mädchen«, sagte Jen. »Sie haben mir Kleider gegeben und ich habe uns beide angezogen. Alleine. Komm schon, Pandora. Es wird Zeit, zur Brücke zu gehen und ein paar Dinge in Erfahrung zu bringen. Kannst du gehen?«

Pan stand unsicher auf, löste die Hände so umsichtig wie ein Seiltänzer von der Bettkante. Der Schwindel kehrte zurück und verzog sich wieder. Sie ging probeweise ein paar Schritte und musste wieder anhalten.

»Ich weiß gar nicht, was mit mir los ist«, murmelte sie.

»Man muss nicht Einstein sein, um das zu verstehen«, erwiderte Jen. »Nach allem, was wir durchgemacht haben, ist es ein Wunder, dass sich eine von uns überhaupt noch bewegen kann. Hier, halt dich an meinem Arm fest. Wir können uns gegenseitig stützen, wie zwei alte Leute.«

Es half. Sobald Pan sich bei Jen eingehakt hatte, wuchs ihre Zuversicht schlagartig, und das nicht allein deswegen, weil die Welt sich stabiler anfühlte. *Ich kann mich auf verschiedene Arten auf sie stützen,* dachte Pan. Sie erinnerte sich an die Nacht – sie schien Jahrhunderte her zu sein –, in der sie mit Jen unter der Mauer der Akademie hindurchgetaucht war. Sie hatten sich damals über Vertrauen unterhalten und darüber, dass es unter den gegebenen Umständen beinahe unmöglich war, Vertrauen zu erringen. Jen hatte ihres errungen.

Jen öffnete die Tür und sie traten in einen verlassenen Gang.

»Hier lang.« Jen nickte nach links.

»Du weißt, wie man zur Brücke kommt?« Pan streckte den anderen Arm aus und stützte sich an der Wand ab.

»Ich habe dich einmal allein gelassen«, antwortete Jen. »Aber nur für zehn Minuten. Ich musste am Meer etwas erledigen. Es ist ein Tanker. Von der Besatzung habe ich niemanden gesehen, aber die Brücke habe ich entdeckt.«

»Was musstest du denn so dringend erledigen?«

»Ich habe nachgedacht. Vor ein paar Stunden hätte ich ja alles dafür gegeben, dass der Hubschrauber der Akademie uns findet und zurückbringt. Aber die Lage hat sich geändert. Ich habe den Notfallsender aus der Tasche genommen und ihn über Bord geworfen. Wenn wir Glück haben, treibt er irgendwo aufs Meer raus und falls jemand ihn findet, denkt er, wir sind ertrunken.«

»Gut gemacht, Jen.« Wäre die Situation umgekehrt gewesen, hätte sie selbst einen so kühlen Kopf bewahrt und sich so klug verhalten? Pan war sich da nicht so sicher.

Jen tippte sich an die Schläfe. »Ein kluges Köpfchen.«

Sie erreichten das Ende des Gangs und Jen steuerte sie nach rechts. Pan musste ein paar Sekunden anhalten, Atem schöpfen und gegen das Schwindelgefühl ankämpfen. Ein Tanker. Wenn die Menschheit durch ein Virus dezimiert war, wie wahrscheinlich war es, dass noch immer Tanker fuhren? Nein. Das hier fühlte sich an wie absolute Normalität. Kisten und Container wurden um die Welt transportiert. Pan war überzeugt davon, dass ihr Verdacht sich jeden Moment bestätigen würde. *Wir brauchen nur jemanden, mit dem wir uns verständigen können,* dachte sie. *Eine einfache Frage, eine einfache Antwort.* Der Gedanke spornte sie an. Sie schaffte es sogar ohne weitere Zwischenstopps über eine enge, rostbefleckte Treppe aufs nächsthöhere Deck.

Schließlich öffnete Jen eine Metalltür und frische Seeluft streichelte ihre Gesichter. Sie schmeckte süß und Pan unterdrücke ein Lächeln. Sie hatte nicht gedacht, dass sie sich jemals wieder über Seeluft freuen würde. Einen Moment lang blieben sie stehen, betrachteten das Meer. Pan sah am Schiff entlang. Links von ihr sah sie den Bug und einen abgeschlossenen Bereich, vermutlich die Brücke. Sie erkannte sogar die Umrisse einiger Menschen hinter dem Glas und dahinter den blassen Himmel. Rechts von ihr war das Schiffsdeck mit verschiedenen Kränen, Containern und Ausrüstung beladen.

Es dauerte noch einmal fünf Minuten, bis sie die Brücke erreicht hatten. Sie mussten eine kurze Treppe emporsteigen und Pan dachte zuerst, sie würde sie nicht bewältigen. Sie war so müde und ihre Beinmuskeln verkrampften sich. Aber sie kam oben an. Auf der Brücke befanden sich zwei Männer, beide wandten sich um, als Jen die Tür öffnete. Sie lächelten.

»Hi«, sagte Jen. »Wir brauchen Ihre Hilfe. Schon wieder.«

Die Männer wandten sich einander zu, dann überschüttete sie der ältere der beiden, der ein wettergegerbtes Gesicht, kurze graue Haaren und hellbraune Augen hatte, mit einem Redeschwall in einer Sprache, die keines der beiden Mädchen auch nur im Entferntesten verstehen konnte.

»Englisch?«, fragte Jen.

Die Männer unterhielten sich kurz und zuckten dann entschuldigend mit den Achseln. Pans Knie wurden weich und sie musste sich an Jens Schulter festhalten. Sofort trat der Grauhaarige näher und half Pan in einen Stuhl. Er war schmutzig und abgewetzt, aber Pan war dankbar. Der andere Mann brachte für Jen einen weiteren Stuhl. Er war in keiner besseren Verfassung. Dann ging er zu einem Tisch auf der anderen Seite der Brücke und holte zwei angeschlagene Trinkbecher. Er warf einen Blick hinein, schnalzte missbilligend mit der Zunge und wischte sie mit dem Ärmel aus, dann schraubte er eine große Thermosflasche auf und füllte beide Becher mit einer dunklen, dampfenden Flüssigkeit.

Eine der Tassen drückte er Pan, die andere Jen in die Hand und gestikulierte dann aufmunternd: *Bitte, trinkt.*

Es war Tee, extrem starker, süßer Tee. Früher hätte Pan ihn direkt in den Ausguss geschüttet. Jetzt trank sie ihn dankbar. Der Mann nickte lächelnd. Er sagte etwas, es war offenbar eine Frage.

»Tut mir leid«, sagte Pan. »Ich verstehe nicht.«

Der Mann hob eine Hand, dann wandte er sich zum Fenster an der Vorderseite der Brücke. Dort stand eine großes Bedienpult, übersät mit Anzeigen und Lichtern. *Technik,* dachte Pan. *Wie konnte die Technik in diesem Schiff funktionieren, wenn die Welt untergegangen war?* Sie wandte sich Jen zu. Die hob die Augenbrauen – offenbar dachte sie das Gleiche. Der Mann hob ein Sprechgerät von der Konsole, das an einem Spiralkabel befestigt war. Ein Funkgerät. Der Mann tat so, als drücke er seitlich einen Knopf, dann nickte er den Mädchen zu.

»Ich nehme an, er will uns sagen, dass er die Behörden informiert hat«, sagte Jen. Ihre Stimme war ruhig und sachlich. »Ich war nie gut im Pantomimenraten, aber so weit komme ich gerade noch.«

»Und das bedeutet...«

»Und das bedeutet, dass da draußen Behörden sind, die man informieren kann. Und das bedeutet...« Jen führte den Satz nicht zu Ende. Pan warf ihrer Freundin einen Blick zu und stellte erstaunt fest, dass ihr Tränen übers Gesicht liefen. Pan streckte den Arm aus und nahm Jens Hand.

»Wir wissen es immer noch nicht mit Sicherheit«, sagte sie.

Jen schluckte und wischte sich ungeduldig über die Augen. Sie holte tief Luft und fasste sich.

»Ich bin mir nicht sicher, ob ich dir jemals geglaubt habe, Pandora«, sagte sie. »Nicht wirklich. Aber wenn du recht hast …« Sie nahm einen Schluck Tee. Ihre Hände zitterten.

»Was?«

»Dann wird jemand – dann werden so einige Leute – für das bezahlen, was sie uns angetan haben.« Sie sah Pan fest in die Augen und es war so, als hätte es ihren Gefühlsausbruch niemals gegeben. »Das ist ein Versprechen, Pandora Stone.«

»Okay.« Pan stand auf. »Dann sollten wir es ein für allemal herausfinden.«

»Was willst du tun?«

»Ich rufe zu Hause an.« Sie ging zum Bedienpult und deutete auf das Funkgerät. Der Grauhaarige – es war wohl der Kapitän, vermutete Pan – lächelte und nickte.

»Telefon?«, fragte Pan. Der Kapitän runzelte ein bisschen die Stirn, aber er nickte immer noch. Pan krümmte die Finger ihrer rechten Hand, hielt sich den Daumen ans rechte Ohr und den kleinen Finger an den Mund. Das Lächeln des Mannes wurde wieder breiter. Er öffnete eine kleine Kiste an einer Seite des Steuerpults. Darin erschien etwas, das wie ein Laptop aussah. Neben dem Gerät lag ein Sprechgerät. Der Kapitän nahm es und reichte es Pan.

»Bitte«, sagte er strahlend. Offenbar war er froh, dass ihm wenigstens ein Wort in ihrer Sprache eingefallen war.

»Ein Satellitentelefon«, stellte Jen fest. Sie war neben Pan getreten. Pan nahm den Hörer mit zitternden Fingern. Jetzt, wo der Moment gekommen war, hielt sie es vor Angst kaum aus. Sie starrte ratlos auf die Zahlenreihen.

»Wie lautet die Vorwahl von Australien?«, fragte sie.

»Mann, Pandora. Keine Ahnung.« Jen nahm die Tasse, die der Kapitän auf dem Steuerpult abgestellt hatte. Sie tauchte ihren Zeigefinger in den trüben Teerest und zeichnete den groben Umriss von Australien auf die Oberfläche des Steuerpults. Der Kapitän sah ihr mit ratloser Miene über die Schulter.

»Australien!« Jen deutete auf den Umriss, der schon wieder wegtrocknete. Sie betonte die einzelnen Silben sorgfältig und tippte dann auf das Telefon in Pans Hand.

Ein Leuchten ging über das Gesicht des Kapitäns. »Ah«, sagte er. Er wühlte in einer Schublade und zog ein Handbuch hervor, überflog das Inhaltsverzeichnis. »Bitte«, sagte er wieder und nahm Pan das Telefon aus der Hand. Er tippte ein paar Nummern auf der Tastatur ein, reichte es Pan dann wieder.

Einen Moment lang konnte sich Pan nicht mehr an die Nummer ihres Festnetzanschlusses erinnern und vor lauter Panik konnte sie nur noch stoßweise atmen. *Beruhige dich*, sagte sie sich. *Denk nach.* Und dann war die Nummer da, so vertraut wie eine Freundin, aber sie wusste nicht mehr, was sie tun musste, wenn sie aus dem Ausland anrief. Musste sie die erste Zahl oder die örtliche Vorwahl weglassen? Die erste Null überspringen? Na gut, sie würde es gleich herausfinden.

Pan tippte die Nummer ein, hielt sich das Telefon ans Ohr und wartete. Es brummte, klickte und dann hörte sie einen Klingelton. Sie hielt die Luft an und das Rauschen in ihren Ohren wuchs zum Sturm. Sie setzte sich in den Sessel, bevor sie umfiel. Es läutete und läutete.

Dann nahm jemand ab.

»Hallo?«

Es war ihre Mutter. Pan konnte die Stimme nicht verwechseln.

Ihre Mutter war am anderen Ende der Leitung.

24.

Die Zeit stand still.

Pans Hirn sandte einen Befehl an ihren Mund, aber nichts geschah.

»Hallo?«, wiederholte die Stimme und diesmal krampfte sich Pans Herz zusammen. Ihre Mutter. Sie klang so normal, so wie immer. In diesem Moment gingen Pan tausend Gedanken durch den Kopf. Sie sah ihre Mutter in der Küche stehen, das Telefon ... ein altes, schnurloses Gerät ... ans Ohr gepresst. Wahrscheinlich tappte sie ungeduldig mit dem Fuß, wartete auf eine Antwort. Vielleicht saß Danny am Küchentisch, war beim Essen – Frühstück, Abendessen? Wer konnte das sagen – und seine Haare standen in alle Richtungen. Pan konnte die Szene so deutlich vor sich sehen. Sie war so vertraut, so gewöhnlich. Aber ihre Welt hatte sich dramatisch verändert. Sie hatte sich verändert und im Moment gelang es ihr nicht, von einer Welt in die andere zu wechseln.

»Pan? Bist du das?«

Ein ganz leises Klicken. Dann war das Telefon tot.

Es war nicht ihre Mutter, die aufgehängt hatte. Dafür war gar keine Zeit gewesen; nur einen Sekundenbruchteil, nachdem Mum ihren Namen ausgesprochen hatte, war die Verbindung unterbrochen. Ihre Mutter hätte gar nicht die Zeit gehabt, das zu tun. Jemand hatte für sie aufgelegt. Pan stellte fest, dass ihre Finger jede Kraft verloren hatten. Das Telefon glitt ihr aus den Händen und fiel klappernd zu Boden.

»Was?«, fragte Jen. Sie nahm Pan, die vor ihr auf dem Boden kniete, in die Arme. Pan schüttelte den Kopf und sah auf. Die beiden Seeleute betrachteten sie mit besorgten Mienen. Das Schweigen zog sich in die Länge und Pan fiel es schwer, es zu brechen. So schwer. Jen hielt sie fest und wartete.

»Ich hab meine Mutter erreicht«, sagte Pan. Ihre Stimme war nur ein Flüstern.

»Bist du sicher?«

Pan antwortete nicht. Sie war in Gedanken versunken.

Jen schüttelte ihren Arm. »Pan, bleib bei mir! Bist du sicher, dass es deine Mutter war?«

Pan holte tief Luft. Es war zu viel, um es zu verarbeiten – ihr ganzer Verdacht hatte sich bestätigt. Die Welt da draußen existierte. Ihre Familie existierte. Die Akademie war eine Lüge.

»Sprich mit mir, Pandora.«

»Es war meine Mum, Jen. Es war meine Mum.«

»Du bist dir ganz sicher?«

Pan holte noch einmal Luft und versuchte, ihren Herzschlag zu beruhigen. »Ja«, sagte sie und war überrascht davon, wie gefasst ihre Stimme klang. »Sie hat meinen Namen gesagt. Sie war es, Jen. Sie lebt noch. Alle leben noch.«

Jen schüttelte ihren Kopf, um ihn freizubekommen. Ein, zwei Sekunden herrschte Stille.

»Aber du hast gar nichts gesagt, Pandora.«

»Die Verbindung war weg. Jemand hat die Verbindung unterbrochen.«

Wieder eine Pause, während Jen diese Information verdaute. »Die Akademie«, sagte sie schließlich.

»Wer denn sonst?«, fragte Pan. »Offenbar überwachen sie unsere Telefonnummer.« Sie fuhr sich mit der Hand in die Haare, zupfte daran. »Das war doch eigentlich zu erwarten. Ich haue ab, wir hauen ab. Sie wussten natürlich, wenn ich überlebe, nehme ich irgendwann Kontakt mit meiner Mutter auf. Also zapfen sie die Telefonleitung an und wahrscheinlich beobachtet jemand das Haus für den Fall, dass ich überraschend dort auftauche. Jetzt wissen sie, dass wir nicht da draußen ertrunken sind.« Sie gestikulierte in Richtung Fenster. »Und das bedeutet, dass sie uns suchen.«

»Aber … aber …« Jen suchte nach Worten. »… das ist doch verrückt, Pandora. Wie soll die Akademie denn das Telefon deiner Mutter abhören?«

»Jen, hör zu.« Plötzlich konnte Pandora so klar denken, wie sie es nur eine Minute vorher für vollkommen unmöglich gehalten hätte. Plötzlich ergab das alles ein Bild. »Denk mal nach. Die Akademie hat uns wer weiß wo hingebracht. Sie hat uns falsche Erinnerungen eingepflanzt – keinen blassen Schimmer, wie das möglich ist, aber jedenfalls bedeutet es, dass ihnen technische Möglichkeiten zur Verfügung stehen, die alles übertreffen, wovon wir in der alten Welt jemals gehört haben. Siehst du das nicht, Jen? Es geht hier nicht nur um die Akademie. Das alles ist eine viel größere Sache. Das ist eine Macht, die überall auf der Welt Kinder entführen kann, sie von ihren Eltern trennt, von ihren Schulen und Freunden. Kannst du dir vorstellen, was für eine Organisation dazu nötig ist? Sie haben es geschafft, dass wir uns an Dinge erinnern, die nie passiert sind.« Sie tippte sich ungeduldig gegen die Schläfe. *Denk nach, Pandora.* »Sie haben uns in einer geheimen Hochsicherheitszone untergebracht. Sie haben auf der Insel unser Leben aufs Spiel gesetzt. Sie halten sich eindeutig nicht an Gesetze. Die Akademie ist nicht irgendein Außenposten, der gerade versucht, die Menschheit zu retten. Sie ist eine äußerst mächtige kriminelle Organisation.« Pan hob den Kopf und sah Jen in die Augen. »Wir haben keine Ahnung, mit wem wir es hier zu tun haben.«

Jen zuckte mit den Achseln. »Dann hat sich nichts geändert. Wir wussten schon vorher nicht, wer sie sind. Jetzt wissen wir immer noch nicht, wer sie sind. Warten wir ab, was passiert, wo dieses Schiff uns hinbringt. Dann können wir noch mal nachdenken. Wir können einen Plan machen, wenn wir uns ausgeruht haben. Pandora?«

Aber Pan hörte ihr nicht mehr zu. Sie folgte ihrer eigenen inneren Logik, versuchte, die Sache vom Standpunkt der Akademie aus zu betrachten. Was würden sie tun? Sie wussten, dass die Mädchen noch lebten – der Telefonanruf musste sie darin bestätigt haben. Sie hatten sicher die Herkunft des Anrufs ermittelt, die Übertragung des Satellitentelefongesprächs zurückverfolgt. Dann erst hatten sie die Verbindung unterbrochen. Ihnen musste jetzt klar sein, dass die Mädchen von einem vorbeifahrenden Schiff gerettet worden waren. Dann war es eine einfache Sache, sich die aktuellen Schiffspositionen anzusehen und …

Pan sprang aus dem Stuhl und packte den Kapitän am Arm. Er zuckte instinktiv zusammen und wich zurück, aber Pan ließ nicht los.

»Sie müssen uns an Land bringen«, sagte Pan. »Jetzt. Bitte. Es ist ein Notfall. Bringen Sie uns zum nächsten Hafen, wo auch immer das geht. Noch besser – geben Sie uns ein Boot. Das Boot, mit dem Sie uns gerettet haben. Wir versuchen es einfach ...«

Jen schob sich zwischen Pan und den Mann. Sie nahm Pans Hand und löste sanft ihren Griff.

»Pandora«, sagte sie. »Entspann dich. Er hat keine Ahnung, wovon du redest, du machst ihm Angst. Verdammt, ich selbst habe ja keine Ahnung, wovon du redest. Und du machst mir Angst. Entspann dich doch. Tief durchatmen.«

Aber Pan beachtete sie nicht. Sie hatte plötzlich ... abgehoben. Ein Teil von ihr erkannte das Gefühl wieder. Sie hatte es schon mehrfach erlebt: als sie mit dem Falken über die schneebedeckten, öden und kahlen Berge geflogen war, als sie auf der Insel die Gruppe von Männern gesehen hatte und wusste, dass sie ihnen Böses wollten, als sie durch die Augen eines Mannes geblickt hatte, den sie nicht kannte, und Nate an der Maschine gesehen hatte. Sie wusste es einfach.

»Es ist zu spät, Jen«, sagte sie, aber ihre Stimme war leise, fast tonlos. »Sie kommen. Sie kommen schon.«

Etwa zehn oder zwanzig Sekunden lang sagte keiner etwas. Die Männer beobachteten sie ratlos – sie hatten von dem Gespräch nichts verstanden. Jen runzelte die Stirn, ihre Miene war sorgenvoll, beunruhigt. Weit in der Ferne rauschte leise das Meer, sein Lärm gedämpft, bezähmt durch die massive Wand des Tankers und das Ticken einer Uhr. Pan sah von einem Gesicht zum anderen und niemand bewegte sich.

Dann löste sich aus der weitgehenden Stille das Dröhnen von Rotoren. Der Lärm schwoll an – gerade noch war er eine fast nicht wahrnehmbare Hintergrundvibration gewesen, dann aber entwickelte er sich zu einem immer lauter werdenden Röhren. Die Männer reagierten zuerst. Der Kapitän wandte sich dem Fenster an der Vorderseite der Brücke zu. Sein Offizier tat es ihm nach. Jen blieb bei Pan, löste ihren Blick nicht von ihrem Gesicht. Die Männer redeten, ihre Worte waren unverständlich, aber ihr Tonfall verriet Sorge. Pan sah zu ihrer Rechten etwas Schwarzes auftauchen, dann auch zu ihrer Linken. Sie keuchte und Jen wandte sich um.

Zwei schwarze Hubschrauber näherten sich dem Tanker, einer von jeder Seite. Seile hingen aus offenen Türen. Am Ende der Seile baumelten Männer in schwarzen Uniformen. Gegen den Himmel zeichneten sich unverwechselbar die Umrisse ihrer Schusswaffen ab.

»Lauf, Jen«, schrie Pan. »Lauf, versteck dich!«

~~~

Das Letzte, was Pan sah, als sie von der Brücke flüchteten, war, wie der Kapitän in sein Funkgerät sprach. *Die interessieren sich nicht für euch,* dachte Pan. *Sie wollen uns.* Das Dröhnen der Hubschraubermotoren war jetzt noch lauter und der von den Rotoren erzeugte Wind peitschte ihnen die Haare in die Augen. Sie blieben einen Moment lang oben auf der kurzen Treppe stehen, wischten sich die Haare aus den Gesichtern und musterten das Schiff, das sich vor ihnen erstreckte.

Der Tanker war riesig. Es musste jede Menge Versteck-
~~~

möglichkeiten für sie geben – endlose Gänge, Schlafkabinen, Frachträume. Aber sie konnten nur Zeit gewinnen. Sie waren auf einem Schiff. Verlassen konnten sie es nicht, außer sie ließen ein Rettungsboot zu Wasser, und dann würden sie sofort entdeckt werden – davon abgesehen, dass sie es vielleicht körperlich gar nicht schaffen würden. Wohin sollten sie flüchten? Aber wenn sie sich versteckten, zum Beispiel in irgendeinem Schacht, würden sie das Unvermeidliche nur hinauszögern. Früher oder später würde man sie finden.

Ein kurzer Blick über die Schulter verriet Pan, dass die ersten Männer sich von rechts näherten. Sie hingen nur ein paar Meter über dem Deck.

»Weg hier!«, schrie Jen und die Mädchen stürmten die Stufen hinunter, rannten zum nächsten Eingang des Hauptdecks. Pan konnte sich nicht erinnern, ob es derjenige war, den sie benutzt hatten, als sie aus dem Krankenzimmer gekommen waren. Sie zogen die Metalltür auf, knallten sie hinter sich zu und rannten den Gang entlang. Jen war ein paar Meter weiter vorne. Pans Schwindelgefühl, ihre Orientierungslosigkeit waren gewichen und sie spürte, wie erneut Adrenalin durch ihre Adern strömte. Sie mussten Abstand zu den Männern gewinnen, die inzwischen sicher auf dem Tanker gelandet waren und jetzt ausschwärmten, um sie zu suchen.

Jen erreichte eine enge Treppe, die nach links hinabführte, und nahm sie, ohne zu zögern, Pan war ihr dicht auf den Fersen. Der Gang führte weiter und nach sechs oder sieben Metern endete er an einer Weggabelung. *Gut,* dachte Pan. *Drei Entscheidungsmöglichkeiten.* Vielleicht würden ihre

Verfolger die falsche wählen. Sie erreichten den Fuß der Treppe und erneut zögerte Jen keinen Moment und nahm den Gang zu ihrer Rechten. Hier gab es viele Türen. Vielleicht Schlafkabinen. Eingänge zum Frachtraum. Vielleicht würden ihre Verfolger jede Tür überprüfen und so noch mehr Zeit verlieren.

Vielleicht hatten sie ja eine Chance, wenn sie sich lange genug versteckt halten konnten. Wenn der Kapitän einen Notruf abgesetzt hatte, dann war vielleicht die Polizei oder die Seepatrouille oder wer auch immer schon unterwegs. Es war nur ein Strohhalm, an den sie sich klammerten, aber er war besser als nichts.

Dieser Flur war nur schlecht beleuchtet – in langen Abständen waren wenige schwache Glühbirnen angebracht. Sie erreichten zwei enge Treppen, eine führte nach oben, die andere nach unten. Jen polterte nach unten. Tiefer hinein in die Eingeweide des Schiffs. Die Luft war feucht. Modrig. Unten angekommen hielt Jen an und hob eine Hand. Pan kam neben ihr zum Stehen. Vor ihnen erstreckte sich ein Gang, aber er war so schwach beleuchtet, dass man nicht sehen konnte, wohin er führte. Die Mädchen standen einen Moment da und lauschten. Sie hörten nur das Kreischen von belastetem Metall. Keine Geräusche einer Verfolgungsjagd.

»Wir brauchen einen Plan«, flüsterte Jen. »Wir haben keine Ahnung, wohin wir laufen, noch nicht einmal, wo wir sind. Wir müssen nachdenken.«

»Vielleicht sollten wir einfach irgendeinen Ort aussuchen und uns verstecken. Sie benötigen vielleicht Stunden, um gründlich zu suchen. Vielleicht brauchen wir einfach nur Zeit«, sagte Pan, aber Jen wirkte nicht überzeugt.

»Du hast gesagt, sie haben mehr Macht, als wir uns vorstellen können, Pandora«, sagte sie. »Was ist, wenn sie das Notsignal blockiert haben?«

»Vielleicht irre ich mich ja«, sagte Pan.

»Vielleicht auch nicht.«

»Das ist mir etwas zu viel vielleicht.«

»Ja, also was tun wir jetzt? Und wenn sie uns finden, kämpfen wir dann oder ergeben wir uns einfach?«

»Kämpfen?«, fragte Pan. »Sie haben Waffen, Jen. Und was haben wir?«

Jen fasste an ihren Hosenbund und zog ihr Jagdmesser heraus. Es besaß eine lange Klinge, die selbst im düsteren Licht gefährlich aufblitzte.

»Ich habe das hier«, sagte sie. »Und ich habe schwarze Gürtel in vier Kampfsportarten. Und du hast mich fertiggemacht, erinnerst du dich?«

»Ich weiß immer noch nicht, wie ich das geschafft habe«, sagte Pan. »Und ich glaube kaum, dass ich das einfach wieder abrufen kann. Außerdem, glaubst du wirklich, diese Typen sind nicht durchtrainiert?«

»Du bist zu pessimistisch«, sagte Jen. »Du und ich gegen den Rest der Welt und weißt du was? Ich glaube, unsere Chancen stehen gar nicht so schlecht.«

Sie bewegten sich vorsichtig vorwärts. Jetzt, wo sie ihre Verfolger erst einmal abgehängt hatten, galt es, sich ruhig zu verhalten, um nicht entdeckt zu werden. Die Männer mussten sich beeilen und das bedeutete, dass sie Lärm machen würden.

Pan und Jen krochen in der Dunkelheit vorwärts. Der Korridor war lang und kaum beleuchtet. Pan fielen die

Taschenlampen ein, in der Notfalltasche, die sie aus dem Boot mitgenommen hatte, aber die war wohl in der Krankenstation zurückgeblieben. Sie konnten sich nur in der Dunkelheit vorwärtstasten und hoffen, dass sie ein Versteck finden würden.

Eine große Metalltür versperrte ihnen den Durchgang. Sie war oval und erinnerte Pan an die Luken von U-Booten. In der Mitte der Tür befand sich ein Speichenrad. Nirgendwo war ein Fenster, nichts verriet, was hinter dieser Tür lag. Die Mädchen traten näher. Pan lege eine Hand auf das Rad und wollte gerade daran drehen, als Jen sie an der Schulter packte.

»Hör mal, Pandora«, zischte sie.

Pan hielt den Kopf schief und einen Moment lang hörte sie nichts. Dann verstand sie. Schritte klapperten eine Metalltreppe hinunter – jene Treppe, so nahm sie an, die sie selbst vor wenigen Minuten heruntergekommen waren. Dann verstummte das Geräusch plötzlich und sie hörten Stimmen, das ferne Zischeln eines Gesprächs. Sie rief sich ihren Weg in Erinnerung. Sie waren eine Treppe heruntergekommen und was war dann gewesen? Ein langer Flur ohne Abzweigungen. Die Männer waren hinter ihnen und es gab kein Versteck. Keine Räume, nichts, nur die exponierte Länge des Gangs.

»Wir können nur hoffen«, flüsterte Jen, »dass es hinter dieser Tür irgendein Versteck gibt, oder wir stecken tief in der Scheiße, Pandora.«

Pan wandte sich wieder dem Rad zu und spannte die Muskeln an. Sie verlagerte ihr Gewicht und drückte die Speichen gegen den Uhrzeigersinn. Nichts geschah. Sie versuchte es noch einmal, aber das Rad bewegte sich keinen

Millimeter. *Denk nach, Pandora. Bleib ruhig.* Sie nahm die Hände vom Rad und atmete tief durch. Wie funktionierte es? Gegen den Uhrzeigersinn öffnen, im Uhrzeigersinn schließen. So war es doch, oder? Sie versuchte es noch einmal gegen den Uhrzeigersinn, aber mit demselben Ergebnis. Also gut, dann musste es andersherum sein. Sie verlagerte erneut ihr Gewicht und versuchte es mit der entgegengesetzten Richtung. Nichts rührte sich.

»Sie ist abgeschlossen, Jen«, sagte sie.

25.

Jen stieß sie aus dem Weg und versuchte es selbst. Ihr Gesicht war von der Anstrengung verzerrt und im Genick traten ihre Adern hervor. Die Tür blieb hartnäckig verschlossen.

Von irgendwo weiter hinten näherte sich das Trampeln von Stiefeln auf Metall. Jen ließ die Arme baumeln, holte tief Luft und schüttelte die Hände aus. Dann packte sie die Speichen des Rades und riss gewaltsam daran, erst in die eine, dann in die andere Richtung. Pan sah ihr zu. Ihr war klar, dass es hoffnungslos war. Schließlich senkte Jen den Kopf und sie lehnte die Stirn gegen das kalte Metall der Tür. Dann trat sie zurück.

»Also gut«, sagte sie. »Du hast recht. Die verdammte Tür ist abgeschlossen.«

Jens Stimme war verblüffend ruhig und kontrolliert. »Wir sitzen in der Falle. Also, welchen Vorteil haben wir, Pandora? Was spricht im Moment für uns?«

Pan fiel nichts ein. Was konnte denn für sie sprechen? Sie konnten ein Messer gegen automatische Waffen einsetzen, sie waren in der Unterzahl und es gab keine Möglichkeit, den Verfolgern zu entkommen. Sie sah keinen Ausweg.

»Dunkelheit«, sagte Jen. »Das ist unser Vorteil. Dunkelheit und der Überraschungsmoment.«

»Jen, wovon in aller Welt redest du?«

»Hör zu. Sie haben sich vielleicht aufgeteilt. Wir erwarten sie, Pandora. Überraschen sie. Nehmen sie aus dem Spiel. Wir nutzen die Dunkelheit als unsere Verbündete.«

»Ich kann nicht kämpfen, Jen. Ich weiß nicht wie.«

»Und das von dem Mädchen, das mir in Gwynnes Trainingsstunde ernsthaft Schaden zugefügt hat? Im Ernst, Pandora.«

»Aber das war meine Gabe – wie auch immer du es nennen willst. Ich kann sie nicht nach Belieben anzapfen. Ich habe es versucht und so funktioniert es nicht. Glaub mir.«

»Dann krieg raus, wie es funktioniert. Und zwar schnell.« Jen nahm Pans Arm und zerrte sie den Korridor entlang.

Der Gang machte eine Kurve. Jen presste sich gegen die linke Wand und zog Pan dicht an sich. Sie musste nichts sagen. Die Stimmen waren jetzt lauter. Das Klappern von Stiefeln auf Metall dröhnte in ihren Ohren. Pan drückte sich mit dem Rücken gegen die Wand und hielt die Luft an.

Finde deine Mitte, Pandora Stone, dachte sie. *Lass dich los. Füge dich. Sei nur das Medium. Entspann dich.*

Aber sie fühlte sich nicht anders. Sie hatte Angst. Jeden Moment würden die Männer auftauchen. Männer mit Gewehren, deren Kugeln sie in weniger als einer Sekunde durchsieben konnten. Wie konnte sie sich einem Kugelhagel widersetzen? Schweißperlen rannen ihr über die Stirn und ins linke Auge. Ihre Sicht verschwamm. Die Zeit blieb fast stehen.

Auch wenn nirgendwo Licht einfiel – die Struktur der

Dunkelheit wechselte. Schatten verschoben sich. Die Geräusche waren jetzt so laut, dass Pan nur schwer glauben konnte, dass sich die Männer nicht schon vor ihnen befanden. Sie versuchte, ihren Herzschlag zu beruhigen.

Das Erste, was hinter der Biegung erschien, war ein Gewehrlauf, dann ein zweiter. Schnell folgten die Umrisse von Männern.

Als der Anführer direkt neben Jen stand, schrie diese auf, so laut sie nur konnte. Ihr Bein schlug bereits gegen das Gewehr. Keines der Mädchen trug Schuhe, aber Jen nahm darauf keine Rücksicht. Es gab einen dumpfen, metallischen Schlag, als ihr Schienbein die Unterseite des Gewehrs traf, und einen erstickten Überraschungsschrei des Mannes. Das Gewehr entlud sich, die Salve schlug in die Decke des Korridors ein. Mündungsfeuer erleuchtete den Raum einen kurzen Moment und Pan konnte klar sehen. Es waren drei Männer, den ganz vorne eingeschlossen. Sturmmützen bedeckten ihre Gesichter. Es war, als würde die Zeit stillstehen. Sie nahm Einzelheiten in den Augen des Mannes wahr – sie waren braun, vor Verwunderung weit aufgerissen –, einen Mund mit herabhängenden Mundwinkeln, die leicht geteilten Lippen zeigten gleichmäßige Zähne.

Und Pan sah wie in Zeitlupe, wie Jen ihre Bewegung weiter durchzog, sich auf der Ferse drehte und den Ellbogen ihres linken Arms in die Kehle des Mannes rammte. Ein Messer blitzte auf, kaum waren die Gewehrschüsse verklungen, und die Augen hinter der Sturmmütze verrieten echte Angst. Der Mann lockerte seinen Griff um das Gewehr, es sackte ab, fiel aber nicht. Mit einer Hand hielt er sich den Bauch. Er machte ein merkwürdiges, gurgelndes Geräusch, und dann sank er ganz langsam in die Knie. Eine rote Flüssigkeit drang zwischen den Fingern hervor.

Das Ganze konnte nicht länger als eine Sekunde gedauert haben. Jens Schrei dröhnte Pan immer noch in den Ohren.

Sie fühlte sich merkwürdig ruhig. Ihre Augen nahmen alles wahr, wie der nächste Mann in der Reihe den Lauf seines Gewehrs hob, die Füße in den Boden stemmte. Der letzte Mann zögerte. Pan schob sich an Jen vorbei und ließ ihren Körper genau das tun, was er tun wollte. Keine Kontrolle. Im Gegenteil, eine Hingabe an etwas – eine Kraft, die sich nicht aufhalten, nicht steuern ließ, der man nur erlauben konnte zu tun, was sie tun musste. Diese Hingabe hatte etwas Friedliches. Pans Körper bewegte sich und Pan fühlte sich damit wohl.

Und dann war es vorüber.

»Mannomann, Pandora«, sagte Jen. Ihre Stimme war nur ein Murmeln. Pan schüttelte den Kopf, um wieder klar denken zu können, und sah hinab auf die Körper am Boden. Ein Mann lehnte tot oder bewusstlos mit dem Kopf gegen eine Wand des Korridors. Die Wand hinter seinem linken Ohr war blutverschmiert. Ein weiterer Mann umklammerte stöhnend seinen rechten Arm, der grauenhaft entstellt aussah. Der dritte, derjenige, den Jen angegriffen hatte, lag in Embryonalstellung zusammengerollt auf der Seite, hatte die Hand gegen den Bauch gepresst, um dem Blutstrom, der sich auf den Metallboden ergoss, aufzuhalten. Pan sah zu, wie die Blutlache immer größer wurde, ein Rinnsal sich auf sie zu bewegte, als suche es ihren nackten Fuß.

»Was ist passiert?«, flüsterte sie.

»*Du* bist passiert, Pandora Stone.« Jen bückte sich, hob

eine Waffe auf und reichte sie Pan, die sie instinktiv an sich nahm. Sie war schwer und kalt und die Berührung ließ sie schaudern. Jen nahm sich selbst ebenfalls ein Gewehr, das automatische, das dem ersten Mann gehört hatte, und überprüfte seinen Mechanismus. Zufrieden sah sie sich nach Pan um.

»Du weißt wirklich nicht mehr, was du gerade gemacht hast?«

Pan schüttelte den Kopf.

»Ist vielleicht gut so«, sagte Jen. »Ehrlich gesagt, es ist mir egal, wie du es gemacht hast ...«

In diesem Moment erklang statisches Knacksen und Rauschen, dann hallte eine Stimme, unheimlich und körperlos, durch den Korridor.

»Team 2. Bitte um Position. Over.«

Jen bückte sich und öffnete die Jacke des Manns, der gegen die Wand gelehnt da saß. Aus der Innentasche ragte ein Walkie-Talkie. Jen ließ die Jacke wieder zufallen und stand auf.

»Okay, Pandora. Jetzt müssen wir so schnell wie nur möglich von hier verschwinden. Wir stecken in einer Sackgasse und das müssen wir ändern. Los.«

Pan starrte auf die Männer am Boden. Die Szenerie der Zerstörung hatte etwas Hypnotisches, vor allem, weil sie wusste, dass größtenteils sie selbst dafür verantwortlich war. War dieser Mann dort, derjenige mit dem Walkie-Talkie, etwa tot? Hatte sie jemanden umgebracht? Die Furcht umklammerte mit eisigen Fingern ihr Rückgrat. Sie wollte dem Mann den Puls fühlen, hatte aber Angst, keinen zu finden. Jen packte sie am Arm und Pan schauderte.

»Pandora?« Jens Stimme war sanft. Besorgt. »Wir müssen weg.«

Pan riss sich los von diesem Anblick. Sie würde das alles später verarbeiten, versuchen, damit zurechtzukommen. Wenn das möglich war. Sie zwang ihren Körper, sich zu bewegen, und die beiden Mädchen rannten den Korridor hinunter auf die Treppe zu, die sie heruntergekommen waren. Die Waffe fühlte sich in Pans Hand feuchtkalt an und sie umklammerte sie beim Rennen fester.

~~~

Sie hatten kein Ziel. Sie konnten nicht wissen, ob hinter der nächsten Ecke weitere bewaffnete Männer lauerten. Pan folgte Jens Führung. Sie hatten keine Zeit, die Lage zu besprechen.

Sie rannten Gänge entlang, von denen ihnen einige bekannt vorkamen, andere waren aber eindeutig Neuland. Als Jen um eine Ecke schoss, lief sie direkt einem Mann in die Arme, der in die Gegenrichtung unterwegs war. Sie zögerte keine Sekunde, stieß ihn gegen die Wand, das Gewehr baumelte an seinem Gurt, das Messer hielt sie gegen seinen Hals.

»Jen, das ist okay«, beschwichtigte Pan. »Er gehört zur Besatzung.«

Einen Moment dachte Pan, ihre Worte seien gar nicht angekommen. Das Messer drückte sich ins Fleisch und ein feines Blutrinnsal sickerte aus einer kleinen Wunde. Dann ließ Jen die Hand sinken und der Mann rutschte an der Wand herunter, griff sich an die Kehle, seine Augen schreckgeweitet, starr auf die Klinge gerichtet.
~~~

»Tut mir leid«, sagte Jen, und beinahe hätte Pan über die Absurdität dieser Entschuldigung gelacht. Dann rannten sie wieder los. Immer wenn es mehrere Möglichkeiten gab, entschied sich Jen für den Weg nach oben, vermied Treppen, die hinunter in Richtung Frachtraum führten. Immer nach oben. Schließlich stellte Pan fest, dass sie sich in der Nähe des offenen Decks befinden mussten. Bullaugen ließen schwaches Licht in die Flure einfallen und der Geruch des Ozeans wurde stärker.

Jen bremste an einer Tür ab, drückte sich mit dem Rücken gegen die Wand und hielt sich die Waffe vor die Brust. Pan bezog neben ihr Position.

»Ich werde diese Tür sehr vorsichtig öffnen«, flüsterte Jen. »Du tust gar nichts. Ich sehe nach, ob die Luft rein ist. Erst wenn ich aufs Deck rausgegangen bin, folgst du mir. Ist das klar?«

»Warum gehen wir an Deck?«, flüsterte Pan zurück.

»Weil das der letzte Ort ist, an dem sie uns erwarten.«

Pan war nicht überzeugt. Sie hatten doch da oben sicher jemanden zurückgelassen, der dort Wache hielt, wahrscheinlich auf der Brücke, wo er einen Überblick über das ganze Schiff hatte. Und was war mit den Hubschraubern? Schwebten sie immer noch über dem Schiff? Die Piloten würden sie auf jeden Fall erspähen. Aber Jen hatte ihre Entscheidung getroffen und sie stand fest. Sie hatte das Kommando und Pan würde ihr folgen.

Jen drehte vorsichtig den Türgriff, dann drückte sie. Ein schmaler Streifen Sonnenlicht ergoss sich in den Korridor. Jen öffnete die Tür gerade nur so weit, dass sie den Kopf ins Freie strecken konnte. Angespannt wartete Pan darauf, dass ein Schuss fiel, dass Jen zusammenzucken, wegsacken, zu Boden fallen würde. Aber nichts geschah. Jen drängte sich durch den schmalen Spalt und einen Augenblick später folgte ihr Pan.

Nach der Düsternis unter Deck war das Tageslicht wie ein Angriff auf Pans Sinne, obwohl der Himmel bedeckt war und sich weit draußen im Meer gewaltige Gewitterwolken auftürmten. Sie blinzelte und wartete darauf, dass ihre Augen sich an die Helligkeit gewöhnten. Sie waren auf der anderen Seite des Schiffs herausgekommen als beim ersten Mal, als sie das Deck betreten hatten, und die Brücke lag irgendwo rechts von ihnen, verdeckt von einer hohen Spritzwand. Links von ihnen schlängelte sich ein schmales Deck weit nach hinten. Jen kauerte sich zusammen und schob sich in Richtung Bug. Pan folgte. Ferner Rotorenlärm verriet ihnen, dass die Hubschrauber noch immer kreisten.

Jen warf einen Blick um die Spritzwand herum. Pan duckte sich und tat es ihr nach. Die Brücke war sichtbar, hinter der große Glasscheibe war der Umriss einer Person gegen den Himmel zu erkennen. Es war unmöglich zu sagen, ob er in ihre Richtung sah oder in die Gegenrichtung. Aber er war zu groß gewachsen, um zur Besatzung zu gehören. Abgesehen von dieser einsamen Gestalt lag das Deck verlassen da. In einiger Entfernung flankierten die beiden Hubschrauber das Schiff.

»Okay«, flüsterte Jen. »Hier kommt mein Vorschlag. Wir versuchen, ans Ende des Schiffes zu kommen und uns ein Versteck zu suchen, vielleicht in einem Rettungsboot. Wir halten still und warten ab. Vielleicht geraten sie ja unter Zeitdruck. Vielleicht müssen sie ja verschwinden. Ich meine, wie lange können Hubschrauber so auf der Stelle fliegen? Früher oder später müssen sie doch tanken.«

Daran hatte Pan auch schon gedacht.

»Wenn das nicht funktioniert«, fuhr Jen fort, »müssen wir einen Angreifer nach dem anderen außer Gefecht setzen.« Sie tätschelte den Lauf ihres Gewehrs. »Immerhin haben wir jetzt einen weiteren Pluspunkt. Los, Pandora.«

Die Mädchen huschten leise über den verlassenen Streifen Deck. Nun waren die fehlenden Schuhe ein Vorteil, ihre Füße verursachten kein Geräusch. Aber selbst auf diesem engen Raum fühlte sich Pan schrecklich ausgeliefert. Sie hatten etwa hundert Meter zurückgelegt, als Jen stehen blieb und auf eine Metallleiter deutete, die an der Spritzwand angebracht war. Sie führte zu einer Plattform, etwas über Kopfhöhe. Es war nicht zu erkennen, was sich dort oben befand. Jen zuckte fragend mit den Schultern und Pan nickte. Dieser Teil des Decks war immer noch zu leicht einzusehen und jede höhere Position musste einen Vorteil bieten. Jen hängte sich das Gewehr über den Rücken und kletterte die kurze Leiter innerhalb von Sekunden hoch. Pan folgte ihr. Sie hatte sich gerade auf die Plattform gehievt, als sie das Geräusch von Stiefeln auf dem Deck hörte. Bevor sie sich wegduckte, erhaschte sie noch einen Blick auf drei Männer, die sich ihnen näherten. Sie waren bewaffnet, trugen schwarzen Overalls, ihre Gesichter waren unter Sturmmützen versteckt. Wären die Mädchen nicht auf die Plattform geklettert, wären sie ihnen direkt in die Arme gelaufen.

Die Plattform war klein und unbebaut. Eine Reihe ähnlicher Plattformen führte höher nach oben, aber sie konnten nicht hinaufklettern. Nicht bevor die Männer an ihnen vorbei waren. Sie wären viel zu leicht zu sehen gewesen. Pan und Jen lagen ganz still. Die Männer waren so dicht herangekommen, dass jede Bewegung sie auf die Mädchen aufmerksam machen würde. Pan wartete darauf, dass die Schritte in der Ferne verklangen.

Aber alles blieb still. Waren die Männer schon weitergegangen und die Mädchen hatten sie nicht gehört? Oder waren sie noch da? Eine Minute verging und nichts geschah. Dann erschien schlagartig ein mit Sturmmaske verhüllter Kopf über der Plattform und Pan erhaschte einen Blick auf blaue Augen, die sich verengten. Jens Fuß schoss nach vorne und traf den Mann direkt auf die Nase. Er verschwand mit einem Schmerzensschrei.

»Oh Scheiße, Pandora«, schrie Jen. »Lauf so schnell du kannst!«

~~~

Pan wusste, dass es sinnlos war. Jen kletterte hoch auf die nächste Plattform und Pan folgte ihr. Als Schüsse knallten, erstarrte sie, bis ihr klar wurde, dass die Männer keine Chance hatten, sie von ihrer Position auf dem Deck aus zu treffen. Sie legten sich hin, gingen in Deckung, damit die Mädchen bei ihrer Verfolgung nicht auf sie schießen konnten. War es dass, was Jen und Pan tun sollten? Mit angelegtem Gewehr warten, bis die Männer auf die Plattform kamen, einen nach dem anderen töten? Aber es war zu spät. Sie hatten ihre Entscheidung getroffen und diese Entscheidung lautete: Flucht.

Jen kletterte. *Als würde ihr Leben davon abhängen,* dachte Pan. Sie folgte. Als sie höher kamen, wurde ihnen ihre Posi-
~~~

tion auf dem Schiff klarer. Sie befanden sich auf dem hinteren Teil des Schiffs und Jen bewegte sich direkt aufs Heck zu. Diesmal sprang sie von einer Plattform zur anderen abwärts. Pan fragte sich, ob Jen vorhatte, sich vom Schiff zu stürzen, zurück ins Meer, ob sie im Wasser Zuflucht suchte.

Erst als sie die Reling am Heck erreicht hatten, erkannte Pan, dass sie wieder in der Falle saßen. Sie standen völlig exponiert und die höher gelegenen Plattformen hinter ihnen boten ihren Verfolgern Deckung. Sie gingen rückwärts, die Gewehre im Anschlag, sahen sich panisch nach allen Seiten um, bis die Reling sich in ihre Rücken presste. Mindestens eine halbe Minute lang standen sie nur so da und schätzten die Lage ein.

»Waffen runter.« Die Stimme ertönte von einem großen, gebogenen Abschnitt mit Röhren auf einer der Plattformen. Pan und Jen konnten niemanden sehen. »Wir haben euch im Visier. Es gibt keine Fluchtmöglichkeit. Es sollen nicht noch mehr Leute verletzt werden, da sind wir uns doch sicher einig. Legt die Waffen aufs Deck. Sofort.«

Jen senkte ihren Gewehrlauf leicht in Richtung Deck. Sie redete mit ruhiger Stimme, aber ohne Pan anzusehen.

»Deine Entscheidung, Pandora«, sagte sie. »Aufgeben oder kämpfen?«

»Und wenn wir kämpfen?«, fragte Pan. »Wie hoch sind unsere Chancen, was meinst du?«

»Null.« Jen schmunzelte. »Aber wenn wir kämpfen, nehmen wir noch einen oder zwei mit.«

»Sicherer Tod oder die Möglichkeit zu überleben?« Pan hielt ihre Waffe hoch in die Luft, ihre Handfläche deutlich sichtbar, um zu beweisen, dass sie den Finger nicht am

Abzug hatte. Dann bückte sie sich sehr vorsichtig und legte die Waffe auf den Boden. Jen seufzte.

»Entscheidest du dich immer für das, was vernünftig ist, Pandora?«, fragte sie. Dann folgte sie Pans Beispiel, hob das automatische Gewehr hoch und legte es neben Pans Handfeuerwaffe. Die beiden Mädchen hoben die Hände und warteten.

»Weg von den Waffen«, rief die Stimme.

Die Mädchen gehorchten.

Erst jetzt tauchten die Männer aus ihrer Deckung auf. Es waren sechs und sie bildeten einen Halbkreis. Sie sprangen von der letzten Plattform und näherten sich den Mädchen mit angelegten Waffen. Fünf blieben etwa zehn Meter vor ihnen stehen, aber einer kam immer näher. Sechs Augenpaare, umrahmt von Sturmmützen, starrten auf die Mädchen. Sechs Gewehre waren auf sie gerichtet.

Und dann verstand Pan. Irgendetwas an der Art, wie er sich bewegte. Es traf sie wie ein Schlag gegen die Brust und einen albtraumhaften Moment lang glaubte sie, sie würde ohnmächtig. Sie wusste es. Ihr Atem kam stoßweise. Bilder der Vergangenheit überwältigten sie und sie glaubte, darin zu ertrinken.

Die Gestalt machte sich nicht einmal die Mühe zu zielen. Sein Gewehr zuckte leicht und der Schuss knallte. Jen keuchte und umklammerte ihren Bauch. Sie streckte den Arm aus, packte Pans Hand. Es fühlte sich an wie in Zeitlupe, als Pan ihren Blick von dem Mann mit dem Gewehr losriss und sich ihrer Freundin zuwandte. Jens Augen brannten vor Zorn. Dann erlosch das Licht ihn ihnen und sie sank auf dem Deck in sich zusammen.

Nichts schien mehr wirklich zu sein. Die Zeit zog sich weiterhin in die Länge. Pan sah, wie der Mann die Hand hob, ganz langsam, und die Mütze vom Gesicht zog. Die Augen, die dunklen Haare.

»Hallo, Pan«, sagte Nate. Er murmelte ihr tonlos etwas zu, etwas, was den Männern hinter ihm entging. Er murmelte die Worte: *Vertrau mir.*

Und dann schoss er auch auf sie.

26.

Pandora erwachte, als ihr ein Lufthauch ins Gesicht wehte. Es war lästig, wie ein kitzelndes Insekt. Sie wischte es mit der Hand fort, aber es kam sofort zurück. Hartnäckig. *Das ist nicht der richtige Moment zum Schlafen.*

Pan öffnete die Augen und zuckte geblendet zusammen. Es war so hell. In ihrem Kopf brannte es, ein Schmerz, der ihre Aufmerksamkeit forderte. Sie stöhnte. Allmählich kehrte ihre Wahrnehmung zurück. Etwas Weiches unter ihrem Kopf, saubere Laken über Armen und Beinen.

Sie setzte sich im Bett auf, ein schmerzhafter und quälend langsamer Vorgang. Sie war die einzige Patientin im Spital und lag in jenem Bett, in dem zuvor dieser Junge gelegen hatte – wie hieß er noch mal? Sie konnte sich nicht daran erinnern. Da war der vertraute Geruch nach Desinfektionsmittel. Sie schwang die Beine zur Seite und setzte sich auf die Bettkante. Schloss die Augen. Versuchte, sich zu erinnern. Versuchte, sich nicht zu erinnern. Stille lag über allem.

Pan stand auf und konzentrierte sich darauf, das Gleichgewicht zu halten. Alles drohte umzustürzen, herumzuwirbeln, und sie musste sich konzentrieren, die Welt daran hindern, außer Kontrolle zu geraten. Mit der Zeit stabilisierte sie sich.

Sie brauchte fünf Minuten, um ins Freie zu gehen. Glastüren, der Vorhang flatterte im Wind. Sie sah hinaus. Es war alles so vertraut, so furchtbar vertraut.

Ein Garten.

Blumen sprossen aus bunten Töpfen. Der Boden bestand aus rauem, blankem Fels. Hier und da hatten Flechten in den Ritzen Halt gefunden und kämpften ums Überleben. Pan trat hinaus in den Garten. Das Gebäude hinter ihr, an die Flanke eines Berges geschmiegt, dessen Gipfel im Nebel lag. Berge zu beiden Seiten. Und vor ihr die Felsplattform, und dahinter … Sie wusste, was dahinter lag, aber sie ging dennoch bis zur Kante.

Die Mauer, in regelmäßigen Abständen von den Wachtürmen durchbrochen. Hinter der Mauer das Dorf und das Meer. Boote schaukelten im Hafen. Pan senkte den Blick. Die Akademie, ihre Gebäude, ihre Schotterstraßen, ihre Schüler, ihre Lehrer. Niemand regte sich auf den Wegen. Nirgendwo ein Zeichen von Leben.

Sie wusste, dass jemand hinter ihr stand, aber sie wandte sich nicht um. Sie wartete ab.

»Hallo, Pandora. Schön, dass du wieder bei uns in der Akademie bist.«

»Professor Goldberg.«

Pan achtete auf jedes Detail der Szenerie vor hier. Und während sie alles betrachtete, spulte sie die Zeit im Geist zurück, ging alles durch, was ihr geschehen war, was zum gegenwärtigen Moment geführt hatte, in dem sie alles noch einmal durchlebte. Als hätte es die Monate dazwischen nie gegeben und es wäre wieder ihr erster Tag an der Akademie.

»Jen?«, fragte sie.

»Alles bestens«, lautete die Antwort. »Betäubt, wie du auch. Sie ist vollkommen wiederhergestellt. So wie du es in Kürze sein wirst.«

Pan seufzte und diesmal wandte sie sich um. Der Professor sah anders aus. Sie hatte ihn zerstreut und freundlich, geistesabwesend und fröhlich, klug und mitfühlend in Erinnerung. Jetzt waren keine Lachfältchen um seine Augen zu sehen. Sie waren glanzlos und stumpf.

»Du hast Fragen, Pandora«, sagte Goldberg. »Und das ist jetzt vielleicht der richtige Moment, um sie zu beantworten. Nach allem, was du getan hast, nach allem, was du durchgemacht hast, verdienst du es wohl, die Wahrheit zu erfahren. Bist du bereit, die Wahrheit zu hören, Pandora?«

»Nate lebt.«

Goldberg zuckte mit den Achseln. »Natürlich. Er ist mein Enkel. Ich würde nicht zulassen, dass ihm etwas geschieht.«

Eigentlich hätte Pan überrascht sein müssen, aber in ihr war gerade kein Platz für Emotionen.

»Meine Mutter lebt.«

»Ja.«

»Mein Bruder lebt.«

»Ja.«

»Die Welt da draußen ist so, wie sie immer war.«

»Ja.«

»Das Virus gibt es gar nicht.«

Der Professor schwieg und biss sich auf die Unterlippe. Er ließ sich mit seiner Antwort Zeit, wog jedes Wort gründlich ab.

»Dein erster Fehler. Das Virus existiert. Er existiert definitiv.«

»Aber es hat die Welt nicht vernichtet.«

»Noch nicht. Das wird es aber tun.« Der Professor trat hinter Pans Schulter und starrte hinunter auf die Akademie, die Mauer, das Meer. Er sah Pan nicht wieder an und redete völlig emotionslos.

»Du warst … wie soll ich das nennen? … ein Störfaktor, Pandora Stone. Der ursprüngliche Plan war, das Virus in sechs Monaten freizulassen. Aber du hast uns zum Handeln gezwungen.«

»Was meinen Sie damit?« Aber noch als sie die Frage stellte, glaubte Pan, die Antwort zu wissen.

»Du hast das Virus, Pandora. Wir alle in der Akademie haben es. Es war das Erste, was wir dir injiziert haben, als du angekommen bist. Es ist hochansteckend, leicht übertragbar. Man muss es nur ausatmen. Hier spielt es keine Rolle, wir sind ja ein geschlossenes System. Die einzigen Menschen, die du infizieren könntest, hatten die Infektion schon und sind immun. Aber ihr seid entwischt und hattet Kontakt mit Fremden auf dem Tanker. Damit habt ihr die Spielregeln geändert.«

»Und weiter?«

»Wir hätten sie natürlich töten können.« Goldbergs Tonfall klang, als erörtere er ein theoretisches Problem, ohne jede Emotion. »Die Besatzung ausradieren. Aber du hast dir so große Mühe gegeben, sie persönlich umzubringen, und es geht ja schließlich nur um sechs Monate. Wir sind zu dem Schluss gekommen, dass es so besser ist.«

Pan schloss die Augen und rang nach Luft. Sie stand kurz vor dem Hyperventilieren.

»Du musst zugeben, dass es interessant ist, Pandora«, fuhr Goldberg fort. »All deine Erinnerungen – die Erinnerungen an eine sterbende Welt. Sie waren richtig, aber zeitversetzt. Das, woran du dich erinnert hast, ist die Zukunft. Das ist doch ein schönes Paradox, nicht wahr?« Der Professor legte die Hände hinter den Rücken und lächelte. »Der Tanker. Eine Besatzung, die nach Japan unterwegs ist, den Frachtraum voller Stahl. Sie haben übrigens heute früh dort angelegt. Ganz pünktlich.« Der Professor wedelte mit der Hand. »Natürlich haben sie den Piratenakt gemeldet – die Entführung von zwei Mädchen, die sie aus dem Meer gerettet hatten. Ich bin sicher, dass die Behörden schon ermitteln. Genau genommen müssen schon Dutzende von Leuten Kontakt mit diesen Männern gehabt haben – und jetzt sind alle mit dem Virus infiziert. Infiziert, Pandora, durch dich. Und Jen natürlich. Allerdings muss ich dich da vorwarnen: Sie ist… unfähig… Verantwortung für ihr Handeln zu übernehmen. Ich befürchte, es ist ganz unwahrscheinlich, dass du bei ihr Unterstützung findest. Nein, Pandora, du bist vollkommen allein.«

Der Professor wandte sich um und ging rechts an Pan vorbei. Als er wieder redete, war seine Stimme leise, dicht neben ihrem Ohr.

»Vergiss das nicht: Die Japaner reisen gern. Und das Virus ebenfalls. Es verbreitet sich exponentiell. In vierundzwanzig Stunden hat es die Welt umrundet und in achtundvierzig Stunden ist die ganze Menschheit dem Tode geweiht.« Er legte Pan eine Hand auf die Schulter.

»Du machst deinem Namen wirklich Ehre, Pandora. In der ganzen Geschichte der Menschheit hat wohl noch nie ein Einzelner so viel Zerstörung, so viel Unglück über die Welt gebracht.«

Und dann war seine Hand von ihrer Schulter verschwunden.

Autor

Barry Jonsberg ist einer der renommiertesten australischen Kinder- und Jugendbuchautoren. Er studierte Englisch und Psychologie und arbeitete als Lehrer, bevor er Schriftsteller wurde. Seine Bücher wurden mit zahlreichen Preisen ausgezeichnet, u.a. mit dem Children's Peace Literature Award für »Das Blubbern von Glück«, und sind außer in Australien und Deutschland in den USA, England, Frankreich, Polen, China, Ungarn und Brasilien erschienen. Barry Jonsberg lebt mit seiner Frau, seinen Kindern und zwei Hunden in Darwin, Australien.

Von Barry Jonsberg sind bei cbj erschienen:

Pandora Stone – Heute beginnt das Ende der Welt (31104)
Das ist kein Spiel (31326)
Was so in mir steckt (16553)
Das Blubbern von Glück (31089)
Flieg, so hoch du kannst (30964)

Übersetzerin

Bettina Obrecht wurde 1964 in Lörrach geboren und studierte Englisch und Spanisch. Sie arbeitet als Autorin, Übersetzerin und Rundfunkautorin und wurde für ihre Kurzprosa und Lyrik mehrfach ausgezeichnet. Seit 1994 schreibt sie Kinder- und Jugendbücher und hat sich seitdem in die »Garde wichtiger Kinderbuchautorinnen hineingeschrieben« (Eselsohr).

Mehr über cbj auf Instagram unter @hey_reader

Barry Jonsberg

Pandora Stone –
Morgen kommt vielleicht nie mehr

ca. 352 Seiten, ISBN 978-3-570-31106-6
erscheint im Februar 2021

Pandora will es nicht glauben: Bei ihrer Flucht aus der Akademie haben Jen und sie den tödlichen Virus in die Welt gebracht. In drei Monaten geschieht, was in ihrer Erinnerung bereits Vergangenheit ist: Die Menschheit wird von einem tödlichen Virus ausgelöscht. Pan ist fest entschlossen, die Welt zu retten, doch Jens Erinnerung wurde erneut manipuliert und die Gruppe ist überzeugter denn je, dass die Welt dort draußen vernichtet wurde. Nun ist Pandoras Gabe gefragt, um den Untergang der Welt noch zu verhindern.

30412

www.cbj-verlag.de